古典文獻研究輯刊

二八編

第 17 冊

中國美學縱橫新論
（第四冊）

周 錫 山 著

國家圖書館出版品預行編目資料

中國美學縱橫新論（第四冊）／周錫山 著 -- 初版 -- 新北市：
花木蘭文化事業有限公司，2023〔民112〕
目 4+184 面；19×26 公分
（古典文學研究輯刊 二八編；第17冊）
ISBN 978-626-344-461-4（精裝）
1.CST：中國美學史 2.CST：中國文學 3.CST：文學評論
820.8   112010498

ISBN-978-626-344-461-4

古典文學研究輯刊
二八編 第十七冊   ISBN：978-626-344-461-4

中國美學縱橫新論（第四冊）

作　　者　周錫山
總 編 輯　杜潔祥
副總編輯　楊嘉樂
編輯主任　許郁翎
編　　輯　張雅淋、潘玟靜　美術編輯　陳逸婷
出　　版　花木蘭文化事業有限公司
發 行 人　高小娟
聯絡地址　235 新北市中和區中安街七二號十三樓
　　　　　電話：02-2923-1455／傳真：02-2923-1452
網　　址　http://www.huamulan.tw 信箱 service@huamulans.com
印　　刷　普羅文化出版廣告事業
初　　版　2023 年 9 月
定　　價　二八編 18 冊（精裝）新台幣 47,000 元
　　　　　　　　　　　　　　　　　　版權所有 · 請勿翻印

中國美學縱橫新論
（第四冊）

周錫山 著

目

次

陸、王國維美學研究

王國維學案

謹以此文紀念王國維先生誕生 140 週年和逝世 90 週年

王國維（1877～1927），20 世紀中國第一國學大師。

王國維學貫古今、融會中西、博大精深，在中國文學、哲學、美學、藝術學、文化學、音韻學、古文字學、歷史學、金石學、教育學、敦煌學、文獻學、西北地理、蒙古學和圖書館學等多種學科取得領先性的成就。王國維之學問和著作深廣精新兼備，因此，王國維是 20 世紀中國現代學術最重要的開闢人和奠基者之一。他還是個成果頗多的翻譯家和成就卓特的詩詞創作家，取得獨創性的成就。

王國維的眾多學術成果不僅是 20 世紀學術成果的典範，而且其重要成果至今領先於國內外學術界，具有極大的指導意義。

一、生平述略

王國維於 1877 年 12 月 3 日（清光緒三年十月二十九日）出生浙江杭州府海寧州城（今海寧市鹽官鎮）。

王國維已知的先世世籍開封，當北宋時，遠祖王圭，事蹟見《宋史》卷三百二十五、列傳八十四《任福傳》所附《王圭傳》。王圭的孫子王稟任河東路馬步軍總管，金兵攻打太原時，他堅守二百五十日，靖康元年九月丙寅（初三日）城陷，率軍巷戰，身披數十創，殉難，他大約六十歲左右。王國維《補家譜忠壯公傳》讚譽其「處無望之地，用必死之兵」，「糧盡援絕，父子殉之」，因他的太原堅守，使汴京的陷落得以延遲一年，「公之忠，可謂盛矣」！王稟之孫王沉隨高宗南渡。宋高宗南渡後追封王稟安化郡王，賜諡「忠壯」。王沉襲安化王爵，賜第鹽官，遂為海寧人。王國維的父親王乃譽，是王稟三十二

世裔孫。

王國維的童年、青少年時期是在故鄉海寧鹽官度過的。四歲時，母親凌夫人病故，他與其姐蘊玉的生活由叔祖母照顧。

1883 年（清光緒九年），七歲起，先後入鄰塾從師潘綬昌（紫貴）及陳壽田先生就讀，接受啟蒙教育。

1886 年（清末光緒十二年），王國維全家遷居城內西南隅周家兜新宅，今為王國維故居紀念館。其故居於 1982 年 2 月成為海寧縣第一批重點文物保護單位，1989 年 12 月 12 日，成為浙江省級重點文物保護單位；2006 年 5 月 25 日，王國維故居被國務院批准列入第六批全國重點文物保護單位名單。

1887 年（清光緒十三年），祖父王嗣鐸卒，父回家奔喪。自此居家，親自指授王國維讀書。王乃譽善書畫、篆刻、詩古文辭，博涉多才，並有多種著述。王國維在父親的指導下博覽群書，涉獵了傳統文化的許多領域。

1892 年（清光緒十八年）十六歲，七月，入州學，參加海寧州歲試，以第二十一名中秀才。被稱為「海寧四才子」。同年赴杭州應府試未取。

1893 年（清光緒十九年），十七歲，七月又赴杭應科試，不終場而歸

1894 年（清光緒二十年）十八歲。7 月 23 日甲午戰爭爆發，王國維自憶：「甲午之役，始知世尚有所謂新學者。家貧不能以資供遊學，居恒怏怏。」（《三十自序》一）他關心時事，研讀外洋政書和《盛世危言》、《時務報》、《格致彙編》等。

1896 年（清光緒二十二年）二十歲，夏，於城內沈氏家任塾師。十月與莫氏成婚。

1897 年（清光緒二十三年）三月，在同邑陳汝楨家任塾師。八月，再赴杭州應鄉試，未中而歸，遂絕科舉之路。

1898 年（清光緒二十四年）正月，二十二歲，王國維由父親王乃譽陪送，由水路抵滬，入《時務報》館，任書記、校對。

二月，入羅振玉所辦東文學社，業餘入學，師從日本教師藤田八豐、四崗佐代治，學習日文之餘，兼學英文及數理等。六月，病足返鄉，秋後回滬。

1900 年（清光緒二十六年）二十四歲，12 月赴日本東京物理學校學習。

1901 年（清光緒二十七年）二十五歲，因病於農曆四月二十六日由東京返國抵滬，五月返家養病。八月後，赴武昌農學校任譯授。

自此年起，在羅振玉興辦的上海《教育世界》雜誌發表大量譯作，繼而成

為該刊的主筆和代主編，通過編譯，並加以自己的論述，首次向國內介紹了大量近代西方學人及國外科學、哲學、教育學、美學、文學等領域的先進思想，介紹莎士比亞、托爾斯泰等眾多哲學家、文學家。

同時先後任教於南通師範學校、江蘇師範學堂等。此時他以攻讀西方哲學為主，研究了康德、叔本華、尼采哲學，兼英法諸家，結合先秦諸子及宋代理學，又攻西方倫理學、心理學、美學、邏輯學、教育學，所譯心理學、邏輯學名著有開拓之功。他自稱這一時期為「兼通世界之學術」之「獨學」時期。

1904 年（清光緒三十年）二十八歲，發表代表作《紅樓夢評論》，和重要論文如《孔子之美育主義》、《國朝漢學派戴阮二家之哲學說》、《論叔本華之哲學及其教育學說》、《叔本華與尼采》、《尼采氏之教育觀》等。此為我國最早譯介尼采的文章。

1905 年（清光緒三十一年）二十九歲，自本年起第二次攻讀康德哲學，發表《論近年之學術界》、《論新學語之輸入》、《論哲學家與美學家之天職》等多篇論文。八月，彙編甲辰（1904）以來刊於《教育世界》之文，為《靜庵文集》，並附錄《靜庵詩稿》（戊戌以來所做古今體詩 50 首）。

1906 年（清光緒三十二年）三十歲，閏四月去北京，住羅振玉家。七月，父乃譽公病故於海寧，歸里奔喪。發表《屈子文學之精神》、《文學小言》十七則、《周濂溪之哲學說》等多篇論文。三月彙編數年間所作詞，成《人間詞甲稿》，並撰序。

1907 年（清光緒三十三年）三十一歲，年初起第四次攻讀康德哲學。三月赴北京，任學部總務司行走，充學部圖書館編譯。春夏間，作《三十自序》一、二。六月，莫氏夫人病故，回海寧治喪。七月，回京復職。彙集夏秋間所作詞，為《人間詞乙稿》，並作序。其丹麥海甫定《心理學概論》譯本編入上海商務印書館《哲學叢書》出版。

1908 年（清光緒三十四年）三十二歲。正月，在海寧為繼母葉老夫人治喪。與繼室潘夫人（名麗正，1975 年病故於臺北）完婚。4 月，攜眷北上返京，賃屋於宣武門內新簾子胡同，名其室曰「學學山海居」。輯唐五代詞，撰《詞錄》、《曲錄》。十月，《人間詞話》開始在《國粹學報》連載。此年，三十八歲的光緒（1871～1908）和七十四歲的慈禧（1835～1908）先後於十月二十一日（11 月 14 日）和二十二日（15 日）駕崩。四歲小兒愛新覺羅‧溥儀登基為宣統皇帝。

1909 年（清宣統元年）三十三歲，《曲錄》定稿，完成《戲曲考原》、《優語錄》、《宋大曲考》和《錄曲餘談》等。

1911 年（清宣統三年）三十四歲。八月十九日（10 月 10 日）辛亥革命爆發。十月，王國維攜全家隨羅振玉東渡日本，十一月，寓居日本京都鄉郊吉田山下田中村。

1912 年，三十五歲。2 月 12 日（宣統三年十二月二十五日），隆裕皇太后以太后名義頒布《退位詔書》，溥儀於當日退位，清亡。

王國維在日本京都僑居四年有餘。在羅振玉的幫助下，研究方向轉向經史、小學。協助羅氏整理大雲書庫藏書，得以盡窺其所藏彝器及其他石器物拓本，並與日本學者廣泛交流。他治甲骨文字，善於從中發現和研究新史料，並能以古文字學為基礎，研究古史，從古器物到古代書冊、服裝、建築、地理和制度，所涉甚廣，著述甚豐。同時，在戲曲研究方面亦有重大建樹，所著《宋元戲曲考》，是戲曲史研究上一部帶有總結性的巨著，建立戲曲研究學科的奠基之作。

在日本期間，有詩作問世，編定詩集《壬癸集》。

1916 年，四十歲。正月初二（2 月 4 日）回國。定居上海，住英租界愛文義路（今北京西路）大通路吳興里 392 號，自題其居室曰「尚明軒」。

在上海哈同「廣倉學窘」《學術叢編》任編輯主任，兼倉聖明智大學經學教授。主要從事申骨文字及商周歷史研究。曾參與編纂《浙江通志》，為江南著名藏書家蔣汝藻編《烏程蔣氏密韻樓藏書志》等。並將辛亥以來重要的國學研究成果，彙編成《觀堂集林》。

1920 年，四十四歲。12 月，馬衡受北京大學委託，再次來書邀王國維出任北大文科教授。

1922 年，四十六歲。年初，王國維允任北京大學研究所國學門通訊導師，但不接受酬金。4 月 20 日顧頡剛拜訪王國維，欲拜師問業，並洽談北京大學擬出版王國維著作事。

1923 年，四十七歲。春，王國維經升允推薦，到北京充任遜帝溥儀的南書房行走。此職應是進士、翰林以上的著名人物擔任，王國維雖是布衣，以他的淵博學識和精深著作而任此職，得窺大內所藏秘籍，曾檢理景陽宮藏書。

1924 年，四十八歲。冬，馮玉祥發動「逼宮」，驅逐溥儀出宮。王國維引為奇恥大辱，憤而與羅振玉等前清遺老相約投金水河殉清，因家人阻而未果。

年底，清華學校創辦國學研究院，胡適、顧頡剛等人提請他擔任院長，王國維推而不就，僅任教職。

1925 年，四十九歲。2 月，王國維被聘為導師，與梁啟超、陳寅恪、趙元任合稱清華國學院四大導師。

1927 年，五十一歲。6 月 2 日赴頤和園，於園中昆明湖魚藻軒自沉。8 月 14 日，王國維被安葬於清華園東二里許西柳村七間房之原。

1928 年 6 月 3 日，王國維逝世一週年忌日，清華立《海寧王靜安先生紀念碑》，碑文由陳寅恪撰，林誌鈞書丹，馬衡篆額，梁思成設計。

二、著作和學術總論

王國維生前自編和出版《靜庵文集》、《觀堂集林》、《宋元戲曲史》和《人間詞話》。他逝世後，由羅振玉和趙萬里彙編和出版《海寧王忠愨公遺書》（1927）和《海寧王靜安先生遺書》（商務印書館，1940 年）。臺灣省據以上諸書出版《王國維先生全集》（1968）和《王觀堂先生全集》（1976）。上海華東師大和北京學者自 1978 年起，以 30 年工夫編校《王國維全集》20 卷，由浙江教育出版社和廣東教育出版社於 2009 年聯合出版。

自 1987 年以來，30 年中另有王國維著作的多種選本出版，其中影響最大的是周錫山編校《王國維文學美學論著集》〔註1〕和《王國維集》〔註2〕（4 卷，此書還收錄了《王國維全集》未收的多篇譯文和佚文）。王國維著作單行本出版最多的是《人間詞話》，有二三十種之多，其中最受讀者歡迎的是周錫山編著《人間詞話彙編匯校匯評》。〔註3〕

王國維的前期主要從事中國文學和美學研究。

王國維的中國文學研究上自《詩經》、屈原，下至他同時代的詩詞，是整個中國文學史的研究；研究對象遍及詩詞、戲曲和小說，是全方位的研究。

王國維是《紅樓夢》新紅學的開創者，中國現代戲曲學科的創始者。

王國維在 20 世紀初首次翻譯、引進和評述了西方眾多文學大家名家諸如

〔註1〕 周錫山《王國維文學美學論著集》北嶽文藝出版社，1987、1988 年；釋評本，上海三聯書店，2017 年。
〔註2〕 周錫山編校《王國維集》，中國社會科學出版社，2008、2012 年。
〔註3〕 周錫山編著《人間詞話彙編匯校匯評》，北嶽文藝出版社，2004 年、萬卷出版公司法式精裝本，2009 年、上海三聯書店豪華精裝本，2012、2013、2015、2017 年。

莎士比亞、托爾斯泰的生平和著作、西方眾多哲學和美學大家如康德、叔本華、尼采的美學、心理學著作和重要觀點。

在這樣深廣研究的基礎上，他建立了自己的意境說美學理論體系，其中包括天才說、古雅說、苦痛說、遊戲說、意境說；戲曲美學中的自然論、悲喜劇論，小說美學的悲劇觀；美學功利觀。

在文學和美學研究中，王國維善於吸收西方的文化、文學和美學資源並作適度比較，因此，他對中國比較文學學科的建立了卓越貢獻，是中國比較文學學科的創始人之一。

因此，王國維建立的中國在 20 世紀唯一領先於世界學術界的意境說美學體系，是世界上唯一以中為主，中、西、印三美（中國、西方、印度文化與美學）皆具的美學體系。

吳文祺等多位權威學者評價王國維為中國「文學革命的先驅者」和「新文學的一盞明燈」。

王國維後期主要從事國學研究，在歷史、古文字領域取得豐富而輝煌的成就（本文「簡譜」1912 年和 1916 年條已有介紹）成為 20 世紀第一國學大師——王力指出：「海內大師誰稱首？海寧王公馳名久。」〔註4〕顧頡剛譽其為「中國學術界中的唯一重鎮」〔註5〕。郭沫若因此而評價王國維為「領導著百萬後學」的「新史學開山祖」〔註6〕。魯迅認為要講國學，「他才可以算一個研究國學的人物」〔註7〕，給以最高評價。繆鉞的評價更為具體：「海寧王靜安先生為近世中國學術史上之奇才。學無專師，自闢戶牖，生平治經史，古文字，古器物之學，兼及文學史，文學批評，均有深詣創獲，而能開新風氣，詩詞駢散文亦無不精工，其心中如具靈光，各種學術，經此靈光所照，即生異彩。論其方面之廣博，識解之瑩徹，方法之謹密，文辭之精潔，一人而兼具數美，求諸近三百年，殆罕其匹。」〔註8〕而陳寅恪先生對王國維著作的重大歷史意義闡發得最

〔註4〕 王力《哭靜安師》，《王力全集》第 22 卷，中華書局，2015 年，第 5 頁。
〔註5〕 顧頡剛《悼王靜安先生》，趙景深主編《文學週報‧王國維逝世紀念專輯》，上海：開明書店，1927 年，第 2 頁。
〔註6〕 郭沫若《魯迅與王國維》，郭沫若《歷史人物》，人民文學出版社，1979 年，第 212 頁。
〔註7〕 魯迅《熱風‧不懂的音譯》，《魯迅全集》第一卷，人民文學出版社，2005 年，第 419 頁。
〔註8〕 繆鉞《王靜安與叔本華》，繆鉞《詩詞散論》，上海古籍出版社，1982 年，第 103 頁。

充分，他不僅指出王國維的著作「為吾國近代學術界最重要之產物也」〔註9〕，且又因王國維說過「學術之發達，存乎其獨立而已」的名言並終身實踐，他在《清華大學王觀堂先生紀念碑銘》中說：「來世不可知者也。先生之著述，或有時而不章。先生之學說，或有時而可商。惟此獨立之精神，自由之思想，歷千萬祀，與天壤而同久，共三光而永光。」這些都是對王國維作出至為精當的總體評價，成為權威性的意見。

三、王國維的學術名作

王國維前期主要從事文學、美學研究，最重要的有三大成果：《紅樓夢評論》、《人間詞話》和《宋元戲曲考》。

《紅樓夢評論》是我國文學批評史上第一篇運用西方文藝理論和近代科學方法米評論文學名著的論文，並把《紅樓夢》與歌德的巨著《浮士德》對照，是我國第一篇運用比狡文學的方法研究作品的論著；在紅學史上它又是第一篇比較系統的研究專論，具有劃時代的意義。

此文指出《紅樓夢》是優美與壯美結合、壯美大於優美的天才之作，是「徹頭徹尾之悲劇」、「悲劇中之悲劇」，是「宇宙之大著述」，給《紅樓夢》以最高也是最正確的評價。

王國維認為《紅樓夢》有「色空」觀念，「大背於吾國人之精神」，充分肯定這部名著的首創精神和叛逆精神。在此文的《餘論》中，他最早否定了彌漫於當時紅學論壇上的索隱派和自傳說的迷霧。

自一九〇八年起分批問世的《人間詞話》，是我國古代文藝理論和美學思想的一個總結。此書除對一些詞家及其名作發表精到見解外，其最大的貢獻是提出了著名的境界說。境界，王國維有時又稱意境，其含義頗為豐富。境界既是創作標準，也是批評標準，體現了王國維所追求的美學理想。圍繞著境界說的闡釋，王國維提出一系列精闢的、精彩的、富有指導性和啟發性的論點。如提倡寫真景物真感情，劃分詩人之境界和常人之境界，主張詩人對宇宙人生必須入乎其內和出乎其外，等等。他還觸及到了現實主義和浪漫主義兩種創作方法及其結臺的問題，實屬難能可貴。他的另一些觀點，如有我之境和無我之境，客觀詩人和主觀詩人，隔與不隔，政治家之眼與詩人之眼，以及李煜是否

〔註9〕陳寅恪《王國維遺書序》，周錫山編校《王國維集》第四冊，中國社會科學出版社，2008年，第479頁。

「儼有釋迦，基督擔荷人類罪惡之意」，等等，也引起論者很大的興趣和熱烈的爭論。

王國維自 1907 年起又開始從事戲曲研究，1913 年他完成了《宋元戲曲考》，並因此影響日本漢學界，掀起一股中國戲曲研究熱。

《宋元戲曲考》〔註10〕是他多年戲曲研究的一個最後總結，這本名著的主要貢獻有以下三個方面：一、高度評價中國古代戲曲的認識價值和藝術價值。他指出「元劇自文章上言之，尤足以當一代之文學。又以其自然故，故能寫當時政治及社會之惰狀，足以供史家論世之資者不少」，敏銳地看到元雜劇的優秀之作真實地反映了政冶和社會現實，充分肯定其認識價值。他又舉《竇娥冤》《趙氏孤兒》為例，以為元曲的優秀之作「即列之於世界大悲劇中，亦無愧色也」，理直氣壯地肯定中國戲曲在世界文學史上的崇高地位。王國維還一再強調元劇的「自然」。「自然」指的是真實而深刻地反映作家的思想感情，人物的命運和時代的狀況，是現實主義的文學觀。他又認為文字的自然是內容自然的必然結果，說明他已意識到形式必須和內容相適應，內容決定形式，兩者又實不可分離，力求完美結合的創作原則。在比較明確而全面地理解內容和形式的關係的基礎上所建立起來的「自然」觀，既是王·國維先生對中國戲曲的崇高評價，也是他對中國傳統文藝理論所作的又一傑出貢獻。

二、進一步發展了境界說。他將境界說引入戲曲領域。他認為古詩詞之佳者無不有意境，元曲亦然。這樣就比《人間詞話》更明確地賦予境界說以普遍的意義，使之適用於多種文藝形式。王國維富有獨創性的境界說是在繼承，總結中國古代文藝理淪的基礎上建立起來的。

三、第一次為我們勾畫出我國戲曲發展的較為完整的輪廓。從此，一貫被文入學士們視為「托體近卑」，不屑一顧的戲曲，第一次被王國維納入了文學藝術的範疇和歷史科學的範疇。

在此書中，王國維根據他那個時代所能掌握的材料，論證和推斷戲曲產生於宋代。王國維認為元代南戲和雜劇僅是風格不同，而藝術成就相當，即「佳處略同」：自然，有意境。王國維給元曲以最高的評價：「若元之文學，則固未有尚於其曲者也」。「古今之大文學，無不以自然勝，而莫著於元曲」。其中所說的「元曲」皆兼指雜劇和南戲。

王國維又進一步指出雜劇之不足和南戲超過雜劇之處，他說：「然元劇大

〔註10〕《宋元戲曲考》在上海商務印書館出版時，被改名為《宋元戲曲史》。

都限於四折，且每折限一宮調，又限一人唱，其律至嚴，不容逾越。故莊嚴雄肆，是其所長；而於曲折詳盡，猶其所短也。至除此限制，而一劇無一定之折數，一折（南戲中謂之一出）無一定之宮調；且不獨以數色合唱一折，並有以數色合唱一曲，而各色皆有白有唱者，此則南戲之一大進步，而不得不大書特書，以表之者也（第十四章《南戲之淵源及時代》）。他於《宋元戲曲考·餘論》進一步總結說：「至元雜劇出而體制遂定，南戲出而變化更多，於是我國始有純粹之戲曲。後來他於《譯本琵琶記序》中，以《琵琶記》為例，再次強調：「南曲之劇，曲多於白，其曲白相生，亦較北曲為甚。」他認為元南戲的成就高於元雜劇了！

王國維又指出，元雜劇中，「其最有悲劇之性質者，則如關漢卿之《竇娥冤》，紀君祥之《趙氏孤兒》，劇中雖有惡人交構其間，而其蹈湯赴火者，仍出於其主人翁之意志，即列之於世界大悲劇中，亦無愧色也。」在中國學術史上首先給元雜劇中的優秀悲劇以極高評價。」

王國維後期轉向國學研究，其研究成果豐富而精湛。他將此期完成的古文字學和史學單篇文章，彙集成《觀堂集林》二十卷。他逝世後，羅振玉增訂為二十四卷。

《觀堂集林》涉及的學科領域十分寬廣。其《藝林》八卷，係遵《漢書·藝文志》所設《六藝略》，指經學，包括《書》、《詩》、《禮》、《樂》、《春秋》、《論語》、《爾雅》，以及小學，小學又分文字、音韻，共有考訂文章八十七篇。《史林》十四卷，首列殷周史地、秦漢地理（包括《水經注》研究）、西北民族和邊疆史地，然後有漢晉簡牘文書、金石、敦煌卷子、古器物、古碑刻、古籍抄本刊本（版本目錄）等研究論著一百十六篇。《綴林》二卷，含雜著十八篇、詩詞七十首。如此繁多豐富，又博大精深的著作，當即受到學術界的極高評價。

《觀堂集林》是他後半生學術的積累和小結，反映了他在學術上多方面的卓越成就，被公認為中國學術史中的不朽之作。蔣汝藻序作了極為恰當的評價：「竊謂君書才厚數寸，在近世諸家中著書不為多，然新得之多，未有如君書者也。」《集林》所有各篇，多是短文，有些簡直是一條劄記，然而其內涵之豐富精深，罕與倫比地顯示了王國維先生的「深湛之思、創造之力」。

《觀堂集林》中王國維最著名的史學三文，其一是《鬼方昆夷獫狁考》，是久負盛名的研究匈奴的論文。《史記·匈奴列傳》是世界上最早的匈奴史著

作，也是唯一的古代匈奴史著作。《鬼方昆夷玁狁考》是繼《匈奴列傳》之後最重要的古代匈奴史的研究文章。

《史記》的匈奴歷史記載，有疑點和漏洞：《史記‧五帝本紀》說：「黃帝北逐葷粥，合符釜山，而邑於涿鹿之阿。」指出匈奴的歷史起自黃帝時期。可是《史記‧匈奴列傳》開首竟然說：「匈奴，其先祖，夏后氏之苗裔也，曰淳維。」意為：匈奴的先祖是夏朝君主的後裔，也即是大禹的後裔了。《史記‧匈奴列傳》的注解說得更詳細：淳維在商朝時逃往北方。又說：夏朝的末代君主夏桀無道，商湯王將他流放到鳴條。三年後夏桀亡故，他的兒子葷粥（又注：淳維與葷粥是同一個人），娶夏桀的眾妾為妻，帶著她們，避到北方的荒野中，隨畜遷移，中國稱他們為匈奴。這就將匈奴的歷史縮短至夏朝末年作為開端了，夏朝末年之前似乎應該是沒有匈奴的。

但是《史記‧太史公自序》說：「自三代以來，匈奴常為中國患害。」三代，指夏商周，那麼在夏朝就有匈奴了，與上面所說匈奴的先祖是夏末的君王的兒子的後裔，又自相矛盾了。

《史記‧匈奴列傳》又說「唐虞以上，有山戎、獫允、葷粥，居於北蠻」，說堯之前，山戎、獫允、葷粥居住在北方的荒蠻之地。「山戎、獫允、葷粥」這三個民族，放在《匈奴列傳》中記載，他們和匈奴是什麼關係？司馬遷沒有任何說明。

於是王國維特撰《鬼方昆夷玁狁考》，予以精確說明。此文肯定《史記》「唐虞以上」已有匈奴和「自三代以來，匈奴常為中國患害」的重要論點，理清商周時期的匈奴史的現存史料，彌補《史記》的不足，論證匈奴的名稱，在商、周間，稱為鬼方，混夷，獯鬻。在宗周（西周）之季，則稱獫狁。入春秋後，則始謂之「戎」，後又稱為「狄」。戰國以降，又稱之曰「胡」和「匈奴」。

二是《殷卜辭中所見先公先王考》、《殷卜辭中所見先公先王續考》（兩篇可看做完整的一篇），是王國維研究甲骨文和商殷史的名作。正是通過這兩篇論文的精當研究，以地下甲骨文的實物，證明了《史記‧殷本紀》和皇甫謐《帝王世紀》等書中所載的殷王位世系，並糾正了少量次序排列的錯誤，揭示了埋沒三千年之久的歷史秘密，證實了商朝歷史的真實存在，並據此可以推斷《史記》對夏朝歷史的記載的可靠性，又因此而讀通屈原《天問》，搞清屈原此文對商朝歷史的記載，具有極為重要的學術價值。兩文是王國維「兩重證據法」的典範之作，後改寫為《古史新證》的重要章節，作為清華國學院的教材。

　　三是《殷周制度論》。此文王國維在甲骨文研究基礎上寫成的著名的總結性論文，全文恢宏壯闊，氣勢磅礴，綱舉目張，論述清晰。

　　王國維寫作本文的目的，是要從具體制度的考證出發，闡明周公創制的周禮的本意，以此總結歷史經驗，尤其是探討中國社會發展的成功經驗。

　　王國維在此文開首即說：「中國政治與文化之變革，莫劇於殷、周之際。」「夏、殷間政治與文物之變革，不似殷、周間之劇烈矣」。王國維認為夏朝過渡到商朝，政治與文化的變革不及殷商過渡到西周的激烈；中國政治與文化的變革，變化最大的是西周對商朝的變革，即西周君王制度的建立，具有「萬世治安之大計」的重大意義，其深切的用心和制度的設計，遠非後世帝王所能夢見的，是非常偉大的二項頂層設計：立嫡長為繼位的嗣君的制度，宗廟的數量制度，同姓不可通婚的制度。周公制定這幾種制度的本意，都是規範天下，宗旨是將全社會各階層組成一個道德的團體。

　　其中最重要的無疑是繼承王位的嫡長制。而商朝的繼承方法，是君王死後，由他的弟弟繼位，沒有弟弟的才傳給自己的兒子。王國維統計：自成湯（商湯王）至於帝辛，三十帝中，以弟繼兄者，凡十四帝（外丙、中壬、大庚、雍己、大戊、外壬、河亶甲、沃甲、南庚、盤庚、大辛、小乙、祖甲、庚丁）；其以子繼父者，也不是兄之子，而大多為弟之子（小甲、中丁、祖辛、武丁、祖庚、廩辛、武乙）。只有三個例外：「惟沃甲崩，祖辛之子祖丁立；祖丁崩，沃甲之子南庚立；南庚崩，祖丁之子陽甲立」；這就造成了《史記‧殷本紀》所說的「中丁以後九世之亂」，這中間應當有爭立（奪權）之事，但具體事蹟已經無法知曉。可見商朝這樣的繼位方式，引起長時間的動亂。

　　於是從西周開始，放棄傳位給兄弟的方法，建立了傳位給嫡長子的方法。嫡長子，指君王正妻（王后）生的長子。這就避免爭端，糾正商朝此弊。

　　立嫡制度是中國皇帝制度得以兩千年中眾多帝王死後權利交接皆平安過渡的保證，也是中國封建社會兩千年延續的原因之一。

　　此文第二個重大貢獻是王國維指出：周公的制禮作樂，具有為中華民族規摹了「萬世治安」的重大意義：第一個重大意義，體現了中華歷史發展的必然性。第二個重大意義，體現了中國傳統政治的核心價值。第三個重大意義，禮法相輔相成，禮是法的引領。王國維的這個重要觀點，至今引領著學者的研究。近期學術界經過慎密研究，認為此乃今日必須繼承的歷史智慧。

　　王國維的歷史學研究，不僅處於國內外領先地位，而且是中國「新史學

的開山祖」〔註11〕。他對周、秦、兩漢史的研究精密而細微，其中如《漢魏博士考》，研究秦漢魏的博士制度，都具開創性的意義。《太史公行年考》是司馬遷簡明的年譜，並探討了他的生卒年代，是研究司馬遷和《史記》的著名成果。

西北地區木簡的發現，是 20 世紀考古的重大事件，王國維撰寫了多篇文章，其《〈流沙墜簡〉序》、《〈流沙墜簡〉後序》和《敦煌所出漢簡跋》等文，精彩考證和論述了兩漢魏晉時期的邊境狀況，並介紹了豐富的歷史知識，彌補了正史的不足。例如《匈奴相邦印跋》一文讓我們瞭解先秦沒有「相國」，只有「鄉邦」，為避劉邦之名諱，漢以後皆改稱「相國」云云。

王國維的古代民族史研究也取得了巨大的成就，他將中國北方少數民族中最重要的匈奴、胡和韃靼、蒙古的歷史作了精當的考證和研究，根據能夠掌握的全部史料，勾勒出這幾個民族的歷史發展的線索。其《西胡考》（上、下）、《西胡續考》等文，都是研究北方民族史的權威之作。其中論證胡人相貌及其所引用的史料，十分有趣。王國維是蒙古史研究的權威學者，論著多而影響大。《韃靼考》、《萌古考》是其中最重要的兩篇。

《胡服考》從浩瀚的史書中，汲取點滴史料，連綴成篇，清晰敘述北方少數民族的服裝傳入中原的歷史和影響。《摩尼教流行中國考》將史書中的有關資料全部構輯出來，經過排比和梳理，較為全面地敘述了摩尼教引進和流行中國的史實。王國維善於從浩瀚的史書中汲取點滴細微的材料，甚至片言隻語，圍繞特定的論題連綴排比成為宏大精深的論文，用這種文本細讀法和論題精研法做出的科研成果，是學術史上罕見的典範。

而《耶律文正公年譜》是元代著名政治家、詩人耶律楚材的重要研究著作，王國維帶著很大的歌頌熱情，為這位在元初保護中原知識分子及其所承載的中國傳統文化和百姓生機而盡力而為的卓有才華的名臣樹碑立傳的力作，有很大的參考價值。

王國維是敦煌學的創始人和權威學者之一，王國維將敦煌發現的新資料作為國學研究的重要課題。他發表了多篇文章，如《敦煌新發現唐朝之通俗詩及通俗小說》、《宋槧〈大唐三藏取經詩話〉跋》、《唐寫本韋莊〈秦婦吟〉跋》、《唐寫本〈雲謠集雜曲子〉跋》諸文都是研究在敦煌發現的重要文學資料的領

〔註11〕郭沫若《魯迅與王國維》，郭沫若《歷史人物》，人民文學出版社，1979 年，第 213 頁。

先性的研究文章。他的出色成果，有很大的啟示作用。如陳寅恪、俞平伯等都在王國維之後，進一步深入研究敦煌寶庫中發現的唐寫本韋莊佚詩《秦婦吟》，探討此詩記敘的黃巢軍佔領長安時期的歷史真相。

四、王國維的治學方法

王國維的學術成果如此豐碩和輝煌，於是，20 世紀的諸多研究家對王國維的治學方法作過很多的研究和探討。其中最著名的是陳寅恪於《王靜安先生遺書‧序》中所總結的三大方法：

> 一曰取地下之實物與紙上之遺文互相釋證，凡屬於考古學及上古史之作，如《殷卜辭中所見先公先王考》，及《鬼方昆吾玁狁考》等是也。二曰取異族之故書與吾國之舊籍互相補證，凡屬遼、金、元史事及邊疆地理之作，如《萌古考》及《元朝秘史之主因亦兒堅考》等是也。三曰取外來之觀念與固有之材料互相參證，凡屬於文藝批評及小說戲曲之作，如《紅樓夢評論》及《宋元戲曲考》等是也。

他還以王國維作為典型，指出：「昔大師鉅子，其關係於民族盛衰、學術興廢者，不僅在能承續先哲將墜之業，為其託命之人。而尤在能開拓學術之區宇，補前修之未逮。故其著作，可以轉移一時之風氣，而示來者之軌則也。先生之學，博矣精矣，凡若無涯岸之可望，轍跡之可尋。」而王國維的著作「要皆足以轉移一時之風氣，而示來者之軌則。吾國他日文史考據之學，範圍縱廣，途徑縱多，恐亦無以遠出三類之外。此先生之遺書所以為吾國近代學術界最重要之產物也。」

從王國維本人的文章中，我們可以提煉他的治學方法：

一、治學既要有目的，又要「無目的」。王國維明確自己的研究方向和課題，他又指導學生：「治《史記》仍可用尋源工夫。或無目的的精讀，俟有心得，然後自擬題目，亦一法也。大抵學問常不懸目的，而自生目的。有大志者，未必成功；而慢慢努力者，反有意外之創獲。」〔註12〕（姚名達《哀余斷憶》）此論與魯迅隨便寫寫反易成功的所見略同。

二、博、約，疑、信的深入過程。他以羅振玉之名義撰寫的《觀堂集林‧序》說：先生的學問「實由文字、聲音以考古代之制度、文物，並其立制之所

〔註12〕姚名達《哀余斷憶》，《王國維全集》第二十卷，浙江教育出版社——廣東教育
　　　　出版社，2009 年，第 317 頁。

以然。其術皆由博以反約，由疑而得信，務在不悖不惑，當於理而止。」其於古人之學說亦然。

三、新學問出於新材料。王國維指出：「古來新學問起，大都由於新發現。」而「今日之時代，可謂之發現時代，自來未能比者也。」〔註13〕「吾輩生於今日，幸於紙上之材料外，更得地下之新材料。」此二重證據法，惟在今日始得為之。」〔註14〕

四、循環研究法。殷南《我所知道的王靜安先生》轉述王國維對治學方法的一個體會：「他研究學問，常常循環的更換，他說：『研究一樣東西，等到感覺沉悶的時候，就應該暫時擱開，作別樣的工作，等到過一些時，再拿起來去作，那時就可以得到一種新見解，新發明。否則單調的往一條路上走去，就會鑽進牛角尖裏去，永遠鑽不出來的。』」

五、態度公正而老實。王國維「平生謹言慎行，不好臧否人物，但與雪堂公信裏卻無話不談。」〔註15〕他對自己則知之為知之，誨人不倦；不知為不知，老實承認自己的不足。蔡尚思《王國維在學術上的獨特地位》轉述王國維的話：「做學問的頭一件事就是老實，知之為知之，不知為不知，是知也。不好對不知道的也裝做知道。自有注釋經書以來幾千年了，可是被大家認為很容易懂的《論語》，還有一些地方我不完全懂得。至於《易經》我不敢斷定的，那就更多了。」蔡感慨：「以一個大學問家而肯講出這老實話，就是他很了不起的地方。」

六、掌握每天治學的時間規則。王國維對吳宓談起：「人的精神每天是從朝氣落到暮氣，所以上午宜讀經典考據書，午後宜讀史傳，晚間讀詩詞雜記等軟性的東西，已習以為常。」〔註16〕當然，在現代社會中，要掌握自己的生活鐘，才能確定自己最佳的學習、工作和創造的時間。

此外，我們還可以總結他的另幾個重要的治學方法：

王國維首創的中西結合法、兩重證據法、以詩補史法等。

〔註13〕王國維《最近二三十年中中國新發見之學問》，周錫山編校《王國維集》第二冊，中國社會科學出版社，2008年，第309頁。

〔註14〕王國維《古史新證》，周錫山編校《王國維集》第四冊，中國社會科學出版社，2008年，第72頁。

〔註15〕羅繼祖《觀堂書札三跋》，陳平原、王楓編《追憶王國維》，頁中國廣播電視出版社，1997年，第521頁。

〔註16〕畢樹棠《憶王靜安先生》，陳平原、王楓編《追憶王國維》，第252頁。

尤其是以詩補史法，也即後來陳寅恪首創以詩證史、以文證史的讀書和研究方法。而一般只知陳寅恪，不知王國維首創此法：

南宋滅亡前後的歷史，汪元量的詩歌給以紀錄，王國維非常重視。其《書〈宋舊宮人詩詞〉、〈湖山類稿〉、〈水雲集〉後》介紹和分析宋末詩人汪水雲陪伴投降的南宋皇室一起北上前後充溢悲涼淒切的情感而又優美生動的詩作。由於他精切描繪降敵前後的京城臨安：「淮襄州郡盡歸降，鼙鼓喧天入古杭。國母已無心聽政，書生空有淚成行。」寫出兵臨城下、強敵洶湧的恐怖景況，以至於「亂點連聲殺六更，熒熒庭燎待天明。侍臣已寫歸降表，臣妾簽名謝道清。」執政太后謝道清徹夜不眠、侍臣急寫降表的宮中竟然「亂點連聲殺六更」，於是「六宮宮女淚漣漣，事至誰知不盡年。太后傳宣許降國，伯顏丞相到簾前。」用史詩的筆法寫出史書闕如的栩栩如生的歷史性的重大和重要場面，這樣淒慘的血淚之詩，千載以後依舊令人感歎萬分。汪詩又具體記敘宋室君臣、后妃作為降虜在塞外的生活場景和精神面貌，王國維說：「南宋帝後北狩前後事，《宋史》記載不詳，惟汪水雲《湖山類稿》尚紀一二，足補史乘之闕。」此語提出了「以詩補史」法。此文又對這位被押往塞外並被迫在元朝任職、獲准南返後又從事抗元活動的愛國詩人和作品作出極為精當、深刻的評價，對 21 世紀全面、準確、深刻的歷史觀的建立具有典範的指導意義，是王國維運用他自己所創立的「以詩補史」的研究方法的典範篇章。

五、王國維重要觀點舉隅

王國維的一些重要觀點，多有啟示性的獨創性成就，有深遠的影響，但少有人注意。今舉三例，以見一斑。

王國維對中國文化史總體認識中，他有一個與眾不同的重要觀點，即認為中國文化在宋代達到最高峰，他說：「宋代學術，方面最多，進步亦最著。其在哲學，始則有劉敞、歐陽修等，脫漢唐舊注之桎梏，以新意說經，後乃有周（敦頤）、程（顥）、程（頤）、張（載）、邵（雍）、朱（熹）諸大家，蔚為有宋一代之哲學。其在科學，則有沈括、李誡等，於曆數、物理、工藝，均有發明。在史學，則有司馬光、洪邁、袁樞等，各有龐大之著述。繪畫則董源以降，始變唐人畫工之畫而為士大夫之畫。在詩歌，則兼尚技術之美，與唐人尚自然之美者，蹊徑迥殊。考證之學，亦至宋而大盛。故天水一朝，人智之活動，與文化之多方面，前之漢唐，後之元明，皆所不逮也。近世學術，多發端於宋

人。」〔註17〕後來陳寅恪也說:「華夏民族之文化,歷數千年之演進,造極於趙宋之世。」〔註18〕此後,鄧廣銘先生也曾說:「宋代文化的發展,在中國封建社會歷史時期之內達於頂峰,不但超越了前代,也為其後的元明之所不能及。」漆俠先生也持相同的看法。但王國維這個觀點在學術界並未引起充分的注意,不少人還以為陳寅恪是第一位發表這個觀點的學者。

在史學領域,對於歷史人物的氣節問題,他也有自己獨特的看法。王國維本人非常講氣節,他最後為殉清而自殺。但是他指出耶律楚材作為金臣,降為元臣,乃有功於世,為他精心撰寫了年譜。又在《耶律文正公年譜‧餘錄》中評論元好問說:「元遺山以金源遺臣,金亡後上耶律中書書(《遺山集》三十九)薦士至數十人,昔人恒以為詬病。然觀其書則云:『以閣下之力,使脫指使之辱,息奔走之役,聚養之,分處之;學館之奉不必盡具,饘粥足以糊口,布絮足以蔽體,無甚大費』云云。蓋此數十人中皆蒙古之驅口也,不但求免為民,而必求聚養之,分處之者,則金亡之後,河朔為墟,即使免驅為良,亦無所得食,終必餒死故也。遺山此書,誠仁人之用心,足知論人者不可不論其世也。」他認為以氣節自任的元好問金亡後,投書耶律楚材,是為了拯救中國文化,拯救中國文化的傳承者──當時的知識分子,為了不讓他們餓死,被殺戮,有保存中國文化血脈的深意。元好問此書明言:「他日閣下求百執事之人,隨左右而取之,衣冠禮樂,紀綱文章,盡在於是。」「此諸人者,可以立言,可以立節,不能泯泯默默、以與草木同腐。」其意甚明,而唯靜安能懂其深意。

他又評論隨著南宋小王朝一起投降元朝的汪元量說:「汪水雲以宋室小臣,國亡北徙,侍三宮於燕邸,從幼主於龍荒,其時大臣如留夢炎輩當為愧死,後世人多以完人目之,然中間亦為元官,且供奉翰林,其詩俱在,不必諱也。」汪「在元頗為貴顯,故得橐留官俸,衣帶御香,即黃官之請,亦非羈旅小臣所能,後世乃以宋遺民稱之,與謝翱、方鳳等同列,殊為失實。然水雲本以琴師出入宮禁,乃倡優卜祝之流,與委質為臣者有別,其仕元亦別有用意,與方、謝諸賢跡異心同,有宋近臣,一人而已。」〔註19〕

〔註17〕王國維《宋代之金石學》,《王國維全集》第十四卷,浙江教育出版社──廣東教育出版社,2009年,第315頁。
〔註18〕陳寅恪《鄧廣銘宋史職官志考證序》,陳寅恪《金明館叢稿二編》,三聯書店,2000年,第277頁。
〔註19〕王國維《書〈宋舊宮人詩詞〉、〈湖山類稿〉、〈水雲集〉後》,周錫山編校《王國維集》第一冊,中國社會科學出版社,2008年,第76、77頁。

如果別人這麼說，容易遭人非議，也沒有說服力。而王國維本人為氣節而自殺，他來為元好問、汪元量這樣為了憂國愛民、有所作為而「降敵」者辯護，就能避免後人的某種指責。

最令人感歎的是他對 20～21 世紀中國和中國文化未來的準確預見。

他於 1917 年目睹當時中國的亂世，觀察蘇俄革命的成功，認為蘇俄革命的燎原之勢「禍將及我」，即於致友人信中精闢預言：「觀中國近狀，恐以共和始，而以共產終。」〔註20〕儘管他本人反對革命，儘管當時中國連共產黨還尚未成立，但作為學者觀世，作此預見，其對歷史趨勢分析的準確性，充分體現了一代歷史學家的遠見卓識。

1920 年，即五四運動的第二年，在當時全盤否定傳統文化、道德和崇洋迷外思潮彌漫的情勢下，他在致日本友人、著名漢學家狩野直喜的信中預言：「世界新潮澒洞澎湃，恐遂至天傾地折。然西方數百年功利之弊非是不足一掃蕩，東方道德政治或將大行於天下，此不足為淺見者道也。」〔註21〕這裡的「道德政治」，主要指的是傳統的儒家、道家崇德文化；「東方」，指的是中國和受中國文化哺育、影響的東亞文化。此可見王國維學習西方，卻從不崇洋迷外，他的學習目的是進一步深入認識中國文化的偉大意義，發展中國文化和推進世界學術。他認為中國文化在不遠的將來必定會給東亞以外的世界各國帶來美好的前景。

半個世紀後，英國湯因比、中國錢穆和季羨林都有相似的觀點。

另如，王國維論述大學者、大作家和經典作品的標準和創作理路，對創作者和讀者鑒賞都有巨大的指導意義。

一、首先是「三種境界」說——能夠經歷這三個境界，才能成長為大家：

　　古今之成大事業、大學問者，必經過三種之境界。「昨夜西風凋碧樹，獨上高樓，望盡天涯路。」此第一境也。「衣帶漸寬終不悔，為伊消得人憔悴。」此第二境也。眾裏尋他千百度，驀然回首，那人卻在燈火闌珊處。」此第三境也。此等語皆非大詞人不能道。然遽以此意解釋諸詞，恐晏、歐諸公所不許也。

二、大作品的標準，是有境界。《人間詞話》將「境界」定義為：「大家之

〔註20〕羅振玉《王忠愨公遺書初集弁言》，《王國維全集》第二十卷，浙江教育出版社——廣東教育出版社，2009 年，第 211 頁。
〔註21〕《王國維全集·書信》，中華書局，1984 年，第 311 頁。

作,其言情也必沁於心脾,其寫景也必豁人耳目,其詞脫口而出,無矯揉妝束之態。以其所見者真,所知者深也。詩詞皆然。持此以衡古今之作者,可無大誤矣。」在《宋元戲曲史》寫作:「何以謂之曰有意境?曰:寫情則沁人心脾,寫景則在人耳目,述事則如其口出是也。」

三、大家之作需要「內美與修能」。此指詩人作家在思想境界即胸襟、抱負,性格、氣質,與學養、技巧,前者為主和後者為輔,但兩者都不能缺。

四、寫出「以血書」的真感情和真景色:「能寫真景物、真感情者,謂之有境界。否則謂之無境界。」「尼采謂:一切文學,余愛以血書者。」

五、對宇宙人生,要能入又能出:「詩人對宇宙人生,須入乎其內,又須出乎其外。入乎其內,故能寫之;出乎其外,故能觀之。入乎其內,故有生氣;出乎其外,故有高致。」

六、理想與寫實結合:「有造境,有寫境,此理想與寫實二派之所由分。然二者頗難分別,因大詩人所造之境必合乎自然,所寫之境亦必鄰於理想故也。」

七、壯美與優美的天才之作。

八、大詩人大作家應有悲天憫人式的真摯態度,甚至「擔荷人類罪惡之意」的胸懷。悲天憫人;對於文學創作,王國維所標立的大詩人大作家應有悲天憫人式的真摯態度,甚至「擔荷人類罪惡之意」的胸懷(《人間詞話》),極有深意,對當今作家也有很大的指導意義。

九、王國維所認定的大作家和大著作:詩人中的屈(原)陶(淵明)杜(甫)蘇(軾)。詞人中的李後主、辛棄疾、周邦彥等。對於《紅樓夢》,王國維給的評價最高也最正確:優美和壯美兼具、壯美大於優美的天才之作,悲劇中之悲劇,宇宙之大著述。

十、大作家大學者的精神境界:經過三種境界的歷練,如此艱苦創作和研究,「板凳要坐十年冷」,嘗盡了孤獨,充滿了痛苦,那麼,大作家大學者的人生還有什麼樂趣?豈非太寂寞,太艱苦了。不,恰恰相反,一個學者或作家詩人,達到大家的成就,就會充滿了極度的自豪感和幸福感:「今夫人積年月之研究,而一旦豁然悟宇宙人生之真理,或以胸中惝恍不可捉摸之意境,一旦表諸文字、繪畫、雕刻之上,此固彼天賦之能力之發展,而此時之快樂,決非南面王之所能易者也。」連王位來換也不要,不愛江山愛學術、愛創作。

人無十全,誠如陳寅恪在《清華大學王觀堂先生紀念碑銘》中所說:「先

生之著述，或有時而不章。先生之學說，或有時而可商。」例如在《人間詞話》中，徹底否定宋末著名詞人；他還獨尊元代戲曲，認為「明以後不足取」等等，頗有偏頗和不足之處。

本文由「上海高校高峰高原學科建設計劃」資助，
原刊《上海文化》，2017 年第 4 期

王國維的天才論和靈感論新論

　　王國維的天才論和與之有關的靈感論是王國維美學思想的重要組成部分。在 20 世紀中國美學領域內，王國維對於「天才」及其「靈感」這兩個美學論題提出了發人深省的觀點，值得我們反覆探討。因此，在拙著《王國維美學思想研究》中論述天才說之後，筆者又反覆思考這兩個論題，今將新的探索略作申述。

　　拙著《王國維美學思想研究》曾就藝術天才問題，從天才說的引進、天才的必備條件、天才和美與藝術的關係、天才的作用和侷限四個角度論述王國維的天才說；《王國維美學思想研究》增訂本補入的論文，又從藝術是天才的事業、藝術是天才痛苦的反映與解脫，做了補充論說。本文則以天才與靈感相結合的方式，進一步論述王國維的天才說。

王國維認為自己的藝術經典和學術經典都是天才之作

　　王國維天才說的基調是藝術是天才的事業，「美術（指藝術，下同）者，天才之製作也。」此自汗德（今譯康德）以來百餘年間學者之定論也（《古雅之在美學上之位置》）。王國維又進一步指出文藝「但為（僅是）天才遊戲之事業」。（《文學小言》四）

　　王國維又說「文學、美術」是「最高之嗜好」，優秀的文學作品，「非天才而又有暇日者不能」。（《紅樓夢評論》）

　　王國維本人成就最高的文學創作是詞，其詞大多創作於 30 歲（虛齡，下同）之前，並已達到很高的藝術成就。他自評其優秀詞作是天才之作。在託名樊志厚的《人間詞甲稿序》（光緒丙午，1906 年）中，王國維認為南宋以來「六百年來

詞之不振」，到他的《人間詞》再次達到藝術高峰，但他「始為詞時，亦不自意其至此。而卒至此者，天也，非人之所能為也。」

從其詞的高度成就可知，王國維「所得於天者獨深」：其詞「皆意境兩忘，物我一體；高蹈乎八荒之表，而抗心乎千秋之間；駸駸乎兩漢之疆域，廣於三代、貞觀之政治，隆於武德矣。方之侍衛，豈徒伯仲。此固君所得於天者獨深，抑豈非致力於意境之效也。」

王國維認為自己的學術經典也是天才之作。

王國維早期的學術，至其 30 歲為止，在中西文學和美學、《紅樓夢》的研究方面，達到當時領先的極高成就，其學術著作也是天才之作。他在《三十自序》中強調：「故書十年間之進步，非徒以為責他日進步之券，亦將以勵今之人使不自餒也。若夫餘之哲學上及文學上之撰述，其見識文采亦誠有過人者，此則汪氏中所謂『斯有天致，非由人力，雖情符曩哲，未足多矜』者，固不暇為世告焉。」他特地宣告他的學術成就，皆「斯有天致，非由人力」。

他在《三十自序二》又說：「若夫深湛之思，創造之力，苟一日集於余躬，則俟諸天之所為歟！俟諸天之所為歟！」他預告以後如果有新的重大成就，也要等候天的賦予。

可見王國維自知他作為天才，才能在短期內平步青雲，異軍突起，做出中國文學史、美學史和文化史上罕見的卓越貢獻。

王國維《三十自序》所說「十年間之進步」的「十年」，指 1898～1907 年，即王國維 22 到 31 歲。這是王國維「獨學海上」時期（期間曾短期到日本學習，到武昌、南通、蘇州任教）。

王國維在 1898 年正月，二十二歲始至上海，在《時務報》館，任校對和文書收發工作。二月，進東文學社業餘學習，跟隨日本教師學習數理、日文、英文和西方哲學。1900 年，庚子事變，東文學社停辦，王國維隨羅振玉前往武昌，擔任武昌農校日籍教員翻譯。年底，受羅振玉資助，前往日本東京物理學校學習數理，1901 年四月因病由東京回國，返家養病。後經羅振玉提攜或推薦，先後任武昌農學校任譯授、通州（南通）師範學堂教師，講授心理學、哲學、倫理學等科目，因此得以進一步閱讀康德、叔本華的著作。1904 年，又隨羅振玉在蘇州江蘇師範學堂任教，繼續鑽研西方哲學思想，撰寫許多有關西方哲學的文章。次年隨該校創辦人羅振玉之辭職而去職。（為省篇幅，王國維著作的引文皆隨文注出篇名，來源皆為周錫山編校《王國維文學美學論著集》，北嶽文藝出版社，

1987、1988 年；釋評本上海三聯書店，2018 年和《王國維集》第一、第三冊，中國社會科學出版社，2008、2012 年。）

1904 年，王國維二十八歲，發表代表作《紅樓夢評論》，和重要論文如《孔子之美育主義》《國朝漢學派戴阮二家之哲學說》《論叔本華之哲學及其教育學說》《叔本華與尼采》《尼采氏之教育觀》等。此為我國最早譯介尼采的文章。

1905 年，第二次攻讀康德哲學，發表《論近年之學術界》《論新學語之輸入》《論哲學家與美學家之天職》等多篇論文。八月，彙編甲辰（1904）以來刊於《教育世界》之文，為《靜庵文集》，並附錄《靜庵詩稿》（戊戌〔1898〕以來所做古今體詩 50 首）。

1906 年閏四月隨羅振玉去北京，七月，歸里為父奔喪、守制，在家繼續撰述。發表《屈子文學之精神》《文學小言》《周濂溪之哲學說》等多篇論文。三月彙編數年間所作詞，成《人間詞甲稿》，並撰序。

1907 年年初起第四次攻讀康德哲學。三月赴北京，在學部任職。

王國維在 1905 年初～1907 年初，自二十九至三十一歲，歷兩年零三個月，共 4 次閱讀和研究康德著作，終於讀懂讀通康德，並發現康德的錯誤（其說之不可持處）。

王國維開始讀不懂康德，因實在讀不懂而改讀叔本華作為讀懂康德之橋樑，讀懂叔本華後，再讀、三讀、四讀康德，馮友蘭《中國哲學史新編》第六冊第六十九章「中國近代美學的奠基人——王國維」作了三點結論：一、「王國維研究哲學始於康德，終於康德，中間他放棄康德而研究叔本華，又從叔本華『上窺』康德。經過這幾次反覆，他研究康德的『窒礙之處，越來越少，最後他才於康德哲學全通了。」二、「王國維是懂得康德的，他抓住了康德哲學的要點，他用了極高的讚譽，但不是亂贊，他贊得中肯。」三、他對於康德哲學「雖然還有一些『窒礙之處，但是這些很少的『窒礙之處』並不是由於他不懂康德，而是由於康德哲學本身的錯誤」。「說明王國維對於康德研究得比較透，理解得比較深。凡研究一家哲學，總要到能看出這一家哲學的不到之處，才算是真懂得這一家。王國維對於康德自以為做到這一步了。」〔註 1〕

〔註 1〕馮友蘭《中國哲學史新編》第六冊第六十九章「中國近代美學的奠基人——王國維」，馮友蘭《三松堂全集》第十卷，河南人民出版社，2000 年，第 454～456 頁。

　　《三十自序》介紹自己始終「非能終日治學問，其為生活故而治他人之事，日少則二三時，多或三四時，其所用以讀書者，日多不逾四時，少不過二時。過此以往則精神渙散，非與朋友談論，則涉獵雜書。」還總結三大困難：「以余境之貧薄，而體之羸弱也，又每日為學時間之寡也」，即家窮、體弱、讀書和寫作時間少。

　　在這樣困難的條件下，王國維在這十年中，學習日文、英文、德文三國外文；學習西方哲學史、讀通和研究康德、叔本華、尼采等三家經典著作，在這樣豐碩的學習成果的基礎上，還寫作、翻譯了大量著述，創作了大量詩詞：

　　1899 年 23 歲，發表《東洋史要序》，詩《嘉興道中》《紅豆詞》《題梅花畫筺》《題友人三十小像》《雜感》等。代羅振玉作《重刻支那通史序》。

　　1900 年 24 歲，從東文學社結業，譯文《農事會要》連載於當年的《農學報》上。

　　1901 年 25 歲，日本留學因病回國後，與羅振玉共同主編《教育世界》，另有文章《崇正講舍碑記略》《歐羅巴通史序》和譯著《教育學》《算學條目及教授法》《日本地理志》等。

　　1902 年 26 歲，出版譯著《心理學》《倫理學》《教育學教科書》《哲學概論》《算術條目及教授法》和《哲學小辭典》（兩集）等

　　1903 年 27 歲，進入通州師範學堂任教，有論文《論教育之宗旨》《哲學辨惑》，譯著《西洋倫理學史要》《汗德像贊》《叔本華像贊》，詩《秋夜即事》《書古書中故紙》《嘲杜鵑》《偶成》《拚飛》《重遊狼山寺》《塵勞》《來日》《登狼山支雲塔》《五月十五夜坐雨賦比》《遊通州湖心亭》《六月二十七日宿硤石》和《端居》等。

　　1904 年 28 歲，進入江蘇師範學堂任教，有《紅樓夢評論》《孔子之美育主義》《論性》、《釋理》《教育偶感》（四則）《叔本華之哲學及教育學說》《國朝漢學派戴阮二家之哲學說》《書叔本華遺傳說後》《叔本華與尼采》《叔本華氏之遺傳學》《德國文豪格代（歌德）希爾列爾（席勒）合傳》《尼采之教育觀》《汗德（康德）之哲學說》《汗德（康德）之事實及其著書》《汗德（康德）之知識論》《格代（康德）之家庭》《德國哲學大家叔本華傳》、《德國文化大改革家尼采傳》《希臘聖人蘇格拉底傳》《希臘大哲學家柏拉圖傳》《希臘大哲學家雅里大德勒（亞里士多德）傳》《英國教育大家洛克傳》《近代英國哲學大家斯賓塞傳》、《法國教育大家盧騷（盧梭）傳》《脫爾斯泰（托爾斯泰）伯爵之近世科學評》等

著述、譯著，和《病中即事》《暮春》《馮生》《曉步》《蠶》《平生》《秀州》《偶成》《九日遊留園》《天寒》《欲覓》《出門》《過石門》《天寒》《浣溪沙‧路轉峰回》《臨江仙‧過眼韶華》《青玉案‧姑蘇》《踏莎行‧元夕》《浣溪沙‧舟逐清溪》等詩詞。

1905 年 29 歲，出版《靜安文集》，有《靜庵文集自序》《詞辨跋、眉批》《論近年之學術界》《論新學語之輸入》《論平凡之教育主義》《周秦諸子之名學》《論哲學家及美術家之天職》《子思之學說》《孟子之學說》《荀子之學說》《動物學》等著述譯著，和《留園玉蘭花》《坐致》《五月二十三夜出閶門驅車至覓渡橋》《將理歸裝得湘蘭畫幅喜而賦此》《阮郎歸‧女貞化白》《少年遊‧垂楊門外》《阮郎歸 美人消息》《蝶戀花‧咋夜夢中》《如夢令‧點滴空階》《浣溪沙‧草偃雲低》《浣溪沙‧霜落千林》《好事近‧夜起倚危樓》《好事近‧愁展翠羅衾》《采桑子‧高城鼓動》《西河‧垂柳裏》《摸魚兒‧秋柳》《蝶戀花‧誰道江南秋已盡》《鷓鴣天‧列炬歸來》《點降唇‧萬頃蓬壺》《點降唇‧高峽流雲》《踏莎行‧絕頂無雲》《清平樂‧櫻桃花底》《浣溪沙‧月底棲鴉》《滿庭芳‧水抱孤城》《蝶戀花‧閱盡天涯)》《玉樓春‧今年花事》、《浣溪沙‧天末同雲》《浣溪沙‧山寺微茫》《青玉案‧江南秋色》、《鵲橋仙‧沉沉戌鼓》《鵲橋仙‧繡衾初展》《減字木蘭花‧皋蘭被徑》《鷓鴣天‧閣道風飄》《浣溪沙‧夜永衾寒」)》《浣溪沙‧才過苕溪》《賀新郎‧月落飛鳥鵲》《人月圓‧梅》《卜算子‧水仙》《浣溪沙‧曾識盧家》《蝶戀花‧急景流年》《蝶戀花‧窣地重簾》《蝶戀花‧獨向滄浪》《臨江仙‧聞說金微》《南歌子‧又是烏西匿》《荷葉杯‧戲效花間體（六闋)》《玉樓春‧西園花落》《蝶戀花‧辛苦錢塘》《蝶戀花‧誰道江南春事了》《水龍吟‧楊花》《點降唇‧暗裏追涼》和《蝶戀花‧莫鬥嬋娟》等詩詞。

1906 年 30 歲，隨同羅振玉進京謀事，撰有《先太學君行狀》，論文和譯著有《人間詞‧甲稿序》《教育小言》（二十二則)《奏定經學科大學文學科大學章程書後》《原命》《去毒篇》《教育普及之根本辦法》《文學小言》《紀言》《英國哲學大家休蒙（休謨）傳》《教育家之希爾列爾（席勒)》《英國哲學大家霍布士傳》《荷蘭哲學大家斯披諾若（斯賓諾莎）傳》《德國哲學大家汗德（康德）傳》《汗德之倫理學及宗教論》《述近世教育思想與哲學之關係》《老子之學說》《墨子之學說》《孟子之倫理思想一斑》《列子之學說》。詩詞《戲效季英作口號詩》《八聲甘州‧直青山缺處》《浣溪沙‧畫舫離筵》《蝶戀花‧窈窕燕姬》《浣溪

沙・七月西風》《減字木蘭花・亂山四倚》《蝶戀花・連嶺去天》和《浣溪沙・
六郡良家》等。

　　1907 年 31 歲，先後就任清朝學部總務司行走和圖書編譯館編輯，著有
《三十自序》一、二，《人間詞乙稿序》《屈子文學之精神》《古雅之在文學上
之位置》《人間嗜好之研究》《論小學唱歌科之材料》《教育小言》（二十三則及自
序兩則）、譯著《孔子之學說》《歐洲大學小史》《心理學概論》《脫爾斯泰（托爾
斯泰）傳》《戲曲大家海別爾（墨貝爾）》《英國小說家斯提逢孫（斯蒂文森）傳》《霍
恩氏之美育說》《莎士比傳》《培根小傳》《英國大詩人白衣龍（拜倫）小傳》。詩
詞有《浣溪沙・城郭秋生》《祝英臺近・月初殘》《虞美人・犀比六博》《浣溪
沙・掩卷平生》《蝶戀花・落日千山》《浣溪沙・漫作年時》《謁金門・孤檠側》
《蘇幕遮・倦憑欄》《點降唇・屏卻相思》《浣溪沙・已落芙蓉》《點降唇・厚
地高天》《掃花街・疏林掛日》《蝶戀花・滿地霜華》《蝶戀花・斗覺宵來》《浣
溪沙・乍向西鄰》《蝶戀花・簾幙深深》《蝶戀花・手剔銀燈》《蝶戀花・暗淡
燈花》《虞美人・碧苔深鎖》《蝶戀花・百尺朱樓》《浣溪沙・似水輕沙》《菩薩
蠻・高樓直挽》《應天長・紫騮卻照》《菩薩蠻・紅樓遙隔》《菩薩蠻・玉盤寸
斷》《鷓鴣天・樓外秋韆》《清平樂・垂楊深院》《浣溪沙・花影閒窗》《浣溪沙・
愛棹扁舟》《浣溪沙・憶掛孤帆》《喜遷鶯・秋雨霽》《蝶戀花・翠幙輕寒》《浣
溪沙・本事新詞》《虞美人・金鞭珠彈》《齊天樂・天涯已自悲秋極》《點降唇・
波逐流雲》《蝶戀花・春到臨春》《蝶戀花・嫋嫋鞭絲》《蝶戀花・窗外綠陰》
和《清平樂・斜行淡墨》等。

　　他的首批哲學、美學和教育學的研究成果結集為《靜庵文集》：「故並諸雜
文，刊而行之，以存此二三年間思想上之陳跡云爾。」（《靜庵文集自序》）他生前
未結集的部分文章，他逝世後趙萬里又為他編成《靜庵文集續集》。

　　《靜庵文集》14 篇，詩歌 50 首；《靜庵文集續集》23 篇；另有未編入集
中的文章 47 篇。以上共有文章 84 篇，詩歌 50 首。

　　此期另有西方哲學、美學、教育學譯著多種。

　　其文學創作，詩之外，尤得意於詞的創作。他於 1904 年秋冬到蘇州任教
以來，頗以「填詞自遣」，1906 年三月編成《人間詞甲稿》，1906 年十月編成
《人間詞乙稿》。後又編成《長短句（乙巳至己酉）》，是 1905 年（乙巳）至 1909
年（己酉）的作品，其中《人間詞甲稿》有詞 61 首（標題為 56 首，其中《荷葉杯・
戲效花間體》六首，因此實際上共有 61 首），《人間詞乙稿》有詞 44 首，《長短句》有

23 首,集外詞 8 首,共 136 首。少數詞,作於 1907 年之後,大多是其 28～30
歲時的作品。

　　王國維在短短的十年中,以貧困、體弱、和謀生勞累、時間稀少的四大困
境中,在學習三國外語、數理、西方哲學、美學之後,橫跨詩文詞創作和翻
譯、學術研究三大領域,翻譯和學術研究牽涉文學、美學、哲學、倫理學、
教育學、心理學等多個學科,而且全從初學跳躍到完成領先於國內外學術界
的一流水平。他根本沒有充裕的思考時間,只能拿到題目就翻譯、寫作,所
以他自感:「天也,非人之所能為也」,「斯有天致,非由人力」。他又認為「情
符曩哲,未足多矜」,過去的所有天才都是這樣的,全靠天助,不值得自傲、
自誇。

　　從上面的這個時間表和著述總帳,結合其高度成就,可見王國維的確是
一位天才人物。

　　從其著作的總帳看,王國維作為天才詞人和學者,其特點是數量大、質
量高,需要的思維時間極少,也即思維極其敏捷,寫作速度極快。

　　因此,王國維以藝術和學術雙重天才的身份,論述天才說及其靈感論,
具有重大的意義。

王國維認可的中國古代文學天才及其特點

　　王國維認為「天才者,或數十年而一出,或數百年而一出,而又須濟之以
學問,帥之以德性,始能產真正之大文學。此屈子、淵明、子美、子瞻等所以
曠世而不一遇也。」(《文學小言》七)

　　但是《人間詞話》和《宋元戲曲考》又記敘了北宋大致同時出現的多位天
才詞人,元代大致同時產生的多位天才戲曲家。可見,天才的出現和產生是沒
有規律的,是無法預測或精確統計的。

　　王國維在其書文中,記載和評論了大量天才哲學家、美學家尤其是文學
家,作為闡發他的美學理論的例證和典範。

　　王國維在論述天才人物時所記敘或強調的特點,是我們必須重視的天才
人物評價的標準。

　　王國維在《世界教育》雜誌發表多篇文章或譯文,介紹老子、孔子、墨子、
孟子、荀子等哲學家和美學家。

　　王國維全面深入瞭解中西文學的整個歷史並有精深研究。他站在中國文

學史和世界文學史的高度，論及了一批中國和西方的文學天才。

中國文學中的詩歌天才，自先秦到宋代，他極度認可屈原、陶潛、杜甫、蘇軾四位天才。王國維在《文學小言》中寫道：「三代以下之詩人，無過於屈子、淵明、子美、子瞻者。此四子若無文學之天才，其人格亦自足千古。故無高尚偉大之人格，而有高尚偉大文章者，殆未之有也。」(《文學小言》六)「天才者，或數十年而一出，或數百年而一出，而又須濟之以學問，帥之以德性，始能產真正之大文學。此屈子、淵明、子美、子瞻等所以曠世而不一遇也。」(《文學小言》七)

以上論及的先秦屈原、東晉陶潛、唐朝杜甫和北宋蘇軾，是直接提出的四位天才，而且都是詩人；以下論述的一些文學天才，評論時並無「天才」的稱呼，但是他們符合王國維認定的天才標準或天才條件，我們可以認定他們是王國維所認可的文學天才。

在詞的方面，王國維認定了九位天才：李白、李煜、馮延巳、晏殊、歐陽修、蘇軾、周邦彥、辛棄疾和納蘭性德。他的評價是：

太白純以氣象勝。「西風殘照，漢家陵闕」，寥寥八字，遂關千古登臨之口。(手稿作「寥寥八字，獨有千古。」) 後世唯范文正之《漁家傲》、夏英公之《喜遷鶯》，差足繼武，然氣象已不逮矣。(《人間詞話》一○)

南唐李煜：「詞至李後主而眼界始大，感慨遂深，遂變伶工之詞而為士大夫之詞。『自是人生長恨水長東』，『流水落花春去也，天上人間！』《金荃》、《浣花》能有此氣象耶！」(《人間詞話》一五)「尼采謂：『一切文學，余愛以血書者。』後主之詞，真所謂『以血書者』也。宋道君皇帝《燕山亭》詞亦略似之。然道君不過自道身世之戚，後主則儼有釋迦、基督擔荷人類罪惡之意，其大小固不同矣。」(《人間詞話》一八) 具有悲天憫人的胸懷或效果。

李煜是「不失其赤子之心者也」。(《人間詞話》一六)「故後主之詞，天真之詞也；他人，人工之詞也。」(同上手稿)「主觀之詩人，不必多閱世，閱世愈淺則性情愈真，李後主是也。」(《人間詞話》一七)

南唐馮延巳的馮正中詞，雖不失五代風格，而堂廡特大，開北宋一代風氣。(《人間詞話》一九) 張皋文謂飛卿之詞「深美閎約」，余謂此四字唯馮正中足以當之。(《人間詞話》一一)

「夫古今詞人以意勝者，莫若歐陽公；以境勝者，莫若秦少游；至意、境兩渾，則惟太白、後主、正中數人足以當之。」(《人間詞甲稿序》)

北宋的晏殊和歐陽修是天才:「美成詞多作態,故不是大家氣象。若同叔、永叔,雖不作態,而『一笑百媚生』矣。此天才與人力之別也。」(陳乃乾錄自王國維舊藏《詞辨》眉間批語)

北宋周邦彥是「詞中老杜」,其詞是「最工之文學,非徒善創,亦且善因」(《人間詞話》一〇)。「多用唐人詩句栝入律,渾然天成」,「模寫物態,曲盡其妙。」(《人間詞話》一五)美成詞,深遠之致不及歐、秦,唯言情體物,窮極工巧,故不失為第一流之作者。但恨創調之才多,創意之才少耳(《人間詞話》三三)。王國維早期貶視周邦彥,後來給他以最高評價;因此《人間詞話》中,將周邦彥與天才詞人比較,讚譽天才詞人的觀點,都可以看做是讚譽周邦彥的觀點。

北宋蘇軾和南宋辛棄疾相比較:蘇、辛,詞中之狂(《人間詞話》四六),東坡之詞曠,稼軒之詞豪。無二人之胸襟而學其詞,猶東施之效捧心也。(《人間詞話》四四)讀東坡、稼軒詞,須觀其雅量高致,有伯夷、柳下惠之風。(《人間詞話》四五)

辛棄疾的想像力非同凡響:稼軒《中秋飲酒達旦,用〈天問〉體作〈木蘭花慢〉以送月》曰:「可憐今夜月,向何處,去悠悠?是別有人間,那邊才見,光景東頭。」詞人想像,直悟月輪繞地之理,與科學家密合,可謂神悟。(《人間詞話》四七)

清代納蘭性德(納蘭容若),「以自然之眼觀物,以自然之舌言情(手稿作「以自然之筆寫情」)。此由初入中原,未染漢人風氣,故能真切如此。北宋以來,一人而已。」(《人間詞話》五二)其詞可追唐人經典名句的千古壯觀:「明月照積雪」,「大江流日夜」,(此句後手稿尚有:「澄江淨如練」,「山氣日夕佳」,「落日照大旗」三句。)「中天懸明月」,(此句後手稿尚有「大漠孤煙直」一句。)「黃河落日圓」,此種境界,可謂千古壯觀。求之於詞,唯納蘭容若塞上之作,如《長相思》之「夜深千帳燈」,《如夢令》之「萬帳穹廬人醉,星影搖搖欲墜」,差近之。(《人間詞話》五一)以上所引的六朝和唐代名句,也都是王國維認可的天才之作。

王國維評論元曲的天才作家有關漢卿、馬致遠、鄭光祖、白樸和高明等。他說:「元代曲家,自明以來,稱關馬鄭白。然以其年代及造詣論之,寧稱關白馬鄭為妥也。關漢卿一空倚傍,自鑄偉詞,而其言曲盡人情,字字本色,故當為元人第一。白仁甫、馬東籬,高華雄渾,情深文明。鄭德輝清麗芊綿,自成馨逸。均不失為第一流。其餘曲家,均在四家範圍內。唯宮大用瘦硬通神,

獨樹一幟。以唐詩喻之：則漢卿似白樂天，仁甫似劉夢得，東籬似李義山，德輝似溫飛卿，而大用則似韓昌黎。以宋詞喻之：則漢卿似柳耆卿，仁甫似蘇東坡，東籬似歐陽永叔，德輝似秦少游，大用似張子野。雖地位不必同，而品格則略相似也。」（《宋元戲曲考·元劇之文章》）

又說：「然元劇最佳之處，不在其思想結構，而在其文章。其文章之妙，亦一言以蔽之，曰：有意境而已矣。何以謂之有意境？曰：寫情則沁人心脾，寫景則在人耳目，述事則如其口出是也。古詩詞之佳者，無不如是，元曲亦然。明以後，其思想結構，盡有勝於前人者，唯意境則為元人所獨擅。茲舉數例以證之。其言情述事之佳者，如關漢卿《謝天香》第三折〔正宮·端正好〕、馬致遠《任風子》第二折〔正宮·端正好〕：「語語明白如畫，而言外有無窮之意。」（同上）

鄭光祖「《倩女離魂》第三折〔醉春風〕〔迎仙客〕此種詞，如彈丸脫手，後人無能為役；唯南曲中《拜月》《琵琶》，差能近之。」（同上）

「至寫景之工者，則馬致遠之《漢宮秋》第三折〔梅花酒〕〔收江南〕〔鴛鴦煞〕以上數曲，真所謂寫情則沁人心脾，寫景則在人耳目，述事則如其口出者。」（同上）

馬致遠的散曲《天淨沙》小令「枯藤老樹昏鴉，小橋流水平沙，古道西風瘦馬。夕陽西下，斷腸人在天涯。」寥寥數語，深得唐人絕句妙境。有元一代詞家，皆不能辦此也。（《人間詞話》六三）

白仁甫《秋夜梧桐雨》劇，沉雄悲壯（手稿為「奇思壯采」），為元曲冠冕。（《人間詞話》六四）

王國維認可的西方美學和文學天才

王國維在《教育世界》發表的多篇文章，介紹和評論希臘聖人蘇格拉底、希臘大哲學家柏拉圖、希臘大哲學家亞里士多德、近代英國哲學大家斯賓塞、霍布士、培根、休謨、荷蘭哲學大家斯賓諾莎、法國教育大家盧騷（盧梭）、英國教育大家洛克和莎士比亞、歌德、席勒、托爾斯泰、拜倫、斯蒂文森等眾多文學大家和名家。

在《紅樓夢評論》中，王國維引用了亞里士多德的觀點，並作為自己立論的根據。

王國維的《康德像贊》《叔本華像贊》給康德和叔本華至高無上的評價，王國維多篇論文，將康德和叔本華的重要觀點作為自己立論的根據。

王國維在《叔本華與尼采》中，直接稱呼：「叔本華與尼采，所謂曠世之天才非歟？」接著總結其作為天才的原因是「二人者，知力之偉大相似，意志之強烈相似。以極強烈之意志，而輔以極偉大之知力，其高掌遠跖於精神界，固秦皇、漢武之所北面，而成吉思汗、拿破崙之所望而卻走者也。九萬里之地球與六千年之文化，舉不足以厭其無疆之欲。」並肯定叔本華的天才說：「故古今之主張意志者，殆未有過於叔氏者也，不過於其美學之天才論中，偶露其真面目之說耳。」

王國維認可的天才之作

王國維在闡述其美學理論時，站在中國文學史和世界文學史的高度，也論及了一批中國和西方的天才之作。

王國維在論述天才之作時所記敘或強調的特點，是我們必須重視的天才之作評價的標準。

王國維高度評價元雜劇中的悲劇，「就其存者言之：如《漢宮秋》《梧桐雨》《西蜀夢》《火燒介子推》《張千替殺妻》等，初無所謂先離後合、始困終亨之事也。其最有悲劇之性質者，則如關漢卿之《竇娥冤》，紀君祥之《趙氏孤兒》，劇中雖有惡人交構其間，而其蹈湯赴火者，仍出於其主人翁之意志，即列之於世界大悲劇中，亦無愧色也。」（《宋元戲曲考・元劇之文章》）

元末南戲《拜月亭》，如其「第三十二出，實為全書中之傑作；然大抵本於關劇第三折。《拜月》南戲第三十二出，全從此出，而情事更明白曲盡，細較南北二戲，則漢卿雜劇固酣暢淋漓，而南戲中二人對唱，亦宛轉詳盡，情與詞偕，非元人不辦。然則《拜月》縱不出於施君美，亦必元代高手也。」（《宋元戲曲考・元南戲之文章》）

至高則誠「《琵琶》則獨鑄偉詞，其佳處殆兼南北之勝。今錄其《吃糠》一節，可窺其一斑。可知自昔皆以此出為神來之作。」（同上）

王國維《紅樓夢評論》認可的天才之作有曹雪芹《紅樓夢》和歌德《浮士德》（王國維譯為《法斯德》）。

王國維認為藝術的任務，「在描寫人生之苦痛於其解脫之道」，而使我們流連牛命的讀者，「於此桎梏之世界中，離此生活之欲之爭鬥，而得其暫時之平和。此一切美術之目的也。」歐洲近世文學中，歌德《浮士德》被推為第一，就是因為描寫人生痛苦及其解脫之途徑，最為精切。但「法斯德之苦痛，

天才之苦痛；寶玉之苦痛，人人所有之苦痛也。」浮士德的痛苦是天才的痛苦，而賈寶玉的痛苦是人人（普通人）所有的痛苦。浮士德經歷了書齋生活、愛情生活、政治生活、追求古典美和建功立業五個階段，是一位滿腹經綸，自強不息、追求真理的傑出人物。所以他經受的痛苦，是天才的痛苦。而賈寶不求上進，沉溺於優裕的生活享受，為愛情失敗、情人死亡而陷入癡狂，他的痛苦，只是一個普通人的痛苦。《紅樓夢》和《浮士德》都描寫了陷於欲望的痛苦，和解脫欲望痛苦的途徑，所以都是天才之作。

　　《紅樓夢》後四十回的結局是寶玉出家，王國維高度肯定這個結局寫出了人生之苦痛的解脫之道。

　　因此，王國維在此文中給《紅樓夢》以至高無上的評價：《紅樓夢》和《浮士德》一樣，不僅是世界文學史上的最偉大的巨著之一，也是世界文化史上的最偉大的巨著之一，即「絕大著作」、「宇宙之大著述」。他再將這個觀點分解成三個層次：一，「美術（指藝術）以詩歌、戲曲、小說為其頂點，以其目的在描寫人生故」，是「最高的文學」，而《紅樓夢》無疑是其中的佼佼者。二，他據西方自亞里士多德至叔本華以來，將悲劇看做文學藝術中最高作品的觀點，將《紅樓夢》看做是一部偉大的悲劇，而且還是叔本華評價最高的「悲劇中的悲劇」。三，他認定《紅樓夢》是壯美和優美結合、壯美大於優美的天才之作，故而是「真正的大文學」。在這三個層次認定的基礎上，他才評論《紅樓夢》為「我國美術（藝術）上之唯一大著述」，「宇宙之大著述」。

　　20 世紀後半期的紅學「主流」學者，將賈寶玉看做封建社會的叛逆者，《紅樓夢》因此而成為偉大作品。王國維則認為賈寶玉出家修行，解脫了人的欲望，《紅樓夢》因此而成為天才之作。我認為王國維的看法是正確的，拙著《紅樓夢的人生智慧》《紅樓夢的奴婢世界》《紅樓夢藝術和美學新論》《曹雪芹：從憶念到永恆》〔註2〕於此都有論述，此處不贅。

天才的組成因素

　　王國維論述的文藝天才，必須有三個部分組成，第一和第二個是銳敏之

〔註 2〕 周錫山著《紅樓夢的人生智慧》，海潮出版社，2006 年、上海錦繡文章出版社，2013 年；《紅樓夢的奴婢世界》上海文化出版社，1996／1997／1998／2000 年、北嶽文藝出版社，2006 年；《紅樓夢藝術和美學新論》，上海高校高峰高原學科建設資助項目，中國社會科學出版社將出；《曹雪芹：從憶念到永恆》，濟南出版社，2013 年。

知識和深邃之感情:「文學者,不外知識與感情交代之結果而已。苟無銳敏之知識與深邃之感情者,不足與於文學之事。此其所以但為天才遊戲之事業,而不能以他道勸者也。」(《文學小言》四)

王國維明確認定藝術是天才的產物,藝術的產生,出於先天:「夫美術之源,出於先天,抑由於經驗,此西洋美學上至大之問題也。叔本華之論此問題也,最為透闢。」(《紅樓夢評論》)

那麼叔本華是怎麼說的呢?王國維譯引叔本華《作為意志與表象的世界》,認為「美之知識,斷非自經驗的得之,即非後天的,而常為先天的;即不然,亦必其一部分常為先天的也。」(《紅樓夢評論》)

王國維贊同叔本華之說,認為美的知識是先天的,至少 部分是先天的。

中國古代早就有這樣的觀點。關於知識、聰慧、智慧的先天性,著名的論點,儒家稱為「生而知之」,佛家稱作「宿慧」。

《論語·述而》:「子曰:『我非生而知之者,好古敏以求之者也。』」孔子認為自己不是「生而知之」的人,但他承認的確有「生而知之」的人。「生而知之」指天賦高、悟性高。

佛家的「宿慧」,指先天的智慧,從前世而來的智慧。如《景德傳燈錄》卷二《第十九祖鳩摩羅多》:「闇夜多承言領旨,即發宿慧,懇求出家。」也作「夙慧」。

眾所周知,以文學藝術為事業者,必有其文藝天賦而非全賴後天的學習。如無此天賦,後天條件再好,學習再努力也沒用。此已為不爭之事實。在王國維看來,只有少數藝術天才,才是以文藝為事業。

王國維認為優秀的文藝作品,如唐人絕句和元代散曲等都「純是天籟」之作,認為「元人之於曲,天實縱之。」(《宋元戲曲考》)

王國維的天才說的一個重要觀點是,天才的第三個組成部分是艱苦卓絕的努力和奮鬥。

「天才就是勤奮」是錯誤的,沒有天賦,光努力沒有用。但沒有後天的努力,天賦得不到開發。王國維在《文學小言》和《人間詞話》都提出了天才人物必經卓絕努力的三個境界說:

> 古今之成大事業、大學問者,不可不歷三種之階級:「昨夜西風
> 凋碧樹,獨上高樓,望盡天涯路。」(晏同叔《蝶戀花》)此第一階級也。
> 「衣帶漸寬終不悔,為伊消得人憔悴。」(歐陽永叔《蝶戀花》)此第二

階級也。「眾裏尋他千百度，回頭驀見，那人正在燈火闌珊處。」（辛幼安《青玉案》）此第三階級也。未有不閱第一第二階級，而能遽躋第三階級者。文學亦然。此有文學上之天才者，所以又需莫大之修養也。（《文學小言》五）

　　古今之成大事業、大學問者，必經過三種之境界。「昨夜西風凋碧樹，獨上高樓，望盡天涯路。」此第一境也。「衣帶漸寬終不悔，為伊消得人憔悴。」此第二境也。「眾裏尋他千百度，回頭驀見（當作『驀然回首』），那人正（當作『卻』）在燈火闌珊處。」此第三境也。此等語皆非大詞人不能道。然遽以此意解釋諸詞，恐晏、歐諸公所不許也。（《人間詞話》二六）

這個著名的「三種境界」說，借用宋詞名句，極為生動、形象、深刻地從天才所必須的後天努力的角度，揭示「古今之成大事業、大學問者」即天才人物要獲得成果也「必經過」「獨上高樓，望盡天涯路」、「衣帶漸寬」、「人憔悴」的極其艱苦的努力階段；更要「眾裏尋他千百度」。這「千百度」，不僅包含著極其艱苦的努力，更包含著「千百度」努力而又失敗，以及百折不撓的堅韌精神。

王國維的天才說，既強調天才的先天性，又重視天才的後天性，看法全面辯證。

天才和天才之作的條件和標準

王國維在論述天才人物或天才之作時所記敘或強調的特點，是我們必須重視的天才人物和天才之作的評價標準。

王國維也為天才和天才之作明確制定了多個條件和標準。

第一、天才作家對於宇宙人生能出能入。「詩人對宇宙人生，須入乎其內，又須出乎其外。入乎其內，故能寫之；出乎其外，故能觀之。入乎其內，故有生氣；出乎其外，故有高致。」（《人間詞話》六〇）

第二、天才作家將作品寫出解脫之道。真『唯非常之人，由非常之智力，而洞觀宇宙人生之本質，始知生活與苦痛之不能相離。由是求絕其生活之欲，而得解脫之道。』

第三、天才作家善於獨創。

首先是在創意上獨創，鑿空而道，開未有之境，力爭第一義。「樊抗夫謂

余詞如《浣溪沙》之『天末同雲』、《蝶戀花》之『昨夜夢中』、『百尺高樓』、『春到臨春』等闋，鑿空而道，開詞家未有之境。余自謂才不若古人，但於力爭第一義處，古人亦不如我用意耳。」(《人間詞話甲稿序》)

其次是語言上善於獨創，達到「一空依傍，獨鑄偉詞」的驚人成就。

語言上的獨創，既要善於古語，又要善用俗語。「古代文學之形容事物也，率用古語，其用俗語者絕無。又所用之字數亦不甚多。獨元曲以許用襯字故，故輒以許多俗語或以自然之聲音形容之。此自古文學上所未有也。茲舉其例，如《西廂記》第四劇第四折〔雁兒落〕〔得勝令〕如馬致遠《黃粱夢》第四折〔叨叨令〕：其更奇絕者，則如鄭光祖《倩女離魂》第四折〔古水仙子〕：又無名氏《貨郎旦》劇第四折〔貨郎兒六轉〕，則用疊字，其數更多。由是觀之，則元劇實於新文體中自由使用新言語，在我國文學中，於《楚辭》、內典外，得此而三。然其源遠在宋、金二代，不過至元而大成。其寫景抒情述事之美，所負於此者，實不少也。」

第四、崇尚真實自然。「元曲之佳處何在？一言以蔽之，曰：自然而已矣。古今之大文學，無不以自然勝，而莫著於元曲。蓋元劇之作者，其人均非有名位學問也；其作劇也，非有藏之名山，傳之其人之意也。彼以意興之所至為之，以自娛娛人。關目之拙劣，所不問也；思想之卑陋，所不諱也；人物之矛盾，所不顧也。彼但摹寫其胸中之感想，與時代之情狀，而真摯之理，與秀傑之氣，時流露於其間。故謂元曲為中國最自然之文學，無不可也。若其文字之自然，則又為其必然之結果，抑其次也。」

自然還含有真實、忠實描寫的意思：「元劇自文章上言之，優足以當一代之文學。又以其自然故，故能寫當時政治及社會之情狀，足以供史家論世之資者不少。」

第五，曲折婉轉，寄託深遠。《人間詞甲稿序》總結王國維詞的天才之作的藝術特點是「往復幽咽，動搖人心。快而沉，直而能曲，不屑屑於言詞之末，而名句間出，殆往往度越前人」。「其言近而指遠、意決而辭婉」。「若夫觀物之微，託興之深」，「求之古代作者，罕有倫比。」。

第六，優美和壯美兼具。他以《紅樓夢》為例，闡述了壯美和優美。

第七，理想與寫實結合：「有造境，有寫境，此理想與寫實二派之所由分。然二者頗難分別，因大詩人所造之境必合乎自然，所寫之境亦必鄰於理想故也。」(《人間詞話》二)

　　第八，最後，最重要的是，天才之作必須「有境界」，或曰「有意境」。

　　「元之南戲，以《荊》《劉》《拜》《殺》並稱，得《琵琶》而五。此五本尤以《拜月》《琵琶》為眉目，此明以來之定論也。元南戲之佳處，亦一言以蔽之，曰自然而已矣。申言之，則亦不過一言，曰有意境而已矣。故元代南北二戲，佳處略同；唯北劇悲壯沉雄，南戲清柔曲折，此外殆無區別。此由地方之風氣，及曲之體制使然。而元曲之能事，則固未有間也。」（《宋元戲曲考·元南戲之文章》）

　　文學之事，其內足以攄己而外足以感人者，意與境二者而已。上焉者意與境渾，其次或以境勝，或以意勝，苟缺其一，不足以言文學。原夫文學之所以有意境者，以其能觀也。出於觀我者，意餘於境；而出於觀物者，境多於意。然非物無以見我，而觀我之時，又自有我在。故二者常互相錯綜，能有所偏重，而不能有所偏廢也。文學之工不工，亦視其意境之有無與其深淺而已。（《人間詞話乙稿序》）

　　王國維高度評價己作《人間詞》的藝術成就，也因為自認為達到了「有意境」的高度：

　　　　靜安之為詞，真能以意境勝，靜安之詞，大抵意深於歐，而境次於秦。至其合作，如《甲稿·浣溪沙》之「天末同雲」、《蝶戀花》之「昨夜夢中」，《乙稿·蝶戀花》之「百尺朱樓」等闋，皆意境兩忘，物我一體；高蹈乎八荒之表，而抗心乎千秋之間；駸駸乎兩漢之疆域，廣於三代、貞觀之政治，隆於武德矣。方之侍衛，豈徒伯仲。此固君所得於天者獨深，抑豈非致力於意境之效也。至君詞之體裁，亦與五代、北宋為近，然君詞之所以為五代、北宋之詞者，以其有意境在。（《人間詞乙稿序》）

　　關於境界或意境的定義，他首次在《人間詞話》中做了闡發：

　　　　大家之作，其言情也必沁人心脾，其寫景也必豁人耳目，其詞脫口而出，無矯揉妝束之態。以其所見者真，所知者深也。詩詞皆然。持此以衡古今之作者，可無大誤矣。（《人間詞話》五六）

　　他後又在《宋元戲曲考》中再做闡發：

　　　　然元劇最佳之處，不在其思想結構，而在其文章。其文章之妙，亦一言以蔽之，曰：有意境而已矣。何以謂之有意境？曰：寫情則沁人心脾，寫景則在人耳目，述事則如其口出是也。古詩詞之佳者，

無不如是，元曲亦然。(《宋元戲曲考‧元劇之文章》)

綜合以上兩則，有意境共有四個標準，言情或寫情沁人心脾，寫景豁人或在人耳目，其詞脫口而出和述事如其口出。

馮友蘭解釋說:「在一個藝術作品中，藝術家的理想就是『意』，他所寫的那一部分自然就是『境』。意和境渾然一體，就是意境。」「意、境、情三者合而為一，渾然一體，這才成為一個完整的意境。」〔註3〕

天才之作是壯美和優美兼具的傑出作品

關於天才之作是壯美和優美兼具的傑出作品，王國維在《紅樓夢評論》中做了比較詳細的論述:

> 自然界之物，無不與吾人有利害之關係，縱非直接，亦必間接相關係者也。苟吾人而能忘物與我之關係而觀物，則夫自然界之山明水媚，鳥飛花落，固無往而非華胥之國，極樂之土也。豈獨自然界而已?人類之言語動作，悲歡啼笑，孰非美之對象乎?然此物既與吾人有利害之關係，而吾人慾強離其關係而觀之，自非天才，豈易及此?於是天才者出，以其所觀於自然人生中者，復現之於美術中，而使中智以下之人，亦因其物之與己無關係，而超然於利害之外。是故觀物無方，因人而變。濠上之魚，莊、惠之所樂也，而漁父襲之以網罟;舞雩之木，孔、曾之所憩也，而樵者繼之以斤斧。若物非有形，心無所住，則雖殉財之夫，貴私之子，寧有對曹霸、韓幹之馬，而計馳騁之樂;見畢宏、偉偓之松，而思棟樑之用;求好述於雅典之偶，思稅駕於金字之塔者哉!故美術之為物，欲者不觀，觀者不欲。而藝術之美，所以優於自然之美者，全存於使人易忘物我之關係也。(第一章《人生及美術之概觀》)

王國維認為只有天才，才能解脫自然界之物與自己的厲害關係，進入無欲的壯美的境界。

王國維認為《紅樓夢》是壯美和優美兼具、以壯美為主的天才之作。

王國維認為天才之作必是壯美和優美兼具之作。他在《紅樓夢評論》中，對壯美和優美的解釋，有明確的定義:

〔註3〕馮友蘭《中國哲學史新編》第六冊第六十九章「中國近代美學的奠基人——王國維」，人民出版社，1988年;馮友蘭《三松堂全集》第十卷，河南人民出版社，2000年，第467～468頁。

　　而美之為物有二種：一曰優美，一曰壯美。苟一物焉，與吾人無利害之關係，而吾人之觀之也，不觀其關係，而但觀其物。或吾人之心中，無絲毫生活之欲存，而其觀物也，不視為與我有關係之物，而但視為外物，則今之所觀者，非昔之所觀者也。此時吾心寧靜之狀態，名之曰優美之情，而謂此物曰優美。若此物大不利於吾人，而吾人生活之意志，為之破裂，因之意志遁去，而知力（智力，指才智慧力）得為獨立之作用，以深觀其物，吾人謂此物曰壯美，而謂其感情曰壯美之情。普通之美，皆屬前種。至於地獄變相之圖，決鬥垂死之像，盧江小吏之詩（指《孔雀東南飛》），雁門尚書之曲（清吳偉業古風《雁門尚書行》），其人故氓庶（普通民眾）之所共憐，其遇雖虓夫（兇狠暴戾之人）為之流涕，詎有子頹樂禍之心〔註4〕，寧無尼父反袂之戚〔註5〕？而吾人觀之，不厭千復（反覆觀之千遍也不滿足）。格代（今譯歌德）之詩曰：

What in life doth only grieve us.

That in art we gladly see.

　　凡人生中足以使人悲者，於美術中則吾人樂而觀之。

　　此之謂也。此即所謂壯美之情；而其快樂存於使人忘物我之關係，則固與優美無以異也。

　　至美術中之與二者相反者，名之曰眩惑。夫優美與壯美，皆使吾人離生活之欲，而入於純粹之知識者。（《紅樓夢評論》第一章）

　　優美與壯美之別：今有一物，令人忘利害之關係而玩之不厭者，謂之優美之感情；若其物直接不利於吾人之意志而意志為之破裂，唯由知識冥想其理念者，為之壯美之感情。（《叔本華之哲學及其教育學說》）

〔註4〕 子頹：春秋時周莊王之子。樂禍：以禍為樂。《左傳·莊公二十年》：「哀樂失時，殃咎必至，今王子頹歌舞不倦，樂禍也。」子頹圖謀奪取周惠王之王位，後在衛、燕之師幫助下進入王都城周，鄭莊公調解未成，子頹為討好諸侯五大夫，「樂及遍舞」（謂奏樂及於所有舞樂也），違反制度，鄭莊公以為樂禍。

〔註5〕 尼父：孔子的尊稱。孔子（前551～前479），名丘，字仲尼。反袂：揚起袖子（袂），掩面拭涕，形容哭泣。戚，傷悲，《公羊傳·哀公十四年》：「有以告者曰：『有麕而角者。』孔子曰：『孰為來哉！孰為來哉！』反袂拭面，涕沾袍。顏淵死，子曰：『噫！天喪予。』子路死，子曰：『噫！天祝予。』西狩獲麟，孔子曰：『吾道窮矣。』」

　　王國維的壯美優美說，是繼承康德的崇高與優美說的產物。康德的原文是崇高和優美，王國維將崇高譯成壯美。

　　康德對於崇高和優美，卻並沒有明確的定義，他的論述是，「那種較精緻的感情主要地是如下兩種」：

　　　　崇高的感情和優美的感情。這兩種情操都是令人愉悅的，但卻是以非常不同的方式。一座頂峰積雪、高聳入雲的崇山景象，對於一場狂風暴雨的描寫或者彌爾敦對地獄國土的敘述，都激發人們的歡愉，但又充滿著畏懼；相反地，一片鮮花怒放的原野景色，一座溪水蜿蜒、布滿著牧群的山谷，對伊里修姆（古代神話中的極樂世界）的描寫或者是荷馬對維納斯的腰束的描繪，也給人一種愉悅的愉悅的感受，但那卻是歡樂和微笑的。為了使前者對我們能產生一種應有的強烈的力量，我們就必須有一種崇高的感情；而為了正確地享受後者，我們就必須有一種優美的感情。高大的橡樹、神聖叢林中孤獨的陰影是崇高的，花壇、低矮的籬笆和修剪得很整齊的樹木則是優美的；黑夜是崇高的，白晝則是優美的。……崇高使人感動，優美則使人迷戀。……

　　　　崇高必定總是偉大的，而優美卻也可以說是渺小的。崇高必定的淳樸的，而優美則可以是著意打扮和裝飾的。

　　　　悠久的年代是崇高的。假如它是屬於過去年代的，那麼它就是高貴的。〔註6〕

康德還將崇高分成三種：令人畏懼的崇高，高貴的崇高，華麗的崇高〔註7〕。

康德《判斷力批判》中又解說優美與壯美說：

　　　　美是那在單純的（即不是依照悟性的一個概念以官能的感覺為媒介的）判定裏令人愉快的。由此自身得出的結論，即必須是沒有一切的利害興趣而令人愉快的。

　　　　壯美是那個通過它的對於官能的利益興趣的反抗而令人愉快的〔註8〕。

　　　　但人們必須把這海洋像詩人所做的那樣，當他在靜中觀看時按

〔註6〕　康德《論優美感和崇高感》（何兆武譯），商務印書館，2001年，第2〜3、4、
　　　　　5頁。
〔註7〕　康德《論優美感和崇高感》（何兆武譯），第3頁。
〔註8〕　康德《判斷力批判》上卷（宗白華譯），商務印書館，1964年版，第108頁。

照著眼前說顯現的，看作一個清朗的水鏡，僅只是被青天所界著；但是，如果它動盪了，就會像一吞噬一切的深淵，這就能夠發見它的崇高雄偉〔註9〕。

　　王國維運用康德的崇高和優美說理論評論《紅樓夢》，給壯美和優美作出明確的定義，並在此文第三章《紅樓夢之美學上之精神》的最後一部分，他特作強調：因為《紅樓夢》是悲劇中的悲劇，「此書中壯美之部分較多於優美之部分，而眩惑之原質殆絕焉」〔註10〕。

　　《紅樓夢》作為優美和壯美相結合、壯美大於優美的經典作品，王國維舉出此書「最壯美者之一例，即第九十六回《瞞消息鳳姐設奇謀　泄機關顰兒迷本性》後半回，黛玉突然聽到傻大姐揭露家中長輩決定寶玉娶寶釵為妻，她陷入癡迷，和黛玉最後相見的場景；並認為「如此之文，此書中隨處有之，其動吾人之感情何如！凡稍有審美的嗜好者，無人不經驗之也。」〔註11〕這一段文字具體、細膩、生動地描寫黛玉聽到寶玉將與寶釵成婚的消息，直接不利於黛玉想與寶玉結合的意志，黛玉的意志被摧毀的過程和後果。她神志不清，陷入癡迷，體內之病發作，身體接近癱瘓。

　　王國維舉此例作為《紅樓夢》的「最壯美的」也即最精彩的篇章，他又舉後四十回的內容為例，認為《紅樓夢》是最出色的悲劇，可見他在藝術上對後四十回的高度認可。

　　這也說明王國維認為《紅樓夢》的整部書，包括後四十回，都是天才之作。

　　陳寅恪的觀點與王國維相同，他認為「及曹氏既衰，朝旨命李煦繼曹寅之任，以為曹氏彌補任內之虧空。李曾任揚州鹽政。外此尚有許多諸多文件，均足為考證《石頭記》之資，而可證書中大事均有所本。而後四十回非曹雪芹所作之說，不攻自破矣。」〔註12〕

　　錢鍾書先生認為《紅樓夢》以程乙本為最好。他在1990年代曾精闢指出：《紅樓夢》研究中的許多糾葛與紛爭，大多源於版本問題。在同一問題上，張三根據這個版本，李四根據那個版本，公說公有理，婆說婆有理，一萬年也說不清，實在無謂得很。這是《紅樓夢》的悲劇，也是中國學界的悲劇。為了永

〔註 9〕康德《判斷力批判》上卷（宗白華譯），第111～112頁。
〔註10〕康德《判斷力批判》上卷（宗白華譯），第12頁。
〔註11〕周錫山編校《王國維集》第一冊，中國社會科學出版社，2008年版，第12～13頁。
〔註12〕吳宓《吳宓日記（1943～1945）》，三聯書店，1998年，第382頁。

久保存《紅樓夢》這筆珍貴遺產，也為了給讀者提供一個《紅樓夢》的範本，必須從眾多版本中確定一個最好的版本，而這個版本就是「程乙本」。至於其他版本，則只供研究之用。〔註13〕

錢鍾書認為程乙本最好，也認可了後四十回與前八十回是藝術成就相當的傑作。

20世紀人文學科學術地位最高的三位泰斗——王國維、陳寅恪、錢鍾書的觀點相同，都高度評價後四十回，可是否定、貶低《紅樓夢》後四十回的當代紅學界的「主流」學者都迴避了三家的這個觀點，更不敢直接予以反駁。這說明了三家的這個觀點的權威性。

另需注意的是，康德的崇高，王國維改為壯美，則更為恰切。如果林黛玉聽到傻大姐洩露的信息而癡呆的描寫，不是「壯美」，而是「崇高」，就顯得突兀而荒謬了。

天才的靈感得之於天

他在《三十自序》中強調「斯有天致，非由人力」，雖情符曩哲，未足多矜』者，固不暇為世告焉。」

馬致遠〔天淨沙〕小令，純是天籟，彷彿唐人絕句。馬東籬《秋思》一套，周德清評之以為萬中無一，明王元美等亦推為套數中第一，誠定論也。此二體雖與元雜劇無涉，可知元人之於曲，天實縱之，非後世所能望其項背也。

王國維以沈曾植、鄧石如、吳熙載、趙之謙為例，認為天才之作的靈魂永存、鬼神通之，並能上接千古。

王國維盛讚沈曾植臨終（易簀）作於前數小時的《絕筆楹聯》，氣象筆力雄大，出神入化；「對此遺跡，誰謂先生不在人間耶？」其靈魂脫體而出，化入和長存其書法作品（在人間永存的達到化境的作品）之中，即道家所極度追求的陽神出入達到了最高境界的作品之中，所以世「有唱『神滅論』者，請以此難之。」（《〈沈乙庵先生絕筆楹聯〉跋》）

王國維認為清代篆刻家、書法家鄧石如（1743～1805，號完白山人）、吳熙載（1799～1870，字讓之）、趙之謙（1829～1884，號悲庵）的篆書竟然進入「鬼神通之」的奇妙境界：「前人研精書法，精誠之至，乃與古人不謀而合。如完白山人篆

〔註13〕據錢鍾書先生的學生裴效維先生的復述，見韓慧強《名副其實的〈紅樓夢〉全解》，上海《文匯讀書週報》，2011年6月17日。

書，一生學漢碑額，所得乃與新出之『漢太僕殘碑』同。吳讓之、趙悲庵以北朝楷法入隸，所得乃與此碑（甘陵相碑）同。鄧、吳，趙均未見此二碑，而千載吻合如此，所謂鬼神通之者非耶！」（《觀堂集林・甘陵相碑跋》）後他又再次讚譽鄧石如的篆書「寓駿快於頓挫，出新意於舊規」，到達出神入化的高妙境界，因「精誠之至，與古冥合」，以至於他的篆書《周之琦鶴塔銘》與新出土（民國十一年 1922 年於河南偃師出土）的刊刻於東漢元初四年（117）《漢司徒袁敞碑》（篆書碑刻，無撰書人姓名，簡稱《袁敞碑》又稱《漢司空袁敞碑》）具有相同的風格構思（同一機軸）。（《〈周之琦鶴塔銘手跡〉跋》）

王國維以自己為例，認為藝術和學術的重大新創造必須有天助。他自期在哲學和文學研究和著述達到超越前人的創新，「若夫深湛之思，創造之力，苟一日集於余躬，則俟諸天之所為歟！俟諸天之所為歟！」（《三十自序二》）要等到天的幫助和佑助，如果有一天能將深湛的思維和創造的力量彙集到我的身上，才能做到。

這意味著天才是不可學的。馮友蘭評論王國維時也說：「一個大藝術家有高明的天才，偉大的人格，廣博的學問，有很好的預想，作出來的作品自然也有很高的意境，這是不可學的。」「意境是不可學的。」〔註14〕

古人和王國維所謂天助、「鬼神通之」，指的就是靈感來臨。古人認為，靈感就是天助、神助、通鬼神的結果，中國社會科學院哲學研究所朱狄指出：「靈感的靈，繁體字靈，從巫。《說文》：『巫以玉事神』，曰靈。照許慎的解釋，『巫，祝也。女能事無形以舞降神者也。象人兩袖舞型。』所以靈感這個詞的翻譯，可謂與柏拉圖時代的含義相近」，「一是有通神的意思」。「二是與巫有關。」〔註15〕

關於天才之作，必須等到天之神助，西方自柏拉圖到當今，也有論述和介紹。

柏拉圖的靈感說，他介紹蘇格拉底的有關觀點，是西方對文學藝術特徵的最早概述。靈感的來源共有兩個：

一、靈感的第一個源泉來自神的憑附，是「神靈附體」、「神靈評附」（《伊

〔註14〕 馮友蘭《中國哲學史新編》第六冊第六十九章「中國近代美學的奠基人——王國維」，人民出版社，1988 年；馮友蘭《三松堂全集》第十卷，河南人民出版社，2000 年，第 472 頁。

〔註15〕 朱狄《靈感概念的歷史演變及其他》，彭放編《靈感之謎》，北京師範學院出版社，1986 年，第 23 頁。

安》)詩神憑附在詩人身上,把靈感輸送給詩人,也即神助、靈啟,使詩人處於「迷狂」狀態,在詩神的操縱下進行詩歌創作。因此,「優美的詩歌本質上不是人的創作而是神的詔語」。柏拉圖介紹蘇格拉底的觀點:「依我看,神就是要用這件事兒向我們證明,毋庸置疑,那些優美的詩句不是屬人的,也非人之創作,而是屬神的,得自於神,人不過是神的傳譯者而已,詩人被神憑附。」(《伊翁》)

這第一個來源與先秦管子以來的觀點相同。如清代著名戲曲家、小說家和戲曲理論大家李漁在評論金聖歎時說:聖歎之評《西廂》「而筆使之然,若有鬼物主持期間者,此等文字,尚可謂之有意乎哉。文章一道,實實通神,非欺人語。千古奇文,非人為之,神為之,鬼為之,神所附者耳。」(李漁《閒情偶寄》卷三詞曲部「格局第六」《填詞餘論》)

二、「靈魂回憶說」,靈感的第二個來源是來自不朽靈魂從前世或天國帶來的回憶。即認為靈魂在進入肉體之前觀照過「美的理式」,當它進入肉體投入人世生活時,人世事物會誘發靈魂對美的理式的回憶,並隨之進入迷狂,靈感隨之而生。(《斐德若》)

第二個來源,與孔子「生而知之」和佛家「宿慧」相同。

至於當今的介紹,中國方面,如中國社會科學院哲學研究所周國平說,「唯有在孤獨中,人的靈魂才能與上帝、與神秘、與宇宙的無限之謎相遇」〔註16〕。

西方方面,例如諾貝爾文學獎得主大江健三郎在與中國作家協會主席鐵凝對話時,說:「諾貝爾文學獎得主托妮‧莫里森告訴我,她在創作時,夜晚耳邊有時會響起一個聲音,循著這個聲音寫下去,往往就會寫出成功的作品來。莫里森問我是否也有過這種體驗,我告訴她,自己也是如此。鐵凝先生,如果某個夜晚你的耳邊也響起那個聲音的話,那就說明你將要寫出優秀作品來了。」〔註17〕

關於神秘的靈感問題,歷經2千多年的探討和研究,至今還沒有結論,柏拉圖、王國維朱狄和周國平的以上論說,提供了一種解釋。中國古代關於靈感來自鬼神相通的觀點,自管仲起,中經杜甫、董其昌、金聖歎、李漁等,有大

〔註16〕 轉引自李憲堂《傅山的孤獨》,《讀書》,2012年第6期,第70頁。
〔註17〕 《鐵凝對話大江健三郎——文學的責任是不斷尋找新的希望》,《文匯報》,2016年9月8日。

量的復述，拙文《南北宗・神韻說・靈感論》〔註18〕曾就中國古近代名家的這些觀點做了梳理和分析，此處不贅。

2022・中國古代文學理論學會和暨南大學主辦・
中國古代文學理論學會第二十三屆年會暨學術研討會

〔註18〕拙文《南北宗・神韻說・靈感論》原是拙著《上海美術史》的一章，發表於《古代文學理論研究》，2014 年第 2 期，華東師範大學出版社，2014 年；又收入拙著《湯顯祖與明代文學》(上海高校高峰高原學科建設資助項目)，上海人民出版社，2017 年。

王國維照搬西方說和
否定《人間詞話》諸見的偏頗

　　關於王國維美學著作，如名著《人間詞話》等，頗有一些學者認為他是照搬西方叔本華的理論。

　　著名的如錢鍾書，認為王國維《紅樓夢評論》硬套叔本華〔註1〕，葉嘉瑩也擁護這個觀點。這個觀點影響很大，拙文《王國維與西方美學》〔註2〕等多篇論文（後都收入《王國維美學思想研究》增訂本）和拙著《王國維：求索鑄金聲》〔註3〕已予以分析和辨正。

　　王國維美學照搬西方叔本華說的來源是（譚）佛雛《王國維詩學研究》〔註4〕認為王國維受叔本華的啟發、繼承了叔本華，並詳細羅列和梳理王國維觀點與叔本華《意志與表象的世界》的相似性，將叔本華此書的有關觀點做了仔細而全面的介紹。尤其是該書將沒有譯成中文的《意志與表象的世界》第二、第三卷的內容，他自己翻譯並詳引於書中。此書給人的印象是王國維全盤受叔本華影響，全部是叔本華的翻版，儘管並沒有正式提出這個觀點。

　　夏中義《世紀初的苦魂》（上海文藝出版社，1995年），後改名《王國維：世紀苦魂》（北京大學出版社，2005年），認為王國維沒有自己的東西，全是翻譯叔本華的東西，是「譯介」，但又說譯介就是「再創」。他反對筆者關於王國維美學獨

〔註1〕 錢鍾書《談藝錄》三《王靜安詩》補訂三。
〔註2〕 周錫山《論王國維的曲學和西學》，《中國比較文學》，1998年第4期，《王國維美學思想研究》，中國社會科學出版社，2017年，第372頁。
〔註3〕 周錫山《王國維：求索鑄金聲》，濟南出版社，2020年。
〔註4〕 佛雛《王國維詩學研究》北京大學出版社，1987、1999年。

創性地建立了體系的觀點，發表《迷失在譯介與再創之間——評〈王國維美學思想研究〉》〔註5〕，筆者發表《迷失於「再創（譯介）」與獨創之間——評夏中義〈世紀初的苦魂〉》〔註6〕，給以反批評。

夏中義不懂英文，他沒有看過叔本華《意志與表象的世界》未譯成中文的第二、第三卷；閱讀古文的能力也不強。他並未讀懂和掌握王國維的全部著作，對王國維做了許多錯誤的評論，例如妄評王國維有「天才情結」。夏中義還崇洋迷外，對王國維放棄西方美學研究，轉入國學研究而深表可惜云云，根本不知道王國維放棄西學研究是因為他認為中學比西學高明得多，「國維於吾國學術，從事稍晚。往者十年之力，耗於西方哲學，虛往實歸，殆無此語。然因此頗知西人數千年思索之結果，與我國三千年前聖賢之說大略相同。由是掃除空想，求諸平實」。（《致沈曾植》，1914 年 8 月 2 日）王國維對西學的弊病做了深刻而全面的批評〔註7〕。

夏中義認為王國維照搬叔本華，王國維美學是譯介叔本華著作的觀點，實際上是來源或者說抄襲佛雛，是佛雛首先提供了資料和觀點。

夏中義此書與其他評論近代名家的論著一樣，對王國維的評論都遊談無根，其觀點都不能成立。

江弱水（浙江大學陳強教授）《評夏中義〈九謁先哲書〉》〔註8〕時，借用梁啟超在《清代學術概論》裏自我批評的那些話移評該書：「務廣而荒，每一學稍涉其樊，便加論列，故其所著述，多模糊影響籠統之談，甚者純然錯誤。」夏中義《九謁先哲書》也「謁」了王國維。江弱水對夏中義《九謁先哲書》的嚴厲而透徹的批評，論證他僅僅讀了一小部分研究對象的著作，就放言高談，遊談無根，觀點純然錯誤，這個批評也完全適合於夏中義《世紀初的苦魂》。（《王國維：世紀苦魂》）

王攸欣《選擇‧接受與疏離——王國維接受叔本華朱光潛接受克羅齊美

〔註5〕 夏中義《迷失在譯介與再創之間——評〈王國維美學思想研究〉》，《中國比較文學》，1994 年第 2 期。

〔註6〕 周錫山《迷失於「再創（譯介）」與獨創之間——評夏中義〈世紀初的苦魂〉》，《中國比較文學》，1996 年第 2 期。後收入拙著《王國維美學思想研究》增訂本，中國社會科學出版社，2017 年。

〔註7〕 參見拙文《王國維對中西文化的精當認識及其重大現實意義》，周錫山《中國文學與世界論集》，花木蘭文化公司，2023 年。

〔註8〕 江弱水（陳強）《評夏中義〈九謁先哲書〉》，《浙江學刊》，2002 年第 3 期；《從王熙鳳到波托西》，廣西師範大學出版社，2005 年。

學比較研究》〔註9〕，也有王國維照搬叔本華這個觀點的傾向。

最近還有學者認為王國維沒有自己的東西，都是前人的，都承襲了中西前人之說。拙著《王國維美學思想研究》第二章「美學淵源」，最後引用吉爾伯特和庫恩《美學史》評論康德哲學和美學體系的精彩論斷，來說明王國維美學體系的首創性和獨創性（第37～38頁）：

吉爾伯特和庫恩《美學史》在《康德美學體系的新奇性》此節中的論述，極其精闢，並富有啟示意義，他們說：

> 人們注意到康德向他之前的理論家借的這些債，不是為了向他算舊賬，而是為了指出他的美學理論的發展過程。康德美學理論中的主要東西，不是他向別人借的債，而是他的獨創性。我們剛剛引用了這樣一種說法：除了「體系形式」之外，康德幾乎沒有給前人的著作增加任何東西。然而，持這種看法的作者沒有注意到，這是怎樣一種體系形式！人們可以用一種多少有點戲劇誇張的語調說道，「康德」和「體系」是可以互相交換的兩個詞，可以說，倘若在這一點上不承認他的獨創性，則是全部不承認他的獨創性。康德美學體系的出現，這是從根本上震撼世界的事件。……康德的這種包括他以前所從事的一切活動，旨在圓滿地完成他的整個的智力體系。〔註10〕

康德是西方近現代哲學、美學的祖師，王國維是中國古、近代史學、美學和文學理論的總結者和現代史、美、文學理論的開創者，與康德的成就各異而地位相似，因此將以上引述借來評價王國維的史學、美學體系，也十分確當。至於極個別論者認為王氏著述乃至整個中國古代文學理論和美學著作的論述零碎而不成系統，則實足是對中國美學的外行之見，我已有論文給以批評〔註11〕。

在王國維美學論著中，《人間詞話》是最重要的一部，學界公認是 20 世紀中國唯一的美學經典。但是在整個 20 世紀，無人沿著王國維美學的道路繼續

〔註9〕 王攸欣《選擇·接受與疏離——王國維接受叔本華朱光潛接受克羅齊美學比較研究》，三聯書店·哈佛燕京學術叢書第六輯，三聯書店，1999 年。

〔註10〕 吉爾伯特和庫恩《美學史》下冊，上海譯文出版社，1989 年 10 月初版，第 427～428 頁。

〔註11〕 周錫山《論中國美學在世界美學史上的地位和意義》，《文藝美學新淪》，華東師範大學出版社，1990 年 12 月初版。此文已收入本書。

前進並獲得重要成就。僅有宗白華繼續探討意境說，並取得新的成就。但是宗白華從來不提王國維，顯然認為自己的研究是另闢蹊徑，超越了王國維。其同代的三四十年代成名的學人中，以朱光潛、唐圭璋專文批評王國維的文章為代表，頗有對《人間詞話》質疑的論著。而與朱光潛、唐圭璋辯駁的文章也很多。

20 世紀後半期，批評《人間詞話》最有影響的是饒宗頤 1953 發表的《〈人間詞話〉平議》（一）（二），後又收入饒宗頤《澄心論萃》〔註12〕一書中。

潘海軍《論饒宗頤〈人間詞話平議〉》指出：饒宗頤的《人間詞話平議》影響深遠。包括葉嘉瑩在內的諸多學者，一致認為其評論精闢。饒宗頤指出了王國維「境界」說的「弊端」，認為其論詞標準和中國古典美學意內言外之旨輒復相乖。王國維「境界」說是一個立體多面的理論範疇，兼具「意境」與「超意境」的美學旨向，任何範疇的全稱判斷都可能存在以偏概全之嫌。饒宗頤以「殊傷質直」的隱顯視角分析「隔」與「不隔」，存在理論錯位之嫌。《人間詞話平議》不乏真知灼見，但是對「境界」說的創新價值重視不夠，客觀上反映了兩位大師文學觀的差異。〔註13〕

實際上不僅是差異，饒宗頤頗有挑戰王國維，試圖超越王國維的宏圖。他不僅否定《人間詞話》，而且還否定王國維的兩重證據法，提出三重證據法。饒宗頤否定《人間詞話》的文章和三重證據法的影響不僅並不深遠，而且並未得到學界的承認。潘海軍對饒宗頤的批評是正確的。

繼饒宗頤之後，香港中文大學黃維樑（後去臺灣佛光大學）的《王國維〈人間詞話〉新論》，以 70 頁約 5 萬字的篇幅，以詳盡的論證，重估《人間詞話》，批評《人間詞話》沒有新東西，全是前人的觀點和話題。他的論文收入《中國古典文論新探》一書中，後於 1996 年北京大學出版社引入大陸；北京大學出版社，2013 年又出版第二版增訂本《從文心雕龍到人間詞話：中國古典文論新探（第 2 版）》，更以書名標示的方式強調對《人間詞話》的否定性評論。

此文的〔內容提要〕已簡要展示了其主要觀點：

一、王國維《人間詞話》於 1909 年發表後，備受稱讚，或以為它理論新穎，或以為它別具體系。此書儼然有近代中國文學批評獨一無二的經典之概。

〔註12〕饒宗頤《澄心論萃》（胡曉明編），上海文藝出版社，1996 年，第 207～215 頁。
〔註13〕潘海軍《論饒宗頤人間詞話平議》，《關東學刊》，2017 年第 3 期。

二、其實《人間詞話》的境界說，其真感情和不用典等要旨，在中國批評史上，源遠流長。境界一辭的概念和用法，清末已非常流行。大境小境、隔與不隔等說，前人亦多有論述。靜安沿用古人理論而已，即使以清末民初那時代的觀點來看，也沒有什麼創見。

三、以情之真假論詩，不但標準難以訂立，而且容易使人把作品和作者混為一談，以致因人害詩，作品的獨立地位乃因此而喪失。詩不應用典的主張，亦非知言：因為用典既有好處，也是不能避免的。至於大境小境、有我之境無我之境等一連串分析性術語，是整個境界說中最有可能脫穎而出的，可惜王氏並沒有好好解說。其中的有我無我之分，更徒然惹來紛紛的議論罷了。本文搬出古今中外幾塊文學批評的試金石，比併而觀，發現境界說整個批評理論，既不夠圓通和實用，更談不上體系的精宏。

四、實際批評方面，《人間詞話》用的完全是中國傳統詩話詞話那套印象式手法。本書煞有介事提出的各個術語，這部分幾乎悉數捨棄不顧。籠統而武斷的實際批評，諸如崇李煜，詘姜、吳，無不褒貶任聲、抑揚過實，令人難以苟同。

五、儘管很多人對《人間詞話》推崇不遺餘力，在改變現代讀者品詩口味和指導詩人創作原則方面，它的影響力卻差不多等於零。不過，境界一辭很具魅力，用起來又簡便，所以人們津津樂道，而且飲水思「源」，於是都對《人間詞話》讚賞不已。

六、向來指出此書缺點的人，並非沒有；然而一般來說，總是大褒小貶，太過抬舉它了。重真感情和反對用典等見解，只是詩論的一端；印象式批評自有優點，卻絕非當今我國批評界應走之路。《人間詞話》雖有若干可取之處，把它高高舉起，當作「引路的明燈」的人，眼光實在極有問題。目前中國的文學批評事業日盛，我們應把注意力放在新成長的花果上。

從每一個局部看，此文的論證詳實，批評性的觀點能夠自圓其說。我們不必費力一一辯駁，——王國維的有些觀點的偏頗拙著也有批評；而從總體上看，上引之潘文批評饒宗頤的觀點也適用於此文。

黃維樑的文章影響很小，以至於王國維和《人間詞話》研究者彭玉平不知此書和此文。其《王國維詞學與學緣研究》的《導論》中，在《語文教學與研

究》記者所問「最近也偶而聽到有學者質疑《人間詞話》的經典地位，您如何看待這種質疑」？他回答：

> 我在近年參加的幾次學術會議上，確實「聽到」了一些質疑《人間詞話》經典地位的聲音，這裡的「聽到」要加引號，是因為質疑者並非以論文的方式來爭鳴，而是發言時附帶提及。因為沒有成文的文字，以至我無法準確理解質疑的背景原因和學理所在，所以就更不好回應了。不過，這裡我可以結合我的理解就這一質疑多說幾句，其中很可能也有我「自說話」的成分。所以，只能說是探討問題，而不是具體「回應」。其實，質（疑）《人間詞話》的經典地位不是現在才有的，在 20 世紀三四十年代的學人，質疑的聲音已經所在多有，如朱光潛、唐圭璋等先生都有專文批評王國的，而且朱、唐二先生的批評甚至帶著釜底抽薪的意味。〔註14〕

彭玉平的回答，一是證實筆者的觀點，否定《人間詞話》的文章影響很小；二是反映當今不少學者讀書太少，對同行的著作不熟悉、不重視，根底較淺。不僅如此，甚至對研究對象的著作也不熟悉，例如該書第 1052 頁，將拙編《王國維文學美學論著集》誤作「論著選」；第 1060 頁，拙編《王國維集》（中國社會科學出版社，2008 / 2012 年），誤作《王國維選集》；筆者編著的《人間詞話彙編匯校匯評》，彭玉平只知北嶽文藝出版社，2004 年版（因書商急於出版而校對不精，未能給筆者自校），不知上海三聯書店，2012 年的修訂增補版（而且多次連續重印）。更有甚者，有的重要小節全引第二手資料，沒有一則王國維的原文。

黃維梁等否定王國維的獨創性，只是針對《人間詞話》；錢鍾書批評王國維硬套叔本華，只是針對《紅樓夢評論》一文。首次全面否定王國維，認為王國維照搬叔本華、王國維放棄西學而專研國學屬於倒退的，是等而下之的夏中義。

〔註14〕彭玉平《王國維詞學與學緣研究》，中華書局，2015 年，第 18 頁。

柒、馮友蘭美學研究

論馮友蘭哲學中的美學思想

　　馮友蘭的哲學著作中頗有論及美學的篇章。其《中國哲學史新編》第六冊第六十九章《中國近代美學的奠基人──王國維》在論述王國維美學時也表達了馮友蘭自己的美學思想和思想傾向，筆者已有《馮友蘭的王國維研究述評》〔註1〕略抒己見。本文則主要以馮著《新理學‧第八章藝術》《新事論‧第八篇評藝文》和《新知言‧第十章論詩》中所闡發的美學思想，略加評述。

一、藝進乎道和道進乎藝

　　馮友蘭於《新理學‧第八章藝術》提出「藝進乎道」的重要觀點：

　　　　哲學是舊說所謂道，藝術是舊說所謂技。《莊子‧養生主》說：
　　「臣之所好者道也，進乎技矣。」舊說論藝術之高者謂其技進乎道。
　　技可進乎道，此說我們以為是有根據底。哲學講理，使人知。藝術
　　不講理，而能使人覺。……理是不可感者，亦是不可覺者。實際底
　　事物，是可感者，可覺者。但藝術能以一種方法，以可覺者，表示
　　不可覺者，使人於覺此可覺者之時，亦彷彿見其不可覺者；藝術至
　　此，即所謂技也而進乎道矣。〔註2〕

此論實即已突破韓愈「文以載道」即文藝必須貫徹、負載孔孟之道的創作和論藝原則，而承繼莊子的哲學、美學觀，並要求藝術上升到哲理和哲學的高度，

〔註1〕'97‧河南‧「馮友蘭和中國傳統文化國際研討會」論文，收入《舊邦新命──馮友蘭研究》第二輯（此會論文專輯），大象出版社，1999 年。
〔註2〕《新理學‧第八章藝術》，馮友蘭《三松堂全集》第四卷，河南人民出版社，1986 年，第 166 頁。

即藝進乎道。

馮先生於《新知言·第十章論詩》中再加闡發：

> 有只可感覺，不可思議者。有不可感覺，只可思議者。有不可
> 感覺，亦不可思議者。只可感覺不可思議者，是具體底事物。不可
> 感覺，只可思議者，是抽象底理。不可感覺亦不可思議者，是道或
> 大全。——詩，若只能以可感覺者表示可感覺者，則其詩是止於技
> 底詩。——詩，若能以可感覺者表顯不可感覺只可思議者，以及不
> 可感覺亦不可思議者，則其詩是進於道底詩。〔註3〕

可見，能夠表示、表顯抽象的理、道或大全的詩和其他文藝創作，是技進於道
即藝進乎道的作品。這是藝進乎道的基本標準。但要藝進乎道，除此之外，還
有幾條標準。他又區別「不能進於道」和「進於道」的區別在於：「（藝術品）只
表示某一事物之特點，而不表示某一類事物所有某性之特點，所以只能使觀者
見此某事物之個體，而不見其所以屬於某類之某性。藝術之至此程度者，只是
技，而不能進於道。……進於道之藝術，不表示一事物之個體之特點，而表示
一事物所以屬於某類之某性之特點。例如善畫馬者，其所畫之馬，並非表示某
一馬所有之特點，而乃表示馬之神駿之性。杜甫《丹青引》謂曹霸畫馬：『一
洗萬古凡馬空。』凡馬是實際底馬，而善畫馬者所畫之馬，乃所以表示馬之神
駿之性者，所以其馬不是凡馬。不過馬之神駿之性，在畫家作品上，必籍一馬
以表示之。此一馬是個體；而其所表示者，則非此個體，而是其所以屬於某類
之某性，使觀者見此個體底馬，即覺馬之神駿之性，而起一種與之相應之情，
並彷彿覺此神駿之性之所以為神駿者，此即所謂藉可覺者以表示不可覺者。」
〔註4〕此論實即藝術典型論之一種，揭示只有能寫出典型性格的藝術作品才
屬於「技進乎道」即藝進乎道者。典型性，此乃藝進乎道的第二條標準。

藝進乎道的第三條標準是超然性。他說：「哲學家與藝術家，對於事物之
態度，俱是旁觀底，超然底。哲學家對於事物，以超然底態度分析；藝術家對
於事物，以超然底態度賞玩。哲學家對於事物，無他要求，惟欲知之。藝術家
對於事物，亦無他要求，惟欲賞之玩之。哲學家講哲學，乃欲將其自己所知
者，使他人亦可知之。藝術家作藝術作品，乃欲將其自己所賞所玩者，使他人

〔註3〕 《新知言·第十章論詩》，馮友蘭《三松堂全集》第五卷，河南人民出版社，
1986年，第264頁。

〔註4〕 《新理學·第八章藝術》，馮友蘭《三松堂全集》第四卷，河南人民出版社，
1986年，第167、167～168頁。

亦可賞之玩之。」藝術家與哲學家一樣，都需具有對事物的超然態度，作品具有超然性。超然性有多層次的意義：擺脫欲望和名利、功利的羈絆，觀察和探討、表現宇宙人生既能入之於內又能出之於外，創作心態保持寧靜，等等。能進入超然狀態的作品才藝進乎道。

「進於道底詩，並不講道。講道底詩，不是進於道底詩。」因為「進於道底詩，所表顯者，雖是形上學的對象；但其所用以表顯者，須是可感覺者。所以詩不講義理，亦不可不講義理。若講義理，則成為以正底方法講形上學底哲學論文，不成為詩。舊說：『詩不涉理路。』(《滄浪詩話》) 所謂說理之詩，若說它是詩，它說理嫌太多；若說它是哲學論文，它說理又嫌太少。此種所謂詩，其功用實如方技書中底歌訣之類。其表面雖合乎詩的格律，但其實並不是詩。」〔註5〕正確指出進於道的詩必須隱蘊著道而又不能直接講道而只能以藝術形象取勝，並在詩中自然而然地轉達出道。錢鍾書《談藝錄・論王靜安詩》評王國維的哲理詩詞能將西方哲學如水著鹽一般融入詩中，此實即擺脫胡應麟《詩藪》、劉熙載《藝概》所批評的「理障」，達到劉氏讚賞的「理趣」。

馮友蘭的藝進乎道，並不單純指能表達哲理、哲學的哲理詩或哲理作品，而是指能表達宇宙、人生真理的優秀文藝作品，所以他舉的此類佳例既有陶淵明「採菊東籬下，悠然見南山。山氣日夕佳，飛鳥相與還。此中有真意，欲辨已忘言。」「其詩以只可感覺不可思議底南山、飛鳥」，「而其心靈所『見』，則是不可感覺底大全」，「表顯不可感覺亦不可思議底渾然大全。『欲辨已忘言』，顯示大全之渾然。」陳子昂詩「『念天地之悠悠』，是將宇宙作一無窮之變而觀之。『獨滄然而涕下』，是觀無窮之變者所受底感動。」蘇東坡《赤壁賦》：「哀吾生之須臾，念天地之無窮。挾飛仙以遨遊，抱明月而長終。」「大江、明月是可感覺底。但籍大江、明月所表顯者，則是不可感覺底無窮道體。」〔註6〕此類明顯蘊有哲學至理的作品。又例舉杜甫《丹青引》「一洗萬古凡馬空」，和李煜 (後主) 詞：「獨自莫憑欄，無限江山，別時容易見時難。」「就此諸句所說者，它是說江山，說別離。就其所未說者說，它是說作者個人的亡國之痛。不但如此，它還表顯亡國之痛之所以為亡國之痛。」「而其所表顯則不僅只此，而是此種情感的要素。……『此其所以能使任何讀者，『同聲一哭』。」〔註7〕

〔註5〕馮友蘭《三松堂全集》第五卷，第 267 頁。
〔註6〕馮友蘭《三松堂全集》第五卷，第 267 頁。
〔註7〕馮友蘭《三松堂全集》第五卷，第 266～267 頁。

按「同聲一哭」是金聖歎批《西廂記》和《水滸傳》時所言，五十年後，馮先生於《中國哲學史新編》第六冊第六十九章「附記」中追憶自己在日寇侵華時南下至長沙，經常憑欄遠望，想起李後主這三句詩，「我覺得這幾句話寫亡國之痛深刻極了，沉痛極了。」又說：「清朝的一個大文藝批評家金聖歎，在評論小說的時候，遇見這種情況常用一句話說：『千載以下同聲一哭。』為什麼『同聲一哭』呢？因為有同類經驗的人有相同的感受，所以就同聲一哭了。」〔註8〕馮先生五十年未忘李後主此例和金聖歎此言，作了追憶和進一步的解釋，遙接五十年前《新知言·論詩》之論述。

《新知言·論詩》於「進於道底詩，並不講道」之後，又伸言：

> 進於道底詩，必有所表顯。它的意思，不止於其所說者。其所欲使人得到者，並不是其所說者，而是其所未說者。此所謂「超以象外」。(《詩品》) 就其所未說者說，它是「不著一字，盡得風流。」(《詩品》) 就其所說者說。它是「言有盡而意無窮。」(《滄浪詩話》) 進於道底詩，不但能使人得到其所表顯者，並且能使人於得其所表顯之後，知其所說者，不過是所謂筌蹄之類，魚獲而筌棄，意得而言冥。此所謂「如羚羊掛角，無跡可尋」，「不落言詮」，「一片空靈」。
>
> (《滄浪詩話》)〔註9〕

此可謂藝進乎道的第五條標準。

綜上所述，馮友蘭於《新理學·第八章藝術》之「(一) 技與道」論述藝術之高者其技進乎道，又於《新知言·第十章論詩》再作闡發，合兩篇之論，頗為全面深入地闡明了藝進乎道的基本內容，頗有新見。

《新知言·論詩》又論述藝與道互比的思路，除《莊子·養生主》的庖丁解牛外，又得到禪宗和維也納學派的啟發：維也納學派以為形上學可以與詩比。石立克說：「形上學是概念的詩歌。」〔註10〕

> 禪宗中底人常藉可感覺者，以表顯不可感覺，不可思議者。例如豎起指頭，舉拂子之類，都是如此。他們所用底方法，有與詩相同之處，所以他們多喜引用詩句。……禪宗中底人，用這些詩句，都是欲以可感覺者表顯不可感覺，不可思議者。佛果「打破漆桶」，

〔註 8〕馮友蘭《中國哲學史新編》第六冊，人民出版社，1989 年，第 199～200 頁。
〔註 9〕馮友蘭《三松堂全集》第五卷，第 267 頁。
〔註10〕馮友蘭《三松堂全集》第五卷，第 264 頁。

是藉詩句之所說者，得到其所未說者。

以上是將詩作為一種講形上學的方法看。我們還可以將詩作為一種表達意思的方式看。詩表達意思的方式，是以其所說者暗示其所未說者。好底詩必富於暗示。因其富於暗示，所以讀者讀之，能引起許多意思，其中有些可能是詩人所初未料及者。〔註11〕

馮先生因此而從這個角度發現並伸述道離不開藝，即藝對於道的重要性或必要性：

無論用正底方法，或用負底方法，講形上學，哲學家都可用長篇大論的方式，或用名言雋語的方式以表達其意思。這是兩種表達意思的方式。前者可稱為散文底方式，後者可稱為詩底方式。用散文底方式表達意思。凡所應該說底話，都已說了，讀者不能於所說者外另得到甚麼意思。用詩的方式表達意思，意思不止於其所說者。

讀者因其暗示，可以得到其所說者以外底意思，其中有些可能是說者所初未料及者。〔註12〕

馮先生認為：例如在中國哲學史中，莊子可以說是以詩底方式表達意思。禪宗中底人喜歡用詩底語言，所以他們也常說：「不風流處也風流。」而維替根斯坦《邏輯哲學論》，也是用名言雋語的方式寫出底。它是用詩底方式表達意思，我們並不是說，他所說底，並不是他的推理所得底結論。不過他的結論，以這種方式表達出來，就不僅只是一個推理的結論。他所說底是富於暗示底。讀者可於其所說者得到許多意思，其中有些可能是他所初未預料者。……這也許不是他的意思，但卻是他所說底所暗示底意思。〔註13〕

這是馮先生得到《莊子》、禪宗的啟發後所獲得的一個非常精彩的發現。

這樣的論述，可能會給某些人以錯覺，以為還是藝術在為「道」服務，與韓愈「文以貫道」、「文以載道」意思相同。實則完全相反，韓愈是以道為主，道高於藝。而馮先生的意思則是道進乎藝，道與藝的關係是平等的。

道、大全，即是哲學。哲學概括了宇宙之真理，社會人生之真理。馮先生的以上論述，上承莊子，中經司空圖、嚴羽和唐宋禪宗，近繼王國維，從另一

〔註11〕馮友蘭《三松堂全集》第五卷，第267～268頁。
〔註12〕馮友蘭《三松堂全集》第五卷，第268頁。
〔註13〕馮友蘭《三松堂全集》第五卷，第268～270頁。

角度闡發了王國維關於哲學、美學和文學、藝術都能揭示萬世之真理的偉大思想。曹丕《典論‧論文》認為「文章乃經國之大業。」人謂此論對文學的作用評價極高。王國維認為：「夫哲學與美術（按即藝術）所志者，真理也。真理者，天下萬世之真理，而非一時之真理也。其有發明此真理（哲學家）或以記號表之（美術）者，天下萬世之功績，而非一時之功績也。唯其為天下萬世之真理，故不能與一時一國之利益合，且有時不能相容，此即其神聖之所存也。」〔註14〕又謂：「今夫積年月而研究，而一旦豁然，悟宇宙人生之真理，或以胸中惝恍不可捉摸之意境，一旦表諸文字、繪畫、雕刻之上，此固彼天賦之能力之發展，而此時之快樂，決非南面王之所能易者也。」〔註15〕對藝術的評價遠高於曹丕。馮先生的哲學著作尤其是晚年之作，便有此氣派，有此思想自由之境界。而其早期著作所論及的藝進乎道和道進乎藝的發現和闡述，即已於莊子至王國維的基礎上發揮自由思維，得到高於前人的成果，有新的建樹。這些論述對當代哲學家和文藝家有很大的指導意義。

二、本然樣子與寫實理論

《新理學‧第八章藝術》之（三）藝術作品之本然樣子、（四）本然樣子之一與多，和（五）對於藝術作品之實際底評判，凡三節，皆論藝術的本然說。

馮友蘭的藝術本然說之基本觀點為：

> 從宇宙之觀點說，凡一藝術作品，如一詩一畫，若有合乎其本然樣子者，即是好底；其是好之程度，視其與其本然樣子相合之程度；愈相合則愈好。自人之觀點說，則一藝術作品，能使人感覺一種境，而起與之相應之一種情，並能使人彷彿見此境之所以為此境者，此藝術即是有合乎其本然樣子者。其與人之此種感覺愈明晰，愈深刻，則此藝術作品即愈合乎其本然樣子。〔註16〕

何謂「本然樣子」？馮先生認為：「所謂本然樣子者，即『不是作品底作品』。」「對於每一個藝術作品之題材，在一種工具及一種風格之下，都有一個本然底藝術作品，與之相應。每一個藝術家對於每一個題材之作品，都是以

〔註14〕王國維《論哲學家與美術家之天職》，拙編《王國維文學美學論著集》第34期，北嶽文藝出版社，1987年。

〔註15〕王國維《論哲學家與美術家之天職》，拙編《王國維文學美學論著集》第34期，第36頁。

〔註16〕馮友蘭《三松堂全集》第四卷，第170～171頁。

我們所謂本然底藝術作品為其創作的標準。我們批評他亦以此本然底作品為標準。嚴格地說，此所謂作品並不是作品，因為它並不是人作底，也不是上帝作底，它並不是作底，它是本然底。」「在藝術上，對於每一個題材，在一種工具及一種風格之下，都特有一個本然樣子。每一個藝術家對於此題材，用某種工具及某種風格所作之作品，都是想合乎這個樣子；但總有一點不能完全合。」〔註17〕

「在音樂方面底本然樣子，可以說是『無聲之樂』。」「就詩方面說，本然樣子，可以說是『不著一字，盡得風流。』對於每一題材，在一種語言及一種風格下，都有一詩之本然樣子；這樣子即『不著一字』之詩。文亦如此。我們常聽說：『文章本天成，妙手偶得之。』天成底文章，即我們所謂至文。」〔註18〕反過來，「關於某一類之事，如欲特別表示其某性，用一種語言，一種風格，作一首詩，則自有一最好底詩，為此種言語，在此種風格下，所能表示者。此最好底詩，即是無人寫之，亦是本然有底。此即我們所謂『不著一字』之詩。詩人對於此題材所作之詩，有十分近乎此者，有不十分近乎此者。其十分近乎此者，即是好詩，否則是歪詩，是壞詩。」〔註19〕

此指詩人寫出宇宙人生中本已具有的生態和面目，並找到最適當的形式、語言、風格以描寫之。因此，「對於某題材，用某種言語，某種風格，必有一最好底詩底表示。此最好底詩底表示，如其可讀，則雖千百世下之讀者，一讀此詩，必立刻彷彿見某種境，而起與之相應之某種情，並彷彿見此種境之所以為此種境者。此即是我們所謂本然樣子，『不著一字』之詩。」〔註20〕這便與藝術典型理論有相通之處。

但馮先生又認為，朱子說：「文字自有一個天生成腔子；古人文字自貼這天生成腔子。」（《語類》卷三十九）腔子即可指「不是作品底作品」。腔子有空虛之義；凡理都是虛底；所謂虛者，即是說其不著邊際。我們所說「不是作品底作品」，亦是虛底，此即是說，它不是實際底。〔註21〕所以「至樂無聲，至文無字。」「又小說中所說天書，常人打開一看，都是白紙，只有有緣人方能讀之。我們所謂至文，及『不著一字』之詩，亦是一張白紙，常人不能讀，必才

〔註17〕馮友蘭《三松堂全集》第四卷，第180頁。
〔註18〕馮友蘭《三松堂全集》第四卷，第171～172頁。
〔註19〕馮友蘭《三松堂全集》第四卷，第173頁。
〔註20〕馮友蘭《三松堂全集》第四卷，第174頁。
〔註21〕馮友蘭《三松堂全集》第四卷，第171頁。

人乃能讀之；他不但能讀之，且能約略寫出，使人讀之。」〔註22〕

　　馮先生的以上論述，即金聖歎所說的「《西廂記》其實只是一字。」「《西廂記》是何一字？《西廂記》是一『無』字」。〔註23〕「想來姓王，字實父，此一人，亦安能造《西廂記》？他亦只是平心斂氣，向天下人心裏，偷取出來。」「總之世間妙文，原是天下萬世人人心裏公共之寶，決不是此一人自己文集。」〔註24〕而天下之至文，又實為「天地現身」。

　　馮先生又認為「本然樣子」又有「一與多」的問題：「就一方面說，在文學中，對於一題材，只有一本然樣子；就又一方面說，對於一題材，有許多種言語即有許多本然樣子。」〔註25〕譬如「從類之觀點看，譬如『閨怨』一題材，用中國言語所寫之閨怨詩是一類，用英國言語所寫之『閨怨』詩又是一類，有用許多言語所寫之『閨怨』詩，即有許多類。」作為共類，若專就「閨怨」詩說，本然樣子是一；若就可用各種言語表示之「閨怨」詩說，本然樣子是多；若兩方面多說。一多不相礙。〔註26〕

　　另外，「藝術亦有許多別類，如音樂、畫、雕刻、文學等，每一別類藝術，又各有其理。例如音樂有本然音樂；畫有本然底畫。即對於每一題材之各種藝術作品，亦各有其本然樣子。」「專就畫說，對於『遠山』之題材，有一本然樣子；中國畫對於此題材，有一本然樣子；油畫對於此題材，又有一本然樣子。」〔註27〕

　　其三，又因其風格不同，又有許多本然樣子。詩或畫對於每一題材，因風格不同，可有許多別類，每一別類又有一本然樣子。再以「遠山」為例，專就詩說，對於此題材有一本然樣子；雄渾一類之詩，對於此題材，有一本然樣子；秀雅一類之詩，對於此題材，有一本然樣子；以至富麗或沖淡一類之詩，對於此題材，又各有一本然樣子。〔註28〕

　　學詩者往往好以有名底詩人之詩為樣子而學之。喜雄渾一類之詩者，學杜甫；喜沖淡一類之詩者，學陶潛、王維。但杜甫、陶潛、王維，又各有其樣

〔註22〕馮友蘭《三松堂全集》第四卷，第 175 頁。
〔註23〕拙編《金聖歎全集》第三冊，江蘇古籍出版社，1985 年，第 15 頁。
〔註24〕拙編《金聖歎全集》第三冊，第 19 頁。
〔註25〕馮友蘭《三松堂全集》第四卷，第 175 頁。
〔註26〕馮友蘭《三松堂全集》第四卷，第 176 頁。
〔註27〕馮友蘭《三松堂全集》第四卷，第 177 頁。
〔註28〕馮友蘭《三松堂全集》第四卷，第 178 頁。

子。不過他們的樣子,皆在無字天書中,平常人雖大張兩眼而不能見之。故不得不就歷史中大詩人之有字底書中求之。歷史中大詩人,依照本然樣子作詩,所謂「取法乎上,僅得其中。」常人又依照大詩人之詩作詩,則只可算是「取法乎中,僅得其下」。〔註29〕

但大詩人一方面有時僅得其中,另一方面大詩人、大畫家「取法乎上」時又得更上:因為其所作之詩畫,所取或所應取之標準,「卻不是其所詠或所畫之自然界中底遠山,而是一最好底對於自然界中底遠山之詩或畫。此最好底對於自然界中底遠山之詩或畫,不必實際地有。但創作家均以此為標準而創作,批評家亦均以此為標準而批評。」〔註30〕此實有「來於生活,而又高於生活」的意思。

作為大詩人、大作家要做到此點極不容易。馮先生強調:

> 朱子說:「蘇子山有一段論人做文章:『自有合用底字,只是下不著。』又如鄭齊叔云:『做文字自有穩底字,只是人思量不著。』」(《語類》卷一百三十九)人所下不著之合用底字,即在某種文字中,對於某題材所有之最好底表示所須用之字;雖無人用它,而它自是如此。如有人能用它。或所用之字近乎它,則此人所作之作品,即是好底作品。朱子又說:「作文自有穩字。古之能文者才用便用著這樣字,如今不免去搜索修改。」(《語類》卷一百三十九)才用便用著這樣字者,即是能讀無字天書之才人。〔註31〕

反過來,如能達到這個水平,在《新知言·第十章論詩》中,指出:那麼散文式的長篇大論與詩歌式的名言雋語,「也並不是可以互相替代底。」馮先生舉例說明之。例如《世說新語》謂:「阮宣之有令聞。太尉王夷甫見而問曰:『老莊與聖教同異?』對曰:『將無同?』太尉善其言,辟之為掾。世謂三語掾。」(《文學》)老莊與儒家,不能說是盡同,亦不能說是完全不同,所以說「將無同」。假如有人作一長篇大論底「儒道異同論」,將儒道異同,說得非常詳細清楚,但也不能替代「將無同」三字。《世說新語》又謂:「桓公北征,見前為琅琊時種柳,皆已十圍,慨然曰:『木猶如此,人何以堪?』攀枝折條,泫然流淚。」(《言語》)後來庾信《枯樹賦》說:「桓大司馬曰:『昔年種柳,依依漢

〔註29〕馮友蘭《三松堂全集》第四卷,第178頁。
〔註30〕馮友蘭《三松堂全集》第四卷,第179頁。
〔註31〕馮友蘭《三松堂全集》第四卷,第177頁。

南。今日搖落，悽愴江潭。樹猶如此，人何以堪？』」庾信的二十四字，並不能替代桓溫的八個字。即有人再作千言萬語的文章，也只是另外一篇文章，並不能替代桓溫的八個字。馮先生認為：「這就是所謂晉人風流。風流底語言，是詩的言語。」〔註32〕我認為同時實亦指出不同言語所顯示的不同的本然樣子。

馮先生於前文中又強調，他關於本然樣子「所說之理論，並不是站在任何一派之藝術理論之立場上說者。若果如此，我們即是講藝術理論，而不是講哲學。」此因他所述之本然樣子，很可能被誤認為是寫實派理論之一種，故作此申明。他又指出，「依照寫實派底藝術理論之理論，我們對於一詩或畫之創作的或批評的標準，亦不是其所詠或所畫之對象，而是『似其所詠或所畫之對象。」譬如「遠山」之題材，其創作或批評之標準，不是自然界底遠山，而是「似自然界中底遠山」。畫家畫時，當然須照著自然界中底遠山畫，但僅是他的畫所取材而已，而並非是創作或批評之標準。馮先生總結：「我們說，一詩或畫，對於某一題材之本然樣子，並不是其所詠所畫之事物，而是我們於以上所說者。」〔註33〕

馮先生從哲學角度提出「藝術作品之本然樣子」的理論，本文作了梳理和一些述評。這個理論成果具有原創性，值得我們以後再作更深入的探討和研究。

三、比，興，風格和教育功用

馮友蘭《新理學・第八章藝術》（二）「比，興，風格」除論述詩有比興功用外，也論畫之比興：「一藝術作品表示某類事物之某性。此某類或非人於普通情形下所注意之類。例如梅與竹，屬於植物類，此是人於普通情形下所注意者。但中國文人畫梅畫竹，則非以其為植物而畫之。中國文人畫梅，以表示一種事物孤傲之性，畫竹以表示一種事物之幽獨之性。舊說以為梅可以況高士，竹可以況幽人。」〔註34〕

關於風格，馮先生認為：「好底藝術作品，必能使賞玩之者覺一種情境。境即其所表示之某性，情即其激動人心，所發生與某種境相應之某種情。好底藝術作品，不但能使人覺其所寫之境而起一種與之相應之情，且離開其所寫，

〔註32〕馮友蘭《三松堂全集》第五卷，第 269 頁。
〔註33〕馮友蘭《三松堂全集》第四卷，第 179 頁。
〔註34〕馮友蘭《三松堂全集》第四卷，第 168～169 頁。

其本身亦即可使人覺有一種境而起一種與之相應之情。昔人亦常說如此。如說，謝靈運詩『譬猶青松之拔灌木，白玉之映塵沙。』范雲詩『清便宛轉，如流風回雪。』邱詩『點綴映媚，似落花依草。』（鍾嶸《詩品》）『魏武帝如幽燕老將，氣韻沉雄。曹子建如三河少年，風流自賞。』（敖器之《詩品》）此皆說此諸人之詩之本身所能使人感覺之情境也。所謂藝術作品之風格，即就此方面說。一藝術作品之本身所能使人感覺之某種情境，如雄渾或秀雅等，即此藝術作品之風格。」〔註 35〕

又以書法為例，論述風格：「中國書法所以成為一種藝術，即全在其風格。書可以離開其所表示之意思，而以其本身使人觀之而感覺一種情境。嘗見鄧完白寫敖器之《詩品》，包慎伯跋語，謂其『可以變天時之舒慘，易人心之哀樂。』此語正謂其可以使人觀之而感覺一種情境也。各種風格之書，如雄渾、秀雅等，可使人感覺各種之境，而起各種與之相應之情。前人亦常說及此。如說：『張伯英書如武帝愛道，憑虛欲仙。王右軍書如龍跳天門，虎臥鳳闕。衛恒書如插花舞女，援鏡笑春。」（袁昂《古今書評》）『柳公權書，如深山得道之士，修煉已成，無一點塵俗氣。顏正卿書如項羽按劍，樊噲排突，硬弩欲張，鐵柱將立，昂然有不可犯之色。蔡襄書如少年女子，體態矯嬈，行步緩慢，多飾鉛華。』（米芾《續書評》）此皆說此諸人之書所能使人感覺之某種情境也。此所說均是比。」〔註 36〕

馮友蘭先生以「能使人感覺之某種情境」來論述藝術作品之風格，切入的角度頗為獨特，對於美學界、文論界的研究者來說，頗有新鮮感。

《新理學·第八章藝術》（六）「藝術之教育底功用」認為：好底藝術作品，自社會之觀點看，可以有教育底功用，可以作為一種教育的工具。「儒家對於樂極為重視，其所以重視樂者，即以為樂可以有教育底功用，可以作為一種教育的工具。」「不過有些藝術，因其所憑藉工具之不同，其感人或不能如樂之普遍耳。藝術底作品是美底；道德底行為是善底；用美底藝術作品，以引起道德底行為，此之謂『美善相樂』。」「自社會之觀點看，最好底樂，即能引起人之善底情者。」並進而認為：「任何一種藝術，皆可有教育底功用，皆可以作為教育的工具。」〔註 37〕

〔註 35〕 馮友蘭《三松堂全集》第四卷，第 169～170 頁。
〔註 36〕 馮友蘭《三松堂全集》第四卷，第 170 頁。
〔註 37〕 馮友蘭《三松堂全集》第四卷，第 182～183 頁。

　　馮先生此論，篇幅不多，新見也不多，但我們由此可知他在這個問題上的態度，他是推重文藝作品的教育功用和真善美相結合，引人向善的。

四、論詩歌、新詩和普羅文學對當代文學藝術創作的指導

　　《新事論・第八篇評藝文》指出：「一個民族的本身，若常在生長發展中，則它的文學藝術亦常在生長發展中。有生長發展，即有變化。」又以舊體詩為例，指出：「用一種言語底一種文體，用得久了，人在所有底可能底環境中所有底可能底情感的最好底表示，都已表示過了。所以後人再用此文體所做底作品，都難免多少有點『味同嚼蠟』。有些人可以用集句的辦法，作許多詩，這即可見，人在各種情形下所有底各種情感，在前人詩中，都已表示過，後人只可以述而不作了。一種文體若已有這種情形，則文學作家，即非用另一種說法，以說人在某種情形下之某種情感不可。此另一種說法，即是一新文體，文學的一種新花樣。」〔註38〕此言與王國維闡發焦循「一代有一代之文學」時，於《人間詞話》中所說：「四言敝而有楚辭，楚辭敝而有五言，五言敝而有七言，古詩敝而有律、絕，律、絕敝而有詞。蓋文體通行既久，染指遂多，自成習套。豪傑之士，亦難於其中自出新，故遁而作他體，以自解脫。一切文體所以始盛中衰者，皆由於此。故謂文學後不如前，余未敢信；但就一體論，則此說固無以易也。」〔註39〕觀點一致，而兩人闡發的角度不同，馮友蘭強調的是表達感情與文體演變的關係。馮友蘭接著又進而指出：「在民初，所謂新文學，即要立一種新文體，文學的一種新花樣。就以上所說看，新花樣是必要底。不過民初以來，新文學家的毛病，是專在西洋文學中找新花樣。他們不但專在西洋文學中找花樣，而且專在西洋文學中找詞句。於是有些人以為，所謂新文學，應即是所謂歐化底文學。」〔註40〕「不幸自民初以來，有些人以為所謂新文學應即是歐化底文學，而且應即是這一種真正底，單純底，歐化文學。他們於是用歐洲文學的花樣，用歐洲文學的詞藻，寫了些作品；這些作品，教人看著，似乎不是他們『作』底，而是他們從別底言語裏翻譯過來底。不但似乎是翻譯，而且是很壞底翻譯，非對原文不能看懂者。」另又批評：「在新文學作品中，新詩的成績最不見佳。因為詩與語言的關係，最為

〔註38〕 《新事論・第八篇評藝文》，馮友蘭《三松堂全集》第四卷，第 310、311 頁。
〔註39〕 王國維《人間詞話》，第 364 頁。
〔註40〕 《新事論・第八篇評藝文》，馮友蘭《三松堂全集》第四卷，第 311 頁。

重要。」「作新詩者，將其詩『歐化』後，令人看著，似乎是一首翻譯過來底詩。翻譯過來底詩，是最沒有意味底。因為有這些情形。所以所謂新文學運動，並沒有完全得到它所期望底結果。」〔註41〕馮友蘭對新文學不足之處的這個批評，正確而又深刻，並先後得到呼應。從《新事論·自序》知，此書寫於 1938 年。同年 12 月，美國作家賽珍珠在《中國小說——1938 年 12 月 12 日在瑞典學院諾貝爾獎授獎儀式上的演說》中，於感謝「恰恰是中國小說而不是美國小說決定了我在寫作上的成就」之同時，又指出：「我說中國小說時指的是地道的中國小說，不是指那種雜牌產品，即現代中國作家所寫的那些小說，這些作家過多地受了外國的影響，而對他們自己國家的文化財富卻相當無知。」〔註42〕毛澤東於五六十年代給陳毅的論詩信中也批評新詩「迄無成功」。與前引馮論「在新文學作品中，新詩的成績最不見佳。」不謀而合。金庸也曾批評：「中國近代新文學的小說，其實都是和中國的文學傳統相當脫節的，很難說是中國小說，無論是巴金、茅盾或魯迅所寫的，其實都是用中文寫的外國小說。」〔註43〕這些批評都更為坦率尖利。儘管 20 世紀的現代小說、詩歌作出了很大業績，全盤否定似也不妥，更有如孫郁先生，為魯迅先生作出有力辯護：

> 晚年的魯迅從事翻譯時，對原句往往生硬移植，句法、語序保
> 持原貌，盡力排斥了自我經驗的暗示。這尊重了原文，擯棄了曲譯。
> 他知道這與國人閱讀習慣多有不合，但所以這樣，乃為了輸進異樣
> 的內容，和新的表達式。魯迅覺得，國人心理結構，缺乏現代理性
> 的投影，思想表達不精密。這大概是語言出了問題。「這語法的不精
> 密，就在證明思路的不精密。換一句話說。就是頭腦有些糊塗……
> 要醫這病，我以為只好陸續吃一點苦，裝進異樣的句法去，古的，
> 外省外府的，外國的，後來便可以據為己有。」〔註44〕

這種意見深刻而富於啟示意義。但孫郁此文又指出：「他（按指魯迅）還贊同廢除漢字，去走拉丁化、拼音書寫的路呢。」魯迅是大家，他的引進異質文化

〔註41〕《新事論·第八篇評藝文》，馮友蘭《三松堂全集》第四卷，第 313 頁。

〔註42〕賽珍珠《中國小說——1938 年 12 月 12 日在瑞典學院諾貝爾獎授獎儀式上的演說》，《大地》，灕江出版社，1988 年，第 1083 頁。

〔註43〕杜南發《長風萬里撼江胡——與金庸一席談》，《金庸茶館》第五冊，中國友誼出版公司，1998 年，第 6～7 頁。

〔註44〕孫郁《文字後的歷史》，《收穫》，2000 年第 6 期，第 73～74 頁。

的努力，既經深思熟慮，又有深厚功力，值得高度肯定。但歐化末流對民族語言的污染和不少名人拋棄漢字，改用拉丁字母的設想，馮友蘭先生認為，「站在言語的立場說，這種歐『化』是不必要底。站在民族的立場說，這種歐化是要不得底。」〔註45〕是完全正確的。而新文化運動之後，以學習西方來完全代替繼承民族傳統甚或徹底否定傳統文化的錯誤傾向頗為嚴重，馮友蘭先生對此提出批評也是完全正確的。

馮先生又指出：「近來又有所謂普羅文學。所謂普羅文學可以有兩種；一種是鼓吹或宣傳無產階級革命底文學；一種是可以使無產階級底人可以得到一種感動底文學。前一種文學是『文以載道』者，它的價值或在『道』而不在『文』。後一種文學，始真是文學。就後一種文學說，普羅文學即與平民文學無異。《七俠五義》、《施公案》，是中國底平民文學，而滿紙『普羅』『布爾喬亞』字眼底文學，並不是中國底平民文學，因為中國的普羅，中國的平民，對於這些文學，並不能得到感動。」此論有三層意思：其一，他反對標語口號色的政治宣傳品，認為這種作品不是真的文學。四年以後，毛澤東在《延安文藝座談會的講話》中也發表了相似的觀點。其二，能感動人的才是真的文學，這樣的普羅文學也即平民文學。其三，他以為《七俠五義》、《施公案》這樣的武俠小說即是平民文學的佳例。而此時新文學陣營和左聯革命文學陣營皆貶斥此類武俠小說為「封建」、「反動」作品。此見馮友蘭先生的識見比當時的新文學、革命文學的作家、理論家要高出好多。上月初（11月2～5日）也是在北京大學召開了由北大和香港作家聯會主辦的 2000」北京金庸小說國際研討會。中國文學界到八九十年代才重新開始接受武俠小說，而且至今對此仍有分歧，可見馮先生識見之高超。

馮友蘭於此文最後又指出：「中國並不是沒有平民文藝。《詩經》、《楚辭》、宋詞、元曲，在某一時候，都是能感動大眾底文藝，即都是平民文藝。等到這些不是平民文藝的時候，平民不是沒有文藝，而是已經不要這種文藝，而已另有一種文藝了。一時代的大作家，即是能將一時代的平民文藝作得最好者，惟因其如此。所以他的作品，才是活底，才是中國底。」〔註46〕這樣平正通達的看法，符合文學史發展的基本真實，且對當今的中國詩人作家仍富於重大的啟示意義，對當今的中國的有些文論、美學家也富於啟示意義。

〔註45〕馮友蘭《三松堂全集》第四卷，第 313 頁。
〔註46〕馮友蘭《三松堂全集》第四卷，第 314 頁。

五、附論：曾國藩論的指導意義

馮著《中國哲學史新編》第六冊第六十五章專論曾國藩，其第一節「曾國藩與太平天國鬥爭的歷史意義」給曾國藩以很高評價，又於《自序》中特加強調：「中國所要向西方學習的是西方的長處，並不是西方的缺點，洪秀全和太平天國所要學習而搬到中國來的是西方中世紀的神權政治，那正是西方的缺點。」「洪秀全和太平天國如果統一了全國，那就要使中國倒退幾個世紀。」「曾國藩是不是把中國推向前進是可以討論的，但他確實阻止了中國的倒退，這就是一個大貢獻。」「阻止中國的中世紀化，這是曾國藩的大功。」〔註47〕在曾國藩章中，馮友蘭指出：「曾國藩和太平天國的鬥爭，是中西兩種文化、兩種宗教的鬥爭，即有西方宗教鬥爭中的所謂『聖戰』的意義。這是曾國藩和太平天國鬥爭的歷史意義。曾國藩認識到，在這個鬥爭中所要保護的是中國的傳統文化，特別是其中的綱常名教。」「綱常名教對於神權政治說還是進步的，因為它是建立在人權之上的。」〔註48〕馮友蘭又曾指出：「曾國藩以宋明道學為理論」，〔註49〕「曾國藩所保衛的中國傳統文化，主要是宋明道學。他是一個道學家，但不是一個空頭道學家。他的哲學思想的發展有兩個階段，其主要標誌是由信奉程朱發展到信奉王夫之。這個發展是在和他的對立面作鬥爭中實現的。」「曾國藩的成功阻止了中國的後退，他在這一方面抵抗了帝國主義的文化侵略，這是他的一個大貢獻。」〔註50〕馮友蘭的上述論點抓住了兩個關鍵：其一，曾國藩消滅太平天國的鬥爭是保護中國的傳統文化；其二，曾國藩所要保護的主要是宋明道學包括綱常名教。我們必須注意 20 世紀中國最傑出的兩位文史學者王國維和陳寅恪也都認為宋代是中國傳統文化的最高峰，而且指的是文史哲藝的總體成就達到最高峰；陳寅恪又高度讚賞王國維自殺在「殉文化」層次上的重要意義，而「吾中國文化之定義。具見《白虎通》三綱六紀之說；」他又在《馮友蘭中國哲學史下冊審查報告》末了自言「思想囿於咸豐同治之間，議論近乎曾湘鄉張南皮之間。」馮友蘭晚年之作首肯曾國藩所要保護的中國傳統文化包括綱常名教，良有以也。

馮友蘭於 1989 年 1 月出版的以上言論，為 1990 年 11 月～1992 年 2 月出版的唐浩明所撰長篇歷史小說《曾國藩》（第一部《血祭》、第二部《野焚》、第三部《黑

〔註47〕馮友蘭《中國哲學史新編》第六冊，人民出版社，1989 年，第 73 頁。
〔註48〕馮友蘭《三松堂全集》第四卷，第 75 頁。
〔註49〕馮友蘭《三松堂全集》第四卷，第 73 頁。
〔註50〕馮友蘭《三松堂全集》第四卷，第 76 頁。

雨》)起了理論指導和支撐的作用，使這部小說敢於打破曾國藩是鎮壓農民起義的劊子手和殺人魔王「曾剃頭」的欽定觀點和流行觀點，將曾國藩以正面形象作為長篇巨著的主人公，對這個人物形象的描寫和此人領導湘軍消滅太平天國的軍事行動，作出正確的定位和令人信服的評價。書中有多處表現曾國藩尊奉儒學和程朱理學的文化魅力和氣質魅力，古文和詩詞的優美動人，肯定他親近、尊奉佛教的言行和佛教哲理的思想力量，體現出曾國藩與太平天國之戰所隱含的保護中國傳統文化和宗教的深遠意義。相反，央視拍攝、映播的電視連續劇《太平天國》(張笑天編劇)，因未接受馮論的指導，觀念陳舊，仍僅在內訌和腐敗問題上作文章，以虛假的愛情為調料，未能揭示太平天國領導集團接受西方宗教的落後性和破壞中國傳統文化的危害性，缺乏長篇歷史小說《曾國藩》渾厚蒼茫的歷史厚重感和審美表現的豐富性，在思想內含上顯得淺薄、單薄，隨之帶來藝術上的單調乏味，因而理所當然地受到不少觀眾和評論家的批評。

　　2000‧北京大學哲學系、清華大學哲學系、中國社會科學院哲學研究所、國際儒聯、北京大學出版社和馮友蘭學術研究委員會等主辦《傳統與創新——第四屆馮友蘭學術思想研討會論文集》(「北京大學建設世界一流大學計劃」經費資助項目)，北京大學出版社，2002 年

馮友蘭哲學史著作中的美學思想述評

　　馮友蘭的哲學著作和哲學史著作中頗有論及美學的篇章。其哲學著作中最重要的「貞元六書」中的美學觀點，豐富而精彩，筆者已有《論馮友蘭哲學中的美學思想》〔註1〕，主要以集中談論美學的《新理學·第八章藝術》《新事論·第八篇評藝文》和《新知言·第十章論詩》中所闡發的美學思想，略加評述。

　　本文則就馮友蘭哲學史著作中的美學思想加以梳理和述評。其中《中國哲學史新編》第六冊第六十九章《中國近代美學的奠基人——王國維》，是其哲學史著作中論述美學篇幅最長的篇章，也是唯一的全文論述美學的篇章。此章在論述王國維美學時也表達了馮友蘭自己重要的美學思想，筆者已有《馮友蘭的王國維研究述評》〔註2〕專予評述，略抒己見，本文不再重複論述。

　　馮友蘭哲學史著作的主要作品總稱「三史」，即《中國哲學史》、《中國哲學簡史》和《中國哲學史新編》。《中國哲學史》並無專門章節論及美學，《中國哲學簡史》第二章中有《中國的藝術與詩歌》一節，簡論美學。《中國哲學史新編》除第六冊六十九章外，共有六章中的八節論述美學，分別評述了孔子、屈原、荀子、《樂記》、嵇康和蔡元培，共五個名家和一篇名著。本文簡要梳理這些章節的內容，並予述評，敬請與會方家指正。

〔註1〕　《傳統與創新——第四屆馮友蘭學術思想研討會論文集》，北京大學出版社，2002年。

〔註2〕　《舊邦新命——馮友蘭研究》第二輯（97·河南·「馮友蘭和中國傳統文化國際研討會」論文專輯），大象出版社，1999年；又刊《徐州師範大學學報》，2000年第4期。

一、文學美術、藝術與詩歌之總論

　　原文是英文的《中國哲學簡史》（1948）第二章《中國哲學的背景》中有《中國的藝術與詩歌》一節，篇幅雖然非常短小，卻表達了馮先生對中國古代美學的總體性的觀點的精當認識。譯文全文如下：

　　　　儒家以藝術為道德教育的工具。道家雖沒有論藝術的專著，但是他們對於精神自由運動的讚美，對於自然的理想化，使中國的藝術大師們受到深刻的啟示。正因為如此，難怪中國的藝術大師們大都以自然為主題。中國畫的傑作大都畫的是山水，翎毛，花卉，樹木，竹子。一幅山水畫裏，在山腳下，或是在河岸邊，總可以看到有個人坐在那裡欣賞自然美，參悟超越天人的妙道。

　　　　同樣在中國詩歌裏我們可以讀到像陶潛（372 年～427 年）寫的這樣的詩篇：

　　　　　　結廬在人境，而無車馬喧。
　　　　　　問君何能爾，心遠地自偏。
　　　　　　採菊東籬下，悠然見南山。
　　　　　　山氣日夕佳，飛鳥相與還。
　　　　　　此中有真意，欲辨已忘言。
　　　　　　道家的精髓就在這裡。〔註3〕

以上短短一段文字，介紹了儒道兩家的美學思想的基本概貌。馮友蘭先生認為：「儒家把藝術看作是道德教育的工具。」〔註4〕

　　本節論述儒家的美學思想僅此一句，表達了馮先生所揭示的儒家最基本的善與美結合的觀點。他的這句論斷，的確抓住了儒家美學的關鍵。對此，《中國哲學史新編》第一冊第四章《前期儒家思想的形成——孔丘對於古代精神生活的反思》第六節《孔丘對於古代文藝生活的反思》論述孔子的美學思想時，做了更為詳盡的闡釋，本文在下節再作評述。

　　對於道家美學，馮先生說：「道家對藝術沒有正面提出系統的見解，但是他們追求心靈的自由流動，把自然看為最高理想，這給了中國的偉大藝術家無窮的靈感。」（Taoists had no formal treastises on art, but their admiration of the free movement of

---

〔註3〕　《中國哲學簡史》涂又光譯本，《三松堂全集》第二版第六卷，第23～24頁，河南人民出版社，2000年。

〔註4〕　新世界出版社版趙復三譯本，下同。原文為：The Confucianists took art as an instrument for moral education.

the spirit and their idealization of nature gave profound inspiration to the great artists of Chian.）這個
要言不煩的論斷也抓住了道家美學的關鍵，也即精髓。道家美學在追求精神自
由方面對中國的文學藝術有極大的指導作用。又以陶潛之詩說明中國古代文
學藝術追求和讚美精神自由、對於自然作理想化的描寫，與自然有著緊密關係
這個觀點，是形象生動的。但由於本書是「簡史」，所以只有此節簡論美學。
儒道兩家對中國美學的影響是根本性的，本節的論述反映了這個史實。

二、孔子美學

《中國哲學史新編》第一冊第四章《前期儒家思想的形成──孔丘對於古
代精神生活的反思》第六節《孔丘對於古代文藝生活的反思》論述了孔子的美
學思想。馮先生認為，孔子美學有以下五個基本觀點：

1. 孔子評論文藝，有兩個標準：一個是「善」，一個是「美」

《論語》上有一段記載說：「子謂《韶》盡美矣，又盡善也。謂
《武》盡美矣，未盡善也。」（《八佾》）照這段記載所說的，孔丘評
論文藝，有兩個標準：一個是「善」，一個是「美」。他認為相傳舜
所作的《韶》這個樂舞，按兩個標準說，都達到最高的水平。周武
王所作的《武》這個樂舞，按「美」這個標準說，也達到最高的水
平，可是按「善」這個標準說，就有缺點。〔註5〕

孔子這裡所說的「盡善盡美」成為自古至今的名言，此言表達了孔子美學
的基本觀點之一。

馮先生接著指出：「《論語》的這一段記載，說的是文藝上的兩個標準。善
是政治標準，美是藝術標準。」〔註6〕

孔子提出「盡善盡美」作為樂的最高原則，首先是要求盡可能達到善和美
的最高要求，然後要求文藝作品達到完善的政治內容和完善的藝術形式的高
度統一。這是孔子文藝思想的最高理想。「盡善盡美」與「文質彬彬」中的「文」
與「質」的統一相結合，顯示了孔子美學的兼顧性和全面性。

2. 政治標準的內容

馮先生在本節中又分析了善作為政治標準的內容：

〔註5〕 《三松堂全集》第二版，第8卷，第154頁。
〔註6〕 《三松堂全集》第二版，第8卷，第154頁。

　　　　孔丘以後的儒家，經常把周文王和周武王並稱。可是孔丘只稱
讚周文王，不稱讚周武王。他說：周文王「三分天下有其二，以服
事殷，周之德可謂至德也已矣」(《論語·泰伯》)。他稱讚周文王雖然統
治了中國的三分之二，但還不背叛殷朝。他認為這是周文王的「至
德」。武王伐紂，顯然就是於「至德」有虧。所以他所作的《武》這
個樂舞，按孔丘的政治標準說，也是不合格的。

　　　　後來唐朝的韓愈作了一首琴歌，叫《羑里操》，其中有兩句說：
「臣罪誅兮，天王聖明。」羑里，據說是紂王囚文王的地方。韓愈
認為，當時文王的心情應該是，覺得紂王無論怎樣對他迫害，都是
由於他自己該死。韓愈所宣揚的這種思想，就是孔丘稱讚文王的那
種思想，也就是孔丘要求討伐陳恒的那種思想。這種思想就是孔丘
評論文藝的政治標準的具體內容。〔註7〕

　　　　孔丘是最推崇文王的。他說：「文王既沒，文不在茲乎？」(《論
語·子罕》) 意思就是說，文王既然死了，文化就在我這裡了。他自
以為他是直接繼承文王的，武王不在話下。他也吹捧周公。因為據
傳說，在周朝建立以後，周公制定了周朝奴隸社會的典章制度，總
而名之曰「周禮」。在他看來，周朝的建立，有漢朝人所說的「逆取
順守」的情況。武王是「逆取」，周公是「順守」。無論如何，孔丘對
於文王、武王、周公這三個人的不同態度，明確地說明了他的保守
主義的文藝思想。〔註8〕

　　這段論述結合孔子的歷史觀，結合孔子對周武革命的評價，即從孔子的
政治標準「善」所包含的反對周武王滅殷革命的觀點來觀察，馮先生認為孔子
美學具有保守主義傾向。

　　古近代的主流學者都接受了孔子的這個觀點，不僅上面舉例言及的韓愈
如此，司馬遷也如此，《史記》歌頌伯夷等人不食周粟。而20世紀的學者多追
隨革命，伯夷就成為被批評的人物了。

　　馮先生的這個論述僅就孔子的這個具體觀點出發，談的是孔子美學中的
政治標準的保守主義傾向，並不指孔子美學在整體上是保守的。下面論述的興
觀群怨，就有推動時代前進的先進思想的因素。

〔註7〕《三松堂全集》第二版，第8卷，第155頁。
〔註8〕《三松堂全集》第二版，第8卷，第156頁。

　　由於本書的主旨和篇幅的限制，馮先生沒有介紹和闡發儒家論文「善」的標準，在後世脫離了狹隘的政治層面，泛化為一般意義上的「善」的範圍，以道德、人品來作為衡量作品的主要標準，強調以善為主導、美善並重的創作和評論標準。後來「文品猶如人品」等觀點即從此發展而來。善與美並重並緊密結合的觀念，對中國文學藝術的健康發展起著良好的指導作用。

3. 興觀群怨

　　馮先生介紹孔子關於興觀群怨這個重要的文藝理論時，贊同朱熹所作的解釋和闡發：

　　　　《論語》中又一條說：「小於何莫學夫《詩》？《詩》，可以興，可以觀，可以群，可以怨。邇之事父，遠之事君。多識於鳥獸草木之名。」（《論語·陽貨》）這是孔丘的文藝理論的比較系統的敘述。他講的是「學詩」，怎樣學習《詩經》，同時也是他的文藝創作的理論。他提出了興、觀、群、怨四點。朱熹在他的《論語集注》中，對每一點都作了說明。

　　　　「詩可以興」，朱熹注說：「感發志意。」就是說可以鼓動人的「善心」。何晏《論語集解》引孔安國注說：「興，引譬連類。」上面所舉的子夏和子貢講詩那兩條，或從《詩經》裏的詩句聯繫到道德問題，或從道德問題聯繫到《詩經》裏的詩句，都是「引譬連類」。「可以觀」，朱熹注說：「考見得失。」就是說，從《詩經》裏面可以看見前人的成功和失敗，從其中吸取經驗教訓，以為借鑒。「可以群」，朱熹注說：「和而不流。」這四個字原見《中庸》。《中庸》說：「君子和而不流。」（第十章）朱熹解釋說：「凡人和而無節，則必至於流。」（《中庸或問》）「和」固然是可以改善人與人之間的關係，但是，如果沒有「禮」的節制，照儒家的說法，那還是不行的。照他們的說法，只有「和而不流」才可以維持人與人之間的真正友好關係。詩有這樣的作用，一方面它是配樂的，有樂的作用；但其內容又是「思無邪」，又有禮的作用。有這兩種作用，就可以「和而不流」。所以詩「可以群」。

　　　　「可以怨」，朱熹注說：「怨而不怒。」統治者和被統治者之間的不可調和的矛盾，必然要引起被統治者的怨恨、忿怒和反抗。孔丘認為學了詩，才「可以怨」，因為《詩經》裏面的詩寫的怨是沒有

恨的怨，更不用說忿怒和反抗了。這就是「怨而不怒」。〔註9〕

又介紹孟子對「怨」的闡發：

《小弁》是《詩經·小雅》中的一篇。據說，周幽王娶申后，生太子宜臼。後來又別有所寵，把宜臼廢了。宜臼的師傅作這首詩，其中有怨幽王的意思。這是以子怨父，所以有人說它是小人之詩。孟軻不以為然，他說：「《小弁》之怨，親親也。親親，仁也。……親之過大而不怨，是愈疏也。……愈疏，不孝也。」（《孟子·告子下》）意思就是說，幽王廢太子，是關係到國家的大事，不是一般的小錯誤。《小弁》的怨，是「恨鐵不成鋼」的怨。如果不怨那倒是對於幽王的疏遠，那就是不孝。這個怨是出於對於幽王的親愛，是孝、是仁。〔註10〕

孟子的這個觀點充分展示了儒家的「忠孝節義」中的「忠」絕不是愚忠，儒家主張對君王的錯誤要提出必要的批評。孔孟兩人都直面各國諸侯的政治之弊，直言批評，都不為自己的國君效勞，並敢於對周天子提出批評。孔子批評武王伐紂，反對武王伐紂這個觀點固然可以商榷甚至可以說是錯誤的，但他批評天子的本身具有進步意義。

在孟子之後，朱熹的解釋的確比較符合孔子的原意。孟子的闡發更借具體的個例作了清晰的說明。孔子的這個理論，未脫離他的政治立場中的保守方面，但「觀」和「怨」中的考見前代得失和對統治者可以「怨」的原則，打破了專制主義鐵筒一般統治的一些邊角，這也是一個進步。

興感群怨說是一個完整的美學理論：興，孔安國說「引譬連類」，是從詩中引起聯想，得到啟發。朱熹說「感發志意」，感發就是感動和啟發，指出詩歌有感染作用。觀，鄭玄注為「觀風俗之盛衰」，朱熹注為「考見得失」，指考察生活狀況、政治得失和百姓的意見。這是詩歌的認識作用，也兼含對詩人品性和志向的觀察。群，孔安國注：「群居相切磋」。即人們交流思想和不同的觀點，即使有不同意見，也可以切磋商榷，加強彼此協調和和諧。朱熹說「和而不流」，發揮了《論語·子路》中孔子「君子和而不同」的觀點。怨，孔安國注為「怨刺上政」。認為詩歌可以抒寫不滿，對統治者的錯誤進行必要的批評和指責，起著泄導人情的作用。朱熹說「怨而不怒」，則強調抒發怨情必須掌

〔註9〕《三松堂全集》第二版，第8卷，第158頁。
〔註10〕《三松堂全集》第二版，第8卷，第157～158頁。

握好程度，不能過分。

興觀群怨說在中國古代文學理論研究界得到極高的評價。這個理論首創性地揭示文藝作品具有兼顧作者和讀者的興觀群怨的作用，是在中外文藝史和美學史上具有劃時代意義的重大成果。

圍繞這個成果，馮先生還介紹了孔子的一個重要觀點：「『多識於鳥獸草木之名』，就是說，學詩也可以得一點知識性的東西，那不過是其餘事。」接著，從「興觀群怨」中，又引出孔子中庸之道在文藝領域中的重要見解。

4. 中庸之道

中庸是孔子哲學中的重要組成部分，馮先生介紹了孔子中庸文藝思想的主要觀點：

> 孔丘說：「《關雎》樂而不淫，哀而不傷。」（《論語·八佾》）《關雎》是《詩經·周南》中的一篇。朱熹注說：「淫者，樂之過而失其正者也。傷者，哀之過而害於和者也。」就是說，哀樂都不可太過。孔丘認為《關雎》這一篇的道德教訓就在於此。上邊說過《論語》記載：「顏淵問為邦」，孔丘回答說：「樂則韶舞。」接著說：「放鄭聲。……鄭聲淫。」（《論語·衛靈公》）鄭聲是當時新興的民間音樂。孔丘排斥它，因為它「淫」，是《關雎》的對立面。〔註11〕

> 「樂而不淫，哀而不傷」，「和而不流」，「怨而不怒」，這四句話所根據的一個總的原則，是「中庸之道」。這個道認為，什麼事情都不可太過，也不可不及。總要恰到好處，合乎中道，無過也無不及。這就是「中庸之道」。「中庸之道」是禮所根據的原則，也是樂所根據的原則。在這個原則上，禮和樂是一致的。〔註12〕

馮先生對中庸之道只做簡要介紹，未作價值評價。他沒有給予批評和否定，是一種謹慎的肯定態度。這是因為本書出版的時候還在 20 世紀 80 年代前期，反孔的思潮還未受到徹底的否定，馮先生尚未進入完全自由的寫作境界，比較拘謹。2 卷本《中國哲學史》和簡史，對此也未作價值評價，則是體例的限制。

中國美學界和中國古代文論界在反孔成為時代潮流時期對此也曾作過錯誤的批評，現在已經清醒地認識到：孔子和儒家講的中庸並非是不偏不倚毫

〔註11〕《三松堂全集》第二版，第 8 卷，第 158 頁。
〔註12〕《三松堂全集》第二版，第 8 卷，第 159 頁。

無原則地不講是非,而是提出不走絕端、過猶不及、不過、適中、兩端取其中的思維和行事原則,是充滿辯證思維的高明思想;體現在文藝上,推崇中和之美,提倡溫柔敦厚和發乎情,止乎利義的原則。止乎利義,指文藝創作在提倡寫作自由的同時,也必須有必要的社會和道德的約束和原則。徐中玉先生指出:孔孟並不把文學當作政治的簡單工具,他們的言論已接觸到有關文學特質、特點、作用等基本問題;在當時即要求學生兼通禮、樂、射、御、書、數,可見孔孟已相當重視「文理滲透」、各藝相通之妙。孔孟以其學術、行事和文章,直接間接對中國文學起了主要是積極的作用。孔孟學說中的普遍性因素將在世界文學的發展進程中於更廣泛的範圍裏顯示出它並未成為過去的生命力和奪目光采。〔註13〕

三、屈原創作中體現的美學思想

　　《中國哲學史新編》第二冊第十八章《楚國的改革與屈原,稷下精氣說的傳播》中的第二節《屈原文學作品中所表現的進步的政治思想》,第三節《屈原〈天問〉中的唯物主義的宇宙發生論》,第四節《屈原〈遠遊〉〈離騷〉中的精、氣說》,梳理和評論屈原創作中所體現的美學思想,其要點為:

　　1. 屈原在其文學作品中表現了進步的政治思想,屈原文學作品中所表現的進步的政治思想是主張變法、革新,主張以「法治」取代「心治」,以法度治國,反映了屈原通過變法、革新,實行法治、美政,以實現富國強兵的崇高政治理想。

　　　　從屈原這些著作中,我們可以看出來,屈原和靳尚及其一黨的鬥爭是圍繞著變法問題進行的。在政治上,屈原主張用「法治」代替「心治」,富國強兵,靳尚等阻撓、干擾這些改革。在外交上,屈原主張聯合齊國反抗秦國的侵略,用當時的話說就是主張合縱。靳尚及其一黨卻主張向秦國投降,用當時的話說,就是主張連橫。在他們的慫恿下,楚懷王中了秦國的詭計,死在秦國。屈原為了變法、革新,一直受到迫害。但他用詩歌作武器,堅持鬥爭,以至於最後赴水而死。《離騷》的「亂」辭(一個樂章的總結叫亂)說:「已矣哉,國無人莫我知兮,又何懷乎故都?既莫足與為美政兮,吾將從彭咸之

〔註13〕徐中玉《孔孟學說中的普遍性因素與中國文學的發展》,《激流中的探索——徐中玉論文自選集》,華東師範大學出版社,1994年,第412、414頁。

所居。」這裡所說的「美政」就是富國強兵的法家政治。〔註14〕

馮先生指出屈原的詩歌反映了他的政治理想、主張和原則立場。屈原詩歌表現了他理想破滅的悲憤，表達了對現實強烈不滿的批判精神，他的創作實踐繼承與豐富了「詩言志」的觀念，又為司馬遷的「發憤著書」說提供啟發。

2. 屈原的名篇《天問》探索了唯物主義的宇宙發生論，他的宇宙發生論認為氣是萬物的根本，這同《管子》中的《內業》、《白心》等篇的意思基本上是一致的，是唯物主義的。

　　屈原的這一篇，在其所提出的哲學方面的問題，是以當時所流行的一種唯物主義的宇宙發生論為基礎的。

　　它問：「遂古之初，誰傳道之？上下未形，何由考之？」「冥昭瞢暗，誰能極之？」就是說關於天地開闢以前各種說法，是誰傳下來的？既然在那個時候，天地還沒有分判，怎麼進行考查？在那個時候，光明和黑暗還沒有分別，只是漆黑一團，怎麼樣進行研究？這幾個問，是以一種宇宙發生論為基礎的。後來的《呂氏春秋》和《淮南子》都記載這種宇宙發生論。《呂氏春秋·大樂》說：「太一出兩儀，兩儀出陰陽。陰陽變化，一上一下，合而成章，渾渾沌沌，離則復合，合則變離，是謂天常。天地車輪，終則復始，極則復反，莫不咸當。日月星辰，或疾或徐，日月不同，以盡其行。四時代興，或暑或寒，或短或長，或柔或剛。萬物所出，造於太一，化於陰陽，萌芽始震，凝濊以形。這裡所說的「太一」就是混沌未分的氣。因為混沌未分，所以是「一」，因為是天地的根源，所以說是「太一」。《大樂》篇的作者認為宇宙開始時是混沌未分的氣(「太一」)，後來分化出天地(「兩儀」)，從天地又生出陰陽二氣。陰陽二氣一上一下的運動變化，形成了各種具體的東西。這是用「氣」以說明天地萬物發生的過程。混混沌沌的氣，經過剖判分化的程序，就有天地萬物生出來。《天問》所問的，就是這個程序的具體過程以及人是怎樣知道這些過程。〔註15〕

　　這就是，屈原以當時所流行的宇宙發生論為根據而提出的問題。這個宇宙發生論認為氣是萬物的根本，這同《管子》中的《內

〔註14〕《三松堂全集》第二版，第 8 卷，第 463 頁。
〔註15〕《三松堂全集》第二版，第 8 卷，第 466 頁。

業》、《白心》等篇的意思基本上是一致的，是唯物主義的。〔註16〕

氣是萬物的根本，這是先秦時代儒道兩家的共同認識，屈原的哲學根底和認識論，繼承和接受了當前最先進的理論。他還接受了當時最高水平的精氣說。

3. 屈原《遠遊》、《離騷》中的哲學內容是精、氣說。

馮先生指出：屈原所說的正氣就是精氣，精氣也就是道。

　　屈原所作的《遠遊》說：「悲時俗之迫厄兮，願輕舉而遠遊。質菲薄而無因兮，焉托乘而上浮？」這就是說，要想遠遊必定有所託乘。托乘什麼呢？下邊說：「內惟省以端操兮，求正氣之所由。」正氣就是精氣。

　　要得到「托乘」，必須求「正氣」。求「正氣」的方法是「漠虛靜以恬愉兮，淡無為而自得」。「自得」就是（內業）篇所謂「中得」，也就是《心術下》篇所謂「內德」。心有了這種條件，精氣就可以來了。人要是能夠聚集很多「精氣」，就能夠離開形體，上升遠遊。下文說：「奇傅說之託辰星兮，羨韓眾之得一，形穆穆以浸遠兮，離人群而遁逸。因氣變而遂曾舉兮，忽神奔而鬼怪。時彷彿以遙見兮，精皎皎以往來。」照這一段所說的，傅說之所以能夠上升遠遊，因為他「托辰星」。《管子‧內業》篇說：「凡物之精，此則為生，下生五穀，上為列星。」它認為天上的星，也是「精氣」。韓眾之所以能上升遠遊，因為他得了「一」，「一」也就是「精氣」。有了很多「精氣」的人，能夠離開形體，上升遠遊。在遠遊時候，也可以碰見更多的「精氣」，「精皎皎以往來」。因此，它就有機會吸收更多的精氣。下文接著說：「餐六氣而飲沆瀣兮，漱正陽而含朝霞。保神明之清澄兮，精氣人而粗穢除。」這就是說，在騰空遠遊的時候，在空中又吸收了些精氣，他的身體裏邊的粗穢自然就消除了。

　　「精氣」也就是「道」。《遠遊》篇說：「道可受兮，而不可傳，其小無內兮，其大無垠。毋滑而（汝）魂兮，彼將自然。壹氣孔神兮，於中夜存。虛以待之兮，無為之先。庶類以成兮，此德之門。」這所說的，跟《內業》、《白心》等篇關於「道」或「精氣」的說法完全一致。〔註17〕

〔註16〕《三松堂全集》第二版，第 8 卷，第 46 頁。
〔註17〕《三松堂全集》第二版，第 8 卷，第 468 頁。

用虛靜、無為、內省並從中得到恬愉的方法得到精氣即正氣，是《老子》《莊子》中介紹和推崇的，可見屈原完善了道家哲學的精華。與此相聯繫，屈原所講的內美、內德即精氣。

> 屈原字靈均。《離騷》說到「靈修」、「靈氛」；這「靈」也就是「靈氣」之靈。在《離騷》中，屈原自己說：「紛吾既有此內美兮，又重之以修能。」《內業》等篇常說「中得」和「內德」。《莊子‧知北遊》說：「德將為汝美。」《心術下》篇說：「氣者身之充也；充不美則心不得。」可見「內美」即「內德」，就是指他自己所有的精氣。「又重之以修能」，意思是說，他有很多的精氣，又加上許多的才能。〔註18〕

「靈」指「靈氣」，「修」為美好之意。內美即內德，指優秀的思想品質，修能則指特出的才華，內含豐富的知識、內政外交和文藝創作的能力。《史記‧屈原列傳》記敘和描寫他的修能：「博聞強識，明於治亂，嫻於辭令，入則與王圖議國事，以出號令，出則接遇賓客，應對諸侯。」這是他在修能方面的表現，而他的認識論和哲學觀，則達到精氣說的高度，他已經認識到內美和內德的實質就是精氣。馮先生因此而認為：「屈原名篇的思想資料：《天問》的內容，是當時的科學思想，《離騷》、《遠遊》的內容是當時的哲學思想，即精氣說」：

> 照傳統的解釋，屈原的《離騷》和《遠遊》，不過是用一種幻想之詞發洩他心中的悲憤之情。我並不是要推翻傳統的解釋，也不是說屈原真能夠把他的精神離開肉體，到各處遊玩，那是不可能的。他當然是用一種幻想之詞以發洩他心中的悲憤，《離騷》、《遠遊》是如此，《天問》也是如此。問題不在於是不是幻想之詞，而在於他用什麼思想資料作為他幻想之詞的內容。他的幻想之詞顯然是有內容的，《天問》的內容，是當時的科學思想，《離騷》、《遠遊》的內容是當時的哲學思想，即精氣說。本章的目的是說明屈原的文學作品的政治內容和哲學內容，它們的政治內容是「昔往日」，「悲回風」；它們的哲學內容是精氣說。〔註19〕

道家作了全面深入闡發的氣學、精氣說，是中國哲學對世界哲學史作出獨特

〔註18〕 《三松堂全集》第二版，第8卷，第470頁。
〔註19〕 《三松堂全集》第二版，第8卷，第472～473頁。

的偉大貢獻之一。

這個哲學理論在古近代中國的學者作家中，已經成為重要的理論根底之一，有關的闡發極多。連《紅樓夢》也通過賈雨村評論賈寶玉，大談在中國歷代由正、邪兩氣所產生的仁、惡兩類人物。不過精氣說認為人經過修煉的確能做到精神離開肉體，到各處遊走。

精氣說在文學藝術領域中自曹丕提出「文以氣為主」後，逐漸發展為文氣說，影響深廣。在哲學界來說，清代以前的宋明理學哲學家和心學派王陽明等，多尊奉這個學說並實踐之。

四、荀子美學

《中國哲學史新編》第二冊第二十二章《荀況——儒家思想向唯物主義的發展》第九節《荀況關於「文」的理論》提煉《荀子》的重要文藝觀點：

1.「文」是祭祀儀式中的點綴，但反映了人道所必須的「天情」，即人出自自然的感情。

荀子主張文藝為禮治服務，反過來，《荀子・天論篇》又將宗教祭祀儀式都歸結為「文」，「文」在這裡的意思是：一種點綴、妝飾。《荀子・禮論篇》認為祭祀活動完全是「人」的事情，並不是「鬼」的事情，因此這樣的祭禮只是一種「文」，是人道所必須的。馮先生又進而指出：「文」是一種點綴妝飾，然而也不僅是一種點綴妝飾，它是有根據的。其根據就是人的感情，感情就是「天情」也是出於自然的，所以不能不讓它發洩，給它適當的滿足。〔註20〕

馮先生這裡從祭祀儀式中的「文」的根據是人的感情，引申出感情出於自然，出於自然的感情一定要讓它發洩並給予適當的滿足這個重要的觀點。文論家認為文藝作品的兩大要素是情和景。馮先生就荀子關於情的重要性和必要性及其原因的重要觀點作了清晰的解釋：

> 人是有感情的。荀況認為人的感情如喜怒哀樂等，也是出於自然，所以稱為「天情」。人的親人死了，在理智上，人明知道他已經不存在了，永遠不能再活了，但是在感情上總希望他還是存在。所以在他初死的時候，要有喪禮，在他死了很久以後還有祭禮。在這些禮中，把死人當成活人看待，這就叫「事死如事生，事亡如事存」。這些禮的對象，都是無形無蹤的。這就叫「狀乎無形影，然而

〔註20〕《三松堂全集》第二版，第 8 卷，第 617 頁。

成文」。「文」是一種點綴裝飾，然而也不僅是一種點綴裝飾，它是有根據的。其根據就是人的感情，感情是「天情」，也是出於自然的，所以不能不讓它發洩，給它適當的滿足。

　　荀況把這個理論亦應用於音樂上，他說：「夫樂者，樂也，人情之所必不免也。故人不能無樂，樂則必發於聲音，形於動靜。」（《樂論篇》）發於聲音的是音樂；形於動靜的是舞蹈；照荀況的理論，音樂舞蹈都是一種「文」。推而廣之，各種的藝術都是「文」。〔註21〕

荀子的以上論述發展了儒家的文藝理論，對後世很有影響。

2.「文」是人的感情需要。

　　正因為人有「天情」，文不僅反映了人的感情，也應該適當滿足感情的需要。所以荀子批評墨家狹隘的文藝功利觀，只重視實用，而否定人的精神需求：

　　墨家反對音樂，苟況批評說：「墨子蔽於用而不知文。」（《解蔽篇》）「文」是對「用」而言。墨翟認為：只有對於人的穿衣吃飯、生男育女有用的才是有用的，音樂無助於這些問題，所以都是無用的。他不知道人於穿衣吃飯生男育女之外，還有別的需要。他不知道人於物質需要之外，還有感情的需要，不知道「用」之外還需要「文」。這就叫「蔽於用而不知文」。〔註22〕

馮先生顯然贊同荀子對墨家的批評，贊同荀子的觀點。人的感情需要就是人的精神需要，這在任何社會都是不可或缺的。文藝在精神方面的作用，是「無用之用」，實際上有極大的作用，起著塑造人的靈魂的作用。

3.「文」有維護等級制度的重要作用。

　　又正因為荀子主張文藝要為禮治服務，故而強調文的維護等級制度的重要作用：

　　荀況認為「文」除了上面所說種種之外，還有一種重要的作用，那就是維護等級制度。例如喪禮中天子所用的棺槨要用九層，其餘按等級而遞減。在祭禮中統治勞動人民的貴族們可以立宗廟，勞動人民不能立宗廟（「持手而食者不得立宗廟」）。各等級的人穿什麼衣服，衣服是什麼顏色，都有一定的規定。在音樂舞蹈方面，各等級的人，

〔註21〕《三松堂全集》第二版，第 8 卷，第 617～618 頁。
〔註22〕《三松堂全集》第二版，第 8 卷，第 618 頁。

可以奏什麼樂，用什麼舞也都有不同的規定。例如，孔丘看見季氏用八佾的舞隊，說：「是可忍也，孰不可忍也！」(《論語·八佾》) 因為照「禮」只有天子才可以用八個行列的舞隊，季氏不過是魯國的大夫而竟然用八個行列的舞隊，所以孔丘認為是不可容忍的。

這些等級制度，如果沒有「文」，就少了一種表現的方式，所以荀況批評墨翟說：「上功用大儉約而侵差等，曾不足以容辨異，縣（懸）君臣。」(《非十二子篇》) 墨家主張節葬、短喪、非樂，認為厚葬、久喪、音樂，都是沒有實用的，所以從節約的觀點反對這些東西。可是他們不知道這些東西有維護等級制度的作用，這就是「大儉約而侵差等」，其結果是模糊了等級的差別（「曾不足以容辨異，縣（懸）君臣」），這也就是「蔽於用而不知文」。荀況對於墨家這兩條批評，其精神是一致的。〔註23〕

荀子的以上論述非常切合當時的社會實際，至今尚未完全過時。如果說欣賞什麼等級的音樂舞蹈體現了等級制度，今人基本已經棄置不用的話，那麼從衣服的色彩、規定，顯示了不同的等級，則至今還有實用意義。以軍裝為例，軍服、軍鞋和束腰皮帶的不同，顯示了官兵的區別，而領章和肩章等的樣式、花樣不同，更區別了尉、校、將級軍官的級別的不同，這在當今各國多是毋庸置疑的。可見荀子所論說的觀點，至今還未過時。

此外，荀況認為「霸」的一個缺點是「非綦文理也」。「文理」就是「文」。〔註24〕這反映了荀子認識到政治建設與文化建設應該並頭前進的必要性和重要性，閃耀著思想的光輝。

縱觀儒家經典《荀子》全書，荀子繼承孔子的質文並重、中和原則等基本思想，在這個基礎上，他為儒家美學作出了一些新的貢獻。

五、《樂記》中的美學觀念

《中國哲學史》上冊第一篇「子學時代」第十四章《秦漢之間之儒家》（二）關於樂之普通理論，開首說：「孔子甚重樂，但關於樂之起源及其對於人生之關係，孔子亦未言及。荀子《樂論篇》及《禮記·樂記》，對此始有詳細之討論。」〔註25〕接著引《荀子·樂論》「夫樂者，樂也。人情之所必不免

〔註23〕 《三松堂全集》第二版，第 8 卷，第 618 頁。
〔註24〕 《三松堂全集》第二版，第 8 卷，第 554 頁。
〔註25〕 《三松堂全集》第二版，第 2 卷，第 618 頁。

也。故人不能無樂，樂則必發於聲音，形於動靜。……是先王立樂之方也。」
這一段引文之後，未作評論。此後引《樂記》四段，並略作評論。

《中國哲學史新編》第三冊第二十八章《〈禮記〉與中國封建社會的上層
建築》第六節《禮記》，主要闡發了《樂記》中包含的美學思想。

《禮記‧樂記》是小戴（聖）《禮記》中的一篇，由 11 篇論樂的文章組成，
是重要的儒家文獻，是西漢中期以前儒家論樂的理論著作。《樂記》中約有
七百餘字的內容抄自《荀子‧樂論》，但《樂記》在總體上要比先秦的樂論
著作豐富而系統，是先秦至漢前期樂論的集大成之作，是對先秦各家的批判
總結。

自孔子起，儒家重視藝術的政治作用，特別是音樂的政治作用，「好的音
樂，不僅要有藝術性（美），而且要有政治性（善）。但是他還沒有提出一套關
於樂的一般原則的理論。荀況於《禮論》之外又作《樂論》，論樂的起源、性
質及其在政治上的作用，用以反駁墨家的「非樂」。到漢武帝的時候，「河間獻
王好儒，與毛生等共採周官及諸子言樂事者，以作《樂記》（《漢書‧藝文志》）。」
〔註26〕作為秦到漢初儒家重要文獻的《樂記》（也包含了一些先秦的思想資料）
當然也是如此。馮先生介紹《樂記》的重要觀點有：

1. 音樂的本源是人情，又能節制人情。

《樂記》開始說：「凡音之起，由人心生也。」「生人心者也，情動於中，
故形於聲。」此因音樂的本源是人情：

> 《樂記》開始說：「凡音之起，由人心生也。人心之動，物使之
> 然也。感於物而動，故形於聲。聲相應，故生變。變成方，謂之音。
> 比音而樂之，及於戚羽旄，謂之樂。」這是關於樂的起源（「樂本」）
> 的理論。《樂記》認為，人心受了外物的感動，就有對於外物的知覺。
> 《樂記》說：「物至知知，然後好惡形焉。」此句中上一個知字指人
> 的能知的官能，下一個知字指認識的活動。由對於外物的認識而有
> 對於外物喜好和厭惡。好惡引起喜怒等情感；人有不同的情感，即
> 發出不同的聲。《樂記》說：「是故其哀心感者，其聲噍以殺。其樂
> 心感者，其聲嘽以緩。其喜心感者，其聲發以散。其怒心感者，其
> 聲粗以厲。其敬心感者，其聲直以廉。其愛心感者，其聲和以柔。
> 六者非性也，感於物而後動。」這些聲，有高、下、清、濁的不同。

〔註26〕《三松堂全集》第二版，第 9 卷，第 104 頁。

不同的聲的配合變化，合乎一定的規律（「變成方」）就成為音。用樂器
奏出音，並且配上舞，就成為樂。〔註27〕

音樂的本源在於人情，這個觀點探索到了文藝的本質之一。「凡音之起，
由人心生也」，是從審美主體的創造性的角度考察藝術的產生。古人認為「心
主思慮」（《黃帝內經》），現代科學也已證明了「心」與人的性格、情商有密切
關係。這裡，「心」指人們思想感情的主觀內心世界，心受到外物刺激，就會
產生喜怒哀樂、敬愛恨怨等感情，這就是「人心之動，物使之然也」。情感
產生後，內心就有了波動、活動或激動，人就會通過聲音反映出來，用「樂」
這一藝術形式表現出來。敘述了藝術的產生、藝術產生和外界相互關係這個
過程。

在《中國哲學史》上冊第十四章（二）「關於樂之普通理論」在引「凡音
之起」一段之後，又引「是故先王之制禮樂也，非以極口腹耳目之欲也。將以
教民平好惡，而反人道之正也。人生而靜，天之性也。感於物而動，性之欲
也。……夫物之感人無窮，而人之好惡無節，則是物至而人化物也。人化物也
者，滅天理而窮人慾者也。於是有悖逆詐偽之心，有淫佚作亂之事。……此大
亂之道也。是故先王之制禮樂，人為之節。」馮先生在以上兩段引文之間評論
說：「由此而言，則樂之功用，乃所以節人之情，使其發而合乎『道』，即發而
得中也。禮節人之欲，樂人之情。蓋禮樂之目的，皆在於使人有節而得中。」
〔註28〕音樂本源是人情，反過來又有調節和節制人情的作用。《新編》也引了
這段言論，並評論說：這一段為後來宋、明道學家所經常引用。「天理」、「人
慾」兩個名詞並且成為道學中的重要術語。《樂記》在這裡所謂「天理」可能
是指人的「天性」，即未被外物感動的心理狀態。但這樣也就把「天性」和「外
物」對立起來，把「理」和「欲」對立起來，所謂「天理」，也有道德的意義，
其內容也就是封建道德。〔註29〕

2.《樂記》提出聲、音、樂三個不同的概念：

照《樂記》這裡所說，「聲」、「音」、「樂」三個不同的概念，指
三種不同的東西。感於外物而發出不同的聲，這是人和禽獸所共同
的。音是人所特有的。樂是文化更進一步的產物。《樂記》說：「是

〔註27〕《三松堂全集》第二版，第 9 卷，第 104 頁。
〔註28〕《三松堂全集》第二版，第 2 卷，第 554 頁。
〔註29〕《三松堂全集》第二版，第 9 卷，第 107～108 頁。

故知聲而不音者，禽獸是也。知音而不知樂者，眾庶是也。唯君子
為能知樂。」它所謂樂包括與音樂相配的跳舞。〔註30〕

這三個概念，也即人們表達感情的三個階段：聲是人和禽獸所共同的，是表達情感的低級階段；音是人所特有的，是表達情感的中級階段，因為音比聲複雜了，有抑揚頓挫的調子，音調是語言的必要成分；樂，是完整的藝術品，具有無限的創造力，是表達情感的高級階段。音和樂只有人才有，這與「音樂的本源在於人情」的觀點也是相呼應的。

《樂記》認為只有君子為能知樂，這個觀點顯示了儒家的侷限。普通百姓中也有不少富有藝術細胞的人，他們創作和演出的民間音樂，也應是樂的重要組成部分，不能一筆抹煞。

3. 人的聲、音、樂，是外物的反映，特別是政治生活的反映，因為執著於入世的儒家認為政治對於人的影響是直接的，普遍的，深刻的。《樂記》說：「凡音者，生人心者也。情動於中，故形於聲。聲成文謂之音。是故治世之音安以樂，其政和。亂世之音怨以怒，其政乖。亡國之音哀以思，其民困。聲音之道，與政通矣。」〔註31〕這裡將樂區分為「治世之音，亂世之音，亡國之音」。這就是說，一個時代或一個國家的人的聲音是其時或其國的政治的反映。這實際上也指的是社會生活的反映。

馮先生又指出「《樂記》認為，人心受外物的刺激而有一定的情感，由一定的情感而發出一定的音、聲，反過來也可以用一定的音、聲使人有一定的情感。這就是樂的教育的功用，也就是其政治作用。」與教育功用相關，《樂記》認為樂還有移風易俗的功能。

4. 禮樂相反相成。

禮和樂能夠相反相成，是因為它們的本源是共同的：

《樂記》認為禮樂的本源是人情，……又說：「樂也者，情之不可變者也，禮也者，理之不可易者也。樂統同，禮辨異，禮樂之說，管乎人情矣。」這是說，「禮」「樂」都是本於人情，但「聲」是人情的直接表現，有什麼情才能發出什麼聲；沒有那種情，就不能發出那種聲。所以禮還可以作假，而樂卻不能作假（「不可以為偽」）。〔註32〕

〔註30〕《三松堂全集》第二版，第9卷，第105頁。
〔註31〕《三松堂全集》第二版，第9卷，第105頁。
〔註32〕《三松堂全集》第二版，第8卷，第105～106頁。

禮和樂需要相反相成，是因為「樂」有不可替代的重要作用：

　　「禮」、「樂」都是鞏固封建統治和封建社會秩序的重要工具；二者配合起來，就能發生更有效的作用。禮的作用是分別封建社會中的等級差別。封建統治階級的思想家也顧慮到，專注重等級分別，會使階級的矛盾更加強化。他們認為樂注重和諧，有緩和階級矛盾的作用，可以跟禮相輔而行。《樂記》說：「樂者為同；禮者為異。同則相親；異則相敬。樂勝則流；禮勝則離。合情飾貌者，禮樂之事也。禮義立則貴賤等矣；樂文同則上下和矣。……樂由中出；禮自外作。樂由中出故靜；禮自外作故文。大樂必易；大禮必簡。樂至則無怨；禮至則不爭。揖讓而治天下者，禮樂之謂也。」這一段話明確地說明，在鞏固封建統治這個總目的之下，禮、樂的作用是相反而又相成的。禮的作用是分別貴、賤的等級；樂的作用是緩和上、下的矛盾。一是「為異」，一是「為同」。專講等級差別，會使階級矛盾強化（「禮勝則離」），專講緩和矛盾，會使等級不分（「樂勝則流」）。所以必須樂以「合情」，禮以「飾貌」；二者相輔而行。〔註33〕

5. 樂反映了天地的秩序，具有天人感應的神秘作用，故又可調節天理人慾。

　　《樂記》又說：「天高地下，萬物散殊，而禮制行矣。流而不息，合同而化，而樂興焉。……故聖人作樂以應天，制禮以配地。禮樂明備，天地官矣。天尊地卑，君臣定矣。卑高已陳，貴賤位矣。動靜有常，大小殊矣。方以類聚，物以群分，則性命不同矣。在天成象，在地成形。如此則禮者，天地之別也。地氣上齊，天氣下降，陰陽相摩，天地相蕩。鼓之以雷霆，奮之以風雨，動之以四時，暖之以日月，而百化興焉。如此則樂者，天地之和也。化不時則不生，男女無辨則亂升，天地之情也。及夫禮樂之極乎天而蟠乎地，行乎陰陽而通乎鬼神，窮高極遠而測深厚。樂著大始，而禮居成物。著不息者，天也。著不動者，地也。一動一靜者，天地之間也。故聖人曰禮云樂云。」《樂記》關於自然界的秩序和運動的說法是從易傳取過來的。上所引的一段，有許多字句是直接從《繫辭》抄來的。

照《樂記》說法，總起來說，禮是自然界（「天地」）秩序在社會生活中的體現，樂是自然界的運動在社會生活中的體現。分別地說，樂取法於天，禮取法於地（「樂由天作，禮以地制」），因為照當時的科學知識，天動，地靜（「著不息者天也，著不動者地也」）。天地的動、靜，相反相成，封建社會中的禮、樂也是相反相成。

《樂記》認為，禮、樂是自然界的秩序和運動在社會生活中的體現，由此以證明，封建統治階級的這兩個工具是合理的，其存在是永恆的。他們企圖用自然現象說明社會生活。因此把自然現象社會化，甚至於神秘化了。《樂記》認為，既然禮、樂來源於天地的秩序及其化生萬物的作用，那麼，禮、樂也可以翻過來感動天地萬物的變化。它說：「夫歌者，直己而陳德也。動己而天地應焉，四時和焉，星辰理焉，萬物育焉。」這就是天人感應的神秘主義。〔註34〕

結合禮樂相反相成的論述，進一步闡發了音樂的政治標準及其政治作用，同時也論述了帶有神秘主義色彩的天人感應觀點。

《中國哲學史》上冊「關於樂之普通理論」也引了這段言論，馮先生認為這段言論說明《樂記》並以禮樂為有形上學的根據。」這「形而上」即指天地秩序和天性。所以他接著說：「由此而言，則宇宙本來即有天然之秩序，即是一大調節，而禮樂則此秩序調和之具體的例證也。」〔註35〕這個觀點又與下面「樂的本質是『和』」有關。

6. 音樂的本質是「和」，能夠起到促進社會和諧的作用，馮友蘭先生闡釋：

樂的本質是「和」。《樂記》中沒有明確的詞句，以說明這個正式的定義，它講得最多的是樂的起源和樂的社會作用，特別是後者。因為它不是講美學，而是講上層建築，所以它著重說明音樂是上層建築的一個主要部分。但是《樂記》講和的地方也是很多的。它說：「大樂與天地同和，大禮與天地同節。」又說：「樂者天地之和也，禮者天地之序也。和故百物皆化，序故群物皆別。」又說：「然後發以聲音，而文以琴瑟，動以干戚，飾以羽旄，從以簫管，奮至德之光，動四氣之和，以著萬物之理，是故清明象天，廣大象地，終始

〔註34〕《三松堂全集》第二版，第 2 卷，第 555～556 頁。
〔註35〕《三松堂全集》第二版，第 9 卷，第 108 頁。

> 像四時，周還像風雨，五色成文而不亂，八風從律而不奸，百度得數而有常，小大相成，終始相生，倡和清濁，迭相為經，故樂行而倫清，耳目聰明，血氣和平，移風易俗，天下皆寧。」

> 從這些話看起來，《樂記》認為樂的本質是「和」，這是不成問題的。特別是「小大相成，終始相生，倡和濁清，迭相為經」，這些話說明了樂的「和」是怎樣的一個「和」。樂是利用聲的大小清濁不同，互相調配，以構成一個「和」。這是一個比較純粹的「和」。作為一種上層建築，它可以使人「血氣和平，移風易俗」，以達到「天下皆寧」的目的，這是樂的社會作用。〔註36〕

這種觀點將文藝的教育作用和社會作用提到相當的高度，蔡仲德先生說：「《樂論》在歷史上第一次明確提出了『中和』、『禮樂』這兩個審美範疇，規定音樂必須以『中和』為準則，必須合乎禮儀不得背離，這就是儒家音樂美學思想成熟的突出標誌。」〔註37〕

《樂記》是中國美學史上的重要文本，馮友蘭先生的乘龍快婿、中國音樂美學學科創始人蔡仲德教授（1937～2004）在其權威著作《中國音樂美學史》第十六章《〈樂記〉中的音樂美學思想》指出：《樂記》對音樂本源問題、音樂特徵（包括表現對象、表現手段、社會特性、體現宇宙和諧的特徵），提出成熟形態的「天人合一」音樂美學思想，為中國美學史做出了重要的貢獻。〔註38〕

六、嵇康的美學觀點

《中國哲學史新編》第三冊第三十九章《嵇康、阮籍及其他「竹林名士」》第四節《嵇康論音樂》評述嵇康的美學觀。馮先生認為：嵇康的音樂理論是中國美學史上的重要篇章，其最重要的是《聲無哀樂論》。「在以前講音樂的著作中，如荀況的《樂論》和《禮記》中的《樂記》，大部分的討論是關於音樂的起源和音樂社會效果，至於究竟什麼是音樂，卻沒有明確的說明。嵇康的《聲無哀樂論》的要點，是明確地說明音樂的規定性，音樂的理，即究竟什麼是音樂。就這個意義說，它是中國美學史上講音樂的第一篇文章。他所用的方

〔註36〕《三松堂全集》第二版，第9卷，第108頁。

〔註37〕蔡仲德《〈荀子·樂論〉與〈樂記〉——為紀念孔子誕辰2550週年而作》，《文史知識》，1999年第9期；蔡仲德《音樂之道的探求——論中國音樂美學史及其他》，上海音樂出版社，2003年。

〔註38〕蔡仲德《中國音樂美學史》，人民音樂出版社，1995年，第326～360頁。

法是玄學中「辯名析理」的方法。他的這篇文章也是玄學中的一篇典型的「辯名析理」的文章。」〔註39〕

　　嵇康的另一篇重要文章是《琴賦》(《嵇康集》卷二)，此文的意思，和《聲無哀樂論》的意思是相同的。《琴賦》的序說，向來贊稱樂器的文章，都認為音樂以悲哀為主。這是「未盡其理也。推其所由，似元不解音聲，覽其旨趣，亦未達禮樂之情也」。就是說，向來講音樂的人都認為聲有哀樂，這些作者們的錯誤的根源，是既不懂聲音之理，也不懂「禮樂之情」。嵇康在這裡提出了兩個問題。一個是關於音樂本身的規律的問題，一個是「樂」和「禮」的關係的問題。《聲無哀樂論》講的主要內容就是要解決第一個問題。《琴賦》說：「非未至精者，不能與之析理也。」嵇康自以為他自己就是「至精者」。〔註40〕

　　在本節中，馮先生梳理了《聲無哀樂論》和《琴賦》的主要觀點並作了分析和評論：

　　1. 五音是客觀存在的自然之理。《聲無哀樂論》說：「夫天地合德，萬物資生。寒暑代往，五行以成。故章為五色，發為五音。音聲之作，其猶臭味在於天地之間，其善與不善，雖遭遇濁亂，其體自若而不變也。豈以愛憎易操，哀樂改度哉？」即認為音樂由天地元氣所產生，獨立於天地之間，音樂具有自己的「自然之理」，或者說自然本性，故而與人的哀樂無關。馮先生解釋說：「五音、五色、五行以及天地萬物，都是客觀的存在。五音有好聽的，有不好聽的，就好比各種氣味，有好聞的，有不好聞的，就是說，有善有不善。無論善與不善，它本來就是那個樣子，無論社會上的秩序是太平的還是混亂的，都不能叫它改變。人的主觀)上的愛好或憎惡，悲哀和歡樂，都不能改變它的規律。」〔註41〕

　　馮先生又指出：「在這一段裏，嵇康首先提出了一個方法論上的問題。他認為，凡是研究一類事物，首先要搞清楚這一類事物的本來的規律（『自然之理』），這一點搞清楚以後，然後再引證古人所講的道理，以為說明。如果自己心裏還沒有把自然之理搞清楚，只靠古人的言論以為自己所說的根據，古人的議論很多，是引不勝引的。嵇康在這一點上的見解，在認識論上說，是唯物主義的反映論。」〔註42〕

〔註39〕《三松堂全集》第二版，第9卷，第392頁。
〔註40〕《三松堂全集》第二版，第9卷，第395頁。
〔註41〕《三松堂全集》第二版，第9卷，第393頁。
〔註42〕《三松堂全集》第二版，第9卷，第394頁。

2. 作品與欣賞者的共鳴作用。「嵇康認為，有些人所以聽音樂而感到悲哀，這是因為他心裏本來就有悲哀。《聲無哀樂論》說：『夫哀心藏於苦心之內，遇和聲而後發；和聲無象，而哀心有主。夫以有主之哀心，因乎無象之和聲，其所覺悟，唯哀而已。豈復知吹萬不同，而使其自己哉！』就是說，音樂本來沒有哀樂的性質，正因其如此，所以心裏有哀的人為音樂所感動，就覺得更加悲哀。心裏有快樂的人為音樂所感動，就覺得更加快樂。『吹萬不同，而使其自己』是引用莊子《齊物論》中一句話，意思是說，音樂有它自己的規律。」〔註43〕

《聲無哀樂論》又說：「今以甲賢而心愛，以乙愚而情憎，則愛憎宜屬我，而賢愚宜屬彼也。可以我愛而謂之愛人，我憎而謂之憎人，所喜則謂之喜味，所怒則謂之怒味哉？由此言之，則外、內殊用，彼、我異名。聲音自當以善惡為主，則無關於哀樂。哀樂自當以情感而後發，則無繫於聲音。名實俱去，則盡然可見矣。」「意思是說，一個人是個賢人，我心裏愛好他，另外一個人是個愚人，我心裏憎惡他。賢愚的性質是屬於那兩個人的，是在外的。愛好和憎惡的感情，是屬於我的，是在內的。音樂的好壞是屬於音樂的，是在外的。悲哀是我的感情，是屬於我的，是在內的。嵇康在這裡所說的，彼、我，內、外的區別就是客觀和主觀的區別。嵇康認為，這個區別是很重要的。應該把主觀和客觀嚴格地區別開來，不可把主觀的東西強加於客觀，也不可把客觀的東西說成是主觀，說聲有哀樂，就是把主觀的東西強加於客觀。嵇康說，這就是『濫於名實』，就是說，名和實不合。如果名和實不合，那就是『名實俱去』。他的《聲無哀樂論》就是要說明音樂本來沒有哀樂，所以也不應該強加以哀樂之名。」〔註44〕

《聲無哀樂論》又引反對的人的話說：「賢不宜言愛，愚不宜言憎，然則有賢然後愛生，有愚然後憎起，但不當共其名耳。哀樂之作，亦有由而然。此為聲使我哀，音使我樂也。苟哀樂由聲，更為有實，何得名實俱去耶？」就是說，如果愛好一個人是因為他賢，憎惡一個人是因為他愚，可見我的愛憎是有原由的。不過不應該說，我所愛好的人是愛人，我所憎惡的人是憎人。音樂也是這樣，音樂能叫人哀樂，可見哀樂是有原由的，不過不應該說音樂也有哀樂。愛人和憎人，悲哀和喜樂，這種「名」是不應該有的，但「實」是有

〔註43〕《三松堂全集》第二版，第9卷，第393頁。
〔註44〕《三松堂全集》第二版，第9卷，第393～394頁。

的，怎樣能說「名實俱去」呢？這個反對者又舉了許多歷史上的記載，證明聲有哀樂。嵇康回答說：「夫推類辨物，當先求之自然之理。理已足，然後借古義以明之耳。今未得之於心，而多恃前言以為談證。自此以往，恐巧歷不能紀。……夫五色有好醜，五聲有善惡，此物之自然也。至於愛與不愛，人情之變，統物之理，唯止於此。然皆無豫於內，待物而成耳。至夫哀樂自以事會，先遘於心，但因和聲以自顯發。」

嵇康認為音樂能夠感動心志。激發感情，這就進一步闡發了「心裏本來就有悲哀，聽音樂則感到悲哀」的觀點。他在《琴賦》中說：「若論其體勢，詳其風聲，器和故響逸，張急故聲清，間遼故音庳，弦長故徽鳴。性潔靜以端理，含至德之和平，誠可以感蕩心志而發洩幽情矣。是故懷戚者聞之，則莫不憯懍慘淒，噓唏愴傷心，含哀懊咿，不能自禁。其康樂者聞之，則歟愉歡釋，抃舞踊溢，留連爛漫，嗢終日。若和平者聽之，則怡養悅愉，淑穆玄真，恬虛樂古，棄事遺身。是以伯夷以之廉，顏回以之仁，比干以之忠，尾生以之信，惠施以之辯給，萬石以之訥慎。其餘觸類而長，所致非一，同歸殊途，或文或質，總中和以統物，咸日用而不失。其感人動物蓋亦弘矣。」在這一大段中，第一小段講，琴所發出來的音樂能夠感動人的心志，激發人的感情。什麼感情呢？那就看聽的人的心中原來有什麼感情，有的聽者心中原來有哀的感情，他就更覺悲哀，有的聽者原來心中有歡樂的感情，他聽了就更加歡樂。還有一些聽者原來就心平氣和，他聽了就更加心平氣和。嵇康還說，聽者中如果有什麼特長，聽了音樂，他的特長就更能發揮出來。總的意思就是說，一個樂章就是那麼一個樂章。但是在不同的聽眾中，可以引起不同的反應，發生不同的作用，這就是「聲之無常」。這就可見，聲是客觀的，哀樂是主觀的。主觀和客觀必須嚴格地區別開來。〔註45〕

3. 聲音無常。嵇康接著說，五色有好看的有不好看的，五聲有好聽的有不好聽的，這是客觀事物的自然性質。至於我愛好和不愛好，這是人的主觀的變化。主要的問題就在這裡。事物的「理」跟人的主觀情感沒有什麼關係，它所依賴的只是客觀的事物，不是人的主觀的情感。人的主觀的哀樂也有它們的原因，也是一些事情所構成的，先已經存在於人的心裏面，受了音樂的感動，它就發洩出來。這就是「聲音無常」的意思。這跟人的賢愚引起我的愛憎那種情況，是不同的。

〔註45〕《三松堂全集》第二版，第9卷，第396頁。

嵇康說，音樂是能感動人，但不能因此就以為音樂有哀樂。他說：「然和聲之感人心，亦猶酒醴之發人情也。酒以甘苦為主，而醉者以喜怒為用。其見歡戚為聲發，而謂聲有哀樂，猶不可見喜怒為酒使，而謂酒有喜怒之理也。」就是說，音樂的主要性質就是和，比如酒的性質是甘苦。有人聽了音樂覺得悲哀，有人聽了覺得喜歡，就好比有人喝醉了就發怒，有人喝醉了就狂歡。就這一方面說，音聲是無常的，但不能因此就說聲有哀樂。就比如，酒能使人大怒和狂歡，但不能因此就說酒的本性就有喜怒之理。〔註46〕

4. 大同於美，也大同於和。和，是樂的本質，而不是樂的作用。

《聲無哀樂論》說：「曲用每殊，而情之處變，猶滋味異美，而口輒識之也。五味萬殊，而大同於美，曲變雖眾，亦大同於和。美有甘，和有樂。然隨曲之情盡乎和域，應美之口絕於甘境，安得哀樂於其間哉。」這是說音樂之所以為音樂，就在於和。和是音樂的規定性，是音樂之理。〔註47〕

音樂之所以能夠感動人的心志，激發人的感情，所靠的也就是一個和。在嵇康以前，講音樂的人也都把樂與和聯繫起來，這個聯繫幾乎是大家所公認的。但以前的聯繫是把和作為樂的作用，一種社會作用。照嵇康的說法，和不僅是樂的作用，而且是樂的本質。樂之所以能發生和的作用，正是因為它有這種本質。就這點上說，嵇康是發前人之所未發。

《聲無哀樂論》的主要意思就是說明這一點。〔註48〕

5. 音樂有兩種對立不同的風格，分為猛、靜兩類。嵇康也承認，音樂之中有各種不同的曲調，大致可以分為猛、靜兩類，這是曲調的不同，也是樂器的不同。他說，譬如：琵琶、箏、笛聲音高亢，節奏急促。琴、瑟聲音低，節奏慢。這些猛、靜的不同，也引起人的不同的反應，稱為躁、靜。可是躁、靜並不是哀樂。樂曲雖有猛、靜的不問，但「猛、靜各有一和」，也都要「大同於和」。樂是一個大類名，和是這一大類的規定性，是這個名的內涵。猛、靜是這一大類中的小類，雖有不同，但不能離開大類的規定性，不能不「大同於和」。〔註49〕

6. 嵇康也批判了以前和當時人的關於音樂的一些迷信。《聲無哀樂論》中引了反對者的話說：「師曠吹律，知南風不競，楚多死聲。」有一個相傳的故

〔註46〕《三松堂全集》第二版，第 9 卷，第 395 頁。
〔註47〕《三松堂全集》第二版，第 9 卷，第 396 頁。
〔註48〕《三松堂全集》第二版，第 9 卷，第 397 頁。
〔註49〕《三松堂全集》第二版，第 9 卷，第 396～397 頁。

事，楚國要出兵伐鄭，意在與晉國爭霸，晉國的人聽到這個消息，很受震動。
晉國的樂官師曠是當時一個大音樂家，說，不怕。他吹律管知道「南風不競，
楚多死聲」，楚國伐鄭，是不能成功的。嵇康批判說，師曠吹律管，他所能接
觸的是晉國的空氣，晉國的風。楚國離晉國有幾千里之遠，他怎麼能接觸到楚
國的空氣，楚國的風呢？即使他能接觸到晉國以外的空氣，他怎麼能知道他
所接觸的是楚國的空氣，楚國的風呢？嵇康的關於音樂的理論，指出了音樂
的本質，也批判了歷來關於音樂的迷信。〔註50〕

　　7. 批判雅鄭之別。《聲無哀樂論》也批判了以前和當時關於音樂的所謂
雅、鄭的分別。所謂雅，指的是當時社會上層的傳統的古樂；所謂鄭，指的是
社會下層的新興的音樂。社會上層的人認為「鄭聲」沒有音樂的價值，不能登
大雅之堂。嵇康在《聲無哀樂論》中提出不同的意見。他說：「若夫鄭聲是音
聲之至妙。」為什麼是至妙，他沒有說，在《聲無哀樂論》另一段裏，他說：
「姣弄之音挹眾聲之美，會五音之和。其體贍而用博，故心役於眾理。五音
會，故歡放而欲愜。」這幾句話所講的可能就是鄭聲，嵇康大概是沿用當時的
話，稱為「姣弄之音」。他給這種音的評價是「體贍而用博」。「體贍」是說它
的內容豐富，「用博」是說它的作用眾多，所以人們聽了都覺得輕鬆愉快。嵇
康認為，從藝術標準看，鄭聲比雅樂高得多了〔註51〕。

　　孔丘說：「鄭聲淫。」又說：「放鄭聲。」這些話是當時闢鄭聲的根據，嵇
康也不反對。他說：「若夫鄭聲，是音聲之至妙。妙音感人，猶美色惑志，耽
槃荒酒，易以喪業。自非至人，孰能御之？」這就是說，從藝術標準說，鄭聲
比雅聲還要高。正是因為它太好聽了，感染力太大了，除非「至人」，誰也抵
抗不了。統治者怕人受到感染，所以要禁止它。就是說，從政治標準說，鄭聲
是不好的，所以要不得。統治者要「樂不極音」，不要把音樂搞得太好聽了，
以免人不務「正業」。〔註52〕

　　當前音樂美學研究家大多與馮先生的意見相同，但蔡仲德先生則予以否
定。他說：「若夫鄭聲是音聲之至妙。」這一句之後，接著就說「妙音感人，
猶美色惑志，耽槃荒酒易以喪業」，認為至妙之音會使人「惑志」、「喪業」，所
以應該捐棄「窈窕之聲」（即至妙之聲），而使音樂「樂而不淫」。這就否定了鄭

〔註50〕　《三松堂全集》第二版，第 9 卷，第 397 頁。
〔註51〕　《三松堂全集》第二版，第 9 卷，第 397 頁。
〔註52〕　《三松堂全集》第二版，第 9 卷，第 397〜398 頁。

聲。下文又說淫邪之聲不能用來移風易俗，「淫之與正同（系）乎心，雅正之體（「體」，別也）亦足以觀矣」。這就更把鄭聲當作雅樂的對立面，認為雅樂是正聲，鄭聲則是淫聲，正聲、淫聲都會影響人心，所以必須「別雅鄭之淫正」，重視雅樂和鄭聲的區別。對於「別雅鄭之淫正」，《聲論》第三部分曾加以否定，那只是認為「聲音」不能表現感情，也就不能通過感情來「別雅鄭之淫正」，而不是根本否定「別雅鄭之淫正」。嵇康認為音樂中雅與鄭、正與淫的區別不在於表現什麼感情，而在於是否具有平和的精神，雅樂有平和精神。就是正聲，應予肯定；鄭聲沒有，就是淫聲，應予否定。所以《聲論》不是認為音樂無雅鄭、淫正之分，更不是肯定鄭聲，而是否定鄭聲，強調必須「別雅鄭之淫正」。嵇康在其他文章中也流露過這種思想，……所以可以說，肯定雅樂，否定鄭聲，強調「別雅鄭之淫正」，是嵇康的一貫思想。〔註53〕蔡仲德先生的觀點是值得重視的。

8. 音色之理和禮樂之情。嵇康在《琴賦》序中，提出兩個問題，一個是音聲之理，一個是禮樂之情。《聲無哀樂論》大部分講的是音聲之理，講到鄭聲的時候，就轉到禮樂之情。

嵇康說：「夫音聲和比，人情所不能已者也。是以古人知情之不可放，故抑其所遁。知欲之不可絕，故因其所自，為可奉之禮，制可導之樂。口不盡味，樂不極音。挄終始之宜，度賢愚之中，為之檢則。使遠近同風，用而不竭，亦所以結忠信，著不遷也。」(《聲無哀樂論》) 就是說，因為聲音可以感人，所以可以把樂和禮配合起來，以改變人心，改變風俗。嵇康說，這就是孔子所說的「移風易俗莫善於樂」。嵇康認為，在這個問題上，有兩方面要注意，一方面是「抑」，另一方面是「導」。「抑」是限制人的欲望感情，使它們不能向錯誤方向發展。「導」是引導人的欲望感情，使它們向正確的方向發展。禮的作用主要的是抑，樂的作用主要的是導。禮、樂配合起來，就成為社會上的行為標準。無論什麼地方，都照這樣的標準行動，這個社會就可以永遠存在下去了。這個社會當然是封建社會。所謂正確和錯誤，也就是封建統治階級的正確和錯誤。

嵇康本來說：「六經以抑、引為主，人性以從欲為歡。」(《難自然好學論》)

〔註53〕 蔡仲德《「越名教而任自然──試論嵇康及其「聲無哀樂」的音樂美學思想》，
蔡仲德《音樂之道的探求──論中國音樂美學史及其他》，上海音樂出版社，
2003 年，第 275～276 頁。

他本來是反對抑、引的，可是，在講到音樂的政治標準的時候，他也贊成抑、引了。他本來是反對「名教」和「禮法」的，可是在講到音樂的社會作用時，又講禮和樂的配合了。這也是他的思想中的一個內部矛盾。《聲無哀樂論》的主題本來是講音聲之理，作為一篇美學論文，這就夠了。講「禮樂之情」是畫蛇添足。〔註 54〕

改變人心風俗。孔子：「移風易俗莫善於樂。」音樂具有抑和導的作用。
〔註 55〕

七、蔡元培的美學思想

《中國哲學史新編》第七冊第七十三章《新文化運動的創始人、教育家、哲學家蔡元培》第六節《蔡元培的美學思想》評述蔡元培。此章標題將蔡元培首次定位為「新文化運動的創始人」，在正文中又說他「開創了新文化運動」。這是全新的觀點，值得注意。馮先生《我所認識的蔡子民先生》也指出蔡元培是新文化運動的中心北京大學的主將。〔註 56〕後來蔡仲德先生有長篇論文《回到蔡元培去——論蔡元培的思想和人格及其意義》〔註 57〕就這個觀點作了精彩而又精闢的論述。

而作為哲學家的蔡元培，馮先生認為，「在哲學的各部門中，蔡元培貢獻最大的是美學」。〔註 58〕

馮先生歸納了蔡元培在美學領域中的重要觀點。

1. 蔡元培的第一個重要觀點是美學中有兩個主要的主義：自然主義和理想主義。

他指出：在美學中有兩個主要的主義，一個是自然主義，一個是理想主義。「理想主義，是要求藝術超過實體的。」怎樣超過呢？蔡元培說：「與自然派最相反對的，是理想派。在理想派哲學上，本來有一種假定，就是萬物的後面，還有一種超官能的實在；就是這個世界不是全從現象構成，還有一種理性的實體。美學家用這個假

〔註 54〕《三松堂全集》第二版，第 9 卷，第 398 頁。
〔註 55〕《三松堂全集》第二版，第 9 卷，第 398 頁。
〔註 56〕《三松堂全集》第二版，第 13 卷。
〔註 57〕蔡仲德《回到蔡元培去　論蔡元培的思想和人格及其意義》，《東方文化》，1998 年第 3、4 期，後又收入蔡仲德《音樂與文化的人本主義思考》，廣東人民出版社，1999 年。
〔註 58〕《三松堂全集》第二版，第 10 卷，第 528 頁。

定作為美學的立足點，就從美與舒適的差別上進行。在美感的經歷上，一定有一種對象與一個感受這對象的『我』，在官覺上相接觸而後起一種快感。但是這種經歷，是一切快感所同具的。我們叫做美的，一定於這種從官能上傳遞而發生愉快的關係以外，還有一點特別的；而這個一定也是對象所映照的狀況。所以美術的意義，並不是摹擬一個實物；而實在把很深的實在，貢獻在官能上；而美的意義，是把『絕對』現成可以觀照的形式，把『無窮』現在『有窮』上，把理想現在有界的影相上。普通經驗上的物象，對於他所根據的理想，只能為不完全的表示；而美術是把實在完全呈露出來。這一派學說上所說的理想，實在不外乎一種客觀的普通的概念，但是把這個概念返在觀照上而後見得是美。他的概念，不是思想的抽象，而是理想所本有的。」(《美學的趨向》，《全集》第四卷，一〇八頁)〔註59〕

蔡元培的自然主義和理想主義，與王國維的寫實主義和理想主義的觀點，大致相似，可以說是英雄所見略同。又強調「理想主義，是要求藝術超過實體的。」這句話，即有藝術「出於自然和高於自然」的意思。

2. 馮先生評述蔡元培以舉例來論述美之「出於自然和高於自然」：

譬如一幅畫馬的畫，人們可以評價說：「這幅畫的馬，真像一匹自然的馬。」其實真正大藝術家所畫的馬，不是真像一匹自然的馬，而是比自然的馬更像馬，其所以如此，是因為「美術的意義，並不是摹擬一個實物，而實在把很深的實在，貢獻於官能上」。大畫家在畫馬的時候，當然要根據於自然的馬；但是畫出來的馬比自然的馬更像馬。這就是所謂「出於自然、高於自然」。〔註60〕

蔡元培的「出於自然和高於自然」與毛澤東後來在《在延安文藝座談會上的講話》中所闡發的文藝「來於生活，高於生活」的實質相同。毛澤東適應戰爭環境中的文藝創作形勢，只強調生活，沒有閒情逸致來觀照和享受自然，而蔡元培的「出於自然和高於自然」，自然中無疑也包括了生活，無疑更接近文藝的本質。

3. 蔡元培論述藝術來源於直觀、觀照：「一件藝術作品所表現的總是一個形象，不是一個公式；是具體的，不是抽象的；它的來源是直觀，不是推理。

〔註59〕 《三松堂全集》第二版，第 10 卷，第 528 頁。
〔註60〕 《三松堂全集》第二版，第 10 卷，第 528～529 頁。

一個大畫家所畫的馬，總要表現馬的特點，這些特點是畫家的直觀所得，並不是用歸納法推論出來的。歸納法的推論可能得出一個科學的公式，不可能得出一個藝術的形象。公式化或抽象化是藝術的大忌。任何藝術作品一有了這些，便不成其為藝術了。蔡元培用『觀照』二字表示直觀的意義。一面鏡子反映一個事物，只是如實地反映出它的形象，不雜一點概念或公式。這個問題就是王國維的《人間詞話》所討論的『隔』與『不隔』的問題。一個詩人憑其直觀所得，當下即脫口而出，便成名句，這就是『不隔』；如果加工為概念或公式，那就是「隔」了。（參看本書第六冊第六十九章）〔註61〕

馮先生將蔡元培所論述的「直觀」等同於王國維《人間詞話》所討論的「隔與不隔」中的「不隔」，並引了王國維所說的「不隔」的解釋。他要求讀者參看第六冊第六十九章，就是專論王國維美學的那一章。

4. 蔡元培對理想主義的全盤肯定和中肯發揮。

馮先生說：「蔡元培對於自然主義有所肯定，也有所批評，對於理想主義則作了大段的扼要中肯的發揮，可見他的美學思想也是理想主義的，他自己也是一個理想派。他在敘述自己的世界觀與人生觀時說：『科學者，所以祛現象世界之障礙，而引致於光明。美術者，所以寫本體世界之現象，而提醒其覺性。』（《世界觀與人生觀》，《全集》第二卷，二九〇頁）可以證明此點。」〔註62〕

5. 蔡元培將藝術與宗教的對比，肯定了藝術比宗教在陶養心靈方面更為優越：

> 蔡元培也作了一個藝術與宗教的對比，他本來說宗教的根據是信仰，每一種宗教都認為它這一教的信仰是絕對真理，其他宗教信仰都是不可容許的異端邪說。每一種宗教都企圖把人類社會統一於它的教義之下，其結果是在人類社會中製造分裂，以致引起戰爭，自相殘殺。藝術就不是這樣。蔡元培說：「鑒激刺感情之弊，而專尚陶養感情之術，則莫如捨宗教而易以純粹之美育。純粹之美育，所以陶養吾人之感情，使有高尚純潔之習慣，而使人我之見、利己損人之思想，以漸消沮者也。蓋以美為普遍性，決無人我差別之見能參入其中。食物之人我口者。不能兼果他人之腹；衣服之在我身者，不能兼供他人之溫，以其非普遍性也。美則不然。即如北京左近之

〔註61〕 《三松堂全集》第二版，第10卷，第529頁。
〔註62〕 《三松堂全集》第二版，第10卷，第529頁。

西山，我遊之，人亦遊之；我無損於人人亦無損於我也。隔千里兮
共明月，我與人均不得而私之。中央公園之花石，農事實驗場之水
木，人人得而賞之。……美以普遍性之故，不復有人我之關係，遂
亦不能有利害之關係。馬牛，人之所利用者，而戴嵩所畫之牛，韓
幹所畫之馬，決無對之而作服乘之想者。獅虎，人之所畏也，而盧
溝橋之石獅，神虎橋之石虎，決無對之而生搏噬之恐者。植物之花，
所以成實也，而吾人賞花，決非作果實可食之想。善歌之鳥，恒非
食品。燦爛之蛇，多含毒液。而以審美之觀念對之，其價值自若。……
蓋美之超絕實際也如是。……要之，美學之中，其大別為都麗之美，
崇閎之美（日本人譯言優美、壯美）。而附麗於崇閎之悲劇、附麗於
都麗之滑稽，皆足以破人我之見，去利害得失之計較，則其所以陶
養性靈，使之日進於高尚者，固已足矣。又何取乎侈言陰騭，攻擊
異派之宗教，以刺激人心，而使之漸喪其純粹之美感為耶？」（《以美
育代宗教說》，《全集》第三卷，三十三～三十四頁）〔註63〕

馮先生說「每一種宗教都企圖把人類社會統一於它的教義之下，其結果
是在人類社會中製造分裂，以致引起戰爭，自相殘殺」。這是指國外的宗教。
中國的宗教，包括中國本土的道教和傳入中國並已生根的佛教皆並非如此，
道教和佛教不僅都是溫和的、不斥排異教的宗教，而且對反對和迫害也採取
逆來順受、不抵抗的態度，所以不會製造分裂、引起戰爭和自相殘殺，迄今為
止的中國和世界的歷史可以證明這一點。這裡還順便論及優美與壯美。

正因為蔡元培認為藝術在陶養心靈方面的效果超過宗教，所以他主張以
美育代宗教。

6. 蔡元培提出「以美育代宗教」的主張：

一個真正能審美的人，於欣賞一個大藝術家的作品時，會深入其
境，一切人我之分，利害之見，都消滅了，覺得天地萬物都是渾然一
體，人們稱這種經驗為神秘經驗。這是一種最高的精神境界。一般的
人固然不能得到這種經驗，達到這種境界，但也可以於審美之中陶冶
感情，「使有高尚純潔之習慣」，這是藝術的社會作用。所以，蔡元培
主張「以美育代宗教」，這是他的美學思想的一個重要原則。〔註64〕

〔註63〕《三松堂全集》第二版，第10卷，第529頁。
〔註64〕《三松堂全集》第二版，第10卷，第530頁。

　　馮先生用自己的論說來肯定蔡元培「以美育代宗教」的主張。馮先生在自己的美學論述中高度肯定審美中的神秘經驗，還進而肯定這是精神活動的一種最高的境界。這是中國古代哲學中「天人合一」觀的一種反映。

　　7. 蔡元培指出精神文明的四個主要成分和「以美育代宗教」的重要意義：

　　　　蔡元培認為，每一種文化的精神文明都有四個主要成分：宗教、科學、哲學、藝術。隨著人類知識的進步，宗教的影響越來越小，藝術的影響越來越大。一些不明社會進步真相的人，見西方在中世紀時宗教統治一切，誤以為中國也要建立宗教。他們不知西方的現代化是在反對宗教的鬥爭中產生出來的。中國要現代化，不是要建立宗教，而是要提倡藝術，就是要以美育代宗教。這是蔡元培為新文化運動指出的一條正確的道路，也是蔡元培為中國建設新文化提出的重要建議。〔註65〕

　　隨著時間的推移，我們看到，與學習西方先進文化的先驅者的預見不同，20世紀至今的現代西方諸國的宗教依舊十分發達，他們用宗教作為道德教育和勸人為善的重要組織形式，並起到比較成功的效果。西方的眾多科學家，包括享有世界聲譽的大科學家都信奉宗教，或年輕時對宗教有懷疑，到了晚年卻又皈依宗教。而西方的人文學術研究，更將宗教列為最高的層次，然後才是哲學和其他學科。當然，這並不影響我們贊成蔡元培先生的這個主張。當時同樣提出以美育代宗教的還有王國維。

　　馮先生本章此節述評蔡元培的美學思想，抓住了蔡元培美學思想的關鍵，解釋簡明而精確。與此相對照，我們發現馮先生此書發表之後所出版的幾種《中國近代美學思想史》和《中國近代文學批評史》著作，雖多有專章或專節論述蔡元培，但皆未論及馮先生本節除「以美育代宗教」以外的以上內容，偶而有個別處提及的，也顯粗疏。因此，馮先生對於蔡元培美學思想的論述處於學界的領先水平。

八、結論

　　以上除《中國哲學史》上冊和《中國哲學簡史》各有短短的一節外，全部論述的是《中國哲學史新編》的內容，因為《新編》論述美學的章節較多。

　　與早年的兩卷本《中國哲學史》和《中國哲學簡史》不同，馮友蘭先生晚

────────────

〔註65〕《三松堂全集》第二版，第10卷，第530～1頁。

年的天鵝之歌《中國哲學史新編》重視中國哲學家的美學思想之研究，對其中表達了重要美學思想的六位哲學家和一個名篇列專節甚至列出專章予以介紹和評價：孔子、屈原、荀子、《樂記》、嵇康、王國維和蔡元培。其中古代有四家和一個名篇，近現代為兩家，他將王國維評定為「中國近代美學的奠基人」並立專章給予詳論，這都是非常恰當的。馮先生作這樣的安排，完全是根據這幾家對於美學的貢獻和每家的美學思想在其作為哲學家的哲學成就中所佔的地位而設計的，故而也是合理和適當的。其中王國維在哲學領域的貢獻以美學為最大，所以王國維章主要記敘其美學理論和思想。

為與全書的論述風格相統一，《中國哲學史新編》中有關美學的諸章節，僅以客觀介紹為主，馮先生將論述對象的主要和重要觀點作清晰的梳理和歸納，自己僅作必要的價值評價，因為內容的明晰，一般並不作詳細的解析，僅作是簡短的解釋和評論，因此本文的評述也顯簡短，著力於將馮先生評述的內容作清晰的梳理和歸納。唯有王國維一章，馮先生不厭其詳地以長篇大論來多方闡發，而且精義迭出，這與王國維美學在 20 世紀中國和世界哲學史乃至學術史上的崇高地位是非常相稱的，顯示了哲學史家馮友蘭非凡的識見和極高的學術水平。

馮先生在其哲學史著作中對諸家美學思想的梳理和歸納，精當地抓住了各家的要點，評價客觀公正。從這一個角度，也可證明馮友蘭《中國哲學史新編》是 20 世紀中國和世界學術史上的一部傑出著作，是馮友蘭先生留給我們的光輝學術遺產，值得我們反覆學習和研究。

最後需要說明的是，本文開首言及筆者前已有《馮友蘭的王國維研究述評》發表，專論《中國哲學史新編》第六冊第六十九章《中國近代美學的奠基人——王國維》，所以本文加上這篇論文，才反映了筆者對馮友蘭哲學史著作中的美學思想的完整認識，敬請有興趣者參閱並指正為感。

附錄：2005 年 11 月 6 日在北京大學馮友蘭國際學術研討會上圍繞本文的討論

（本次討論的主持人是華南師範大學管理學院哲學研究所陳曉平教授）

周錫山：本文梳理了馮先生哲學史著作中的全部重要觀點和主要內容，起的是提供了資料線索的作用，可供研究者參考和運用。馮先生限於哲學史著作的體系和體例，只是述評了幾個大家的主要美學觀點，他並沒有提出自己的

觀點，沒有做深入的闡發。只有王國維章是例外，在這一章中，馮先生發表了自己許多精彩的觀點和見解。

因為發言時間的限制，我重點介紹有關孔子和蔡元培的章節。（略）我認為在北京大學開哲學研討會，著重談談北京大學校長的哲學思想是非常有意義的。另外挑出一個觀點做重點介紹：馮先生論孔子的美學思想的第一個觀點，值得注意。在述評孔子美學中善與美的兩條標準時，馮先生的這段論述結合孔子的歷史觀，結合孔子對周武革命的評價，即從孔子的政治標準「善」所包含的反對周武王滅殷革命的觀點來觀察，馮先生認為孔子美學具有保守主義傾向。

孔子說：「郁郁乎文哉，吾從周。」人家都知道他嚮往西周的政治和禮樂文化，但是他反對周武革命，歌頌伯夷、叔齊不食周粟的氣節。

古近代的主流學者都接受了孔子的這個觀點，不僅馮著舉例言及的韓愈如此，司馬遷也如此，《史記》歌頌伯夷等人不食周粟，他將《伯夷列傳》作為列傳的首篇，以此作為後世的傑出榜樣。而20世紀的學者多追隨革命，伯夷就成為被批評的人物了。他們為什麼反對周武伐商，歌頌伯夷、叔齊，我們今人究竟怎麼來看待，這是另一個值得探討的問題。

我們同時要注意的是馮先生的這個論述僅就孔子的這個具體觀點出發，談的是孔子美學中的政治標準的保守主義傾向，並不指孔子美學在整體上是保守的。下面論述的興觀群怨，就有推動時代前進的先進思想的因素。

主持人：周錫山先生的論文從美學角度論述馮先生的成就，這方面的論文一直是很少的，周先生的論文很有意義。我們有什麼問題要討論的可以提出來。

田文軍（武漢大學哲學系教授）：請問周先生，馮先生的哲學史和哲學著作中，究竟有沒有美學思想？我聽有些美學教授說，馮先生不是美學家，他的著作中談不上有美學思想。您的看法如何？

周錫山：馮友蘭先生作為一位學術大師，他是一位全才，他當然有自己的美學思想。這些認為馮先生沒有美學思想的美學家，未免觀點有些保守。當然，馮先生在他的哲學史著作中，只是述評古代哲學家的美學觀點，沒有他自己的美學思想，這是哲學史著作的體例所限制的結果。也因此，我的這篇文章也就只能僅是述評了。但是馮先生在他的哲學著作中包含著他自己豐富的美學思想的論述。譬如負的藝術思維方法等等，是很有創建的。我每次出席馮學

研討會，交的都是關於馮先生美學思想的論文，以後出席馮友蘭學術研討會，我還要在這方面撰寫論文。

主持人：剛才談到氣節的問題，您對馮先生在文革中沒有自殺，怎麼看？

周錫山：氣節，不是絕對的。王國維本人非常講氣節，他最後為殉清而自殺。但是他指出耶律楚材作為金臣，投降元朝，乃有功於世，為他精心撰寫了年譜；以氣節自任的元好問金亡後，投書耶律楚材，是為了拯救中國文化，拯救中國文化的傳承者——當時的知識分子，為了不讓他們餓死，被殺戮，有保存中國文化血脈的深意。王國維在《耶律文正公年譜·餘錄》中說：「元遺山以金源遺臣，金亡後上耶律中言書（《遺山集》卷三十九）薦士至數十人，昔人恒以為詬病。然觀其書則云：『以閣下之力，使脫指使之辱，奔走之役，聚養之，分處之；學館之奉，不必盡具，饘粥足以糊口、布絮足以蔽體，無甚大費』云云。蓋此數十人中皆蒙古之驅口也，不但求免為民，而必求聚養之分友之者，則金亡之後，河朔為墟，即使免驅為良，亦無所得食，終必餒死故也。遺山此書，誠仁人之用心，足知論人者不可不論其世也。」元好問此書明言：「他日閣下求百執事之人，隨左右而取之，衣冠禮樂，紀綱文章，盡在於是。」「此諸人者，可以立言，可以立節，不能泯泯默默、以與草木同腐。」其意甚明，而唯靜安能懂其深意。

他又評論隨著南宋小王朝一起投降元朝的汪元量說：「汪水雲以宋室小臣，國亡北徙，侍三宮於燕邸，從幼主於龍荒，其時大臣如留夢炎等當為愧死，後世多以完人目之，然中間亦為元官，且供奉翰林，其詩俱在，不必諱也。」他「在元頗為貴顯，故得囊留官俸，衣帶御香，即黃官之請，亦非羈旅小臣所能，後世乃以宋遺民稱之，與謝翱、方鳳等同列，殊為失實。然水雲本以琴師出入宮禁，乃倡優卜祝之流，與委質為臣者有別，其仕元亦別有用意，與方、謝諸賢跡異心同，有宋近臣，一人而已。」〔註66〕

如果別人這麼說，容易遭人非議，也沒有說服力。而王國維本人為氣節而自殺，他來為元好問、汪元量這樣的「投降者」辯護，就有說服力。還有，我們北大的周作人，蔣介石政府的法庭審判周作人的漢奸罪的時候，北京大學校長蔣夢麟此時是教育部長，他堅決要求赦免周作人，他說是我要周作人留在北京、留在北大的，我給他的任務是保護北大的校舍、財產、圖書等，他很好地

〔註66〕 王國維《書宋舊宮人詩詞、湖山類稿、水雲集後》，周錫山編校《王國維文學美學論著集》，北嶽文藝出版社，1987年，第201頁。

完成了任務。他認為周作人留在北京後所出現的某種曲折,是為了完成這個任務的。

胡軍(北京大學哲學系教授):你關於氣節的這種說法,我們從來沒有聽到過。

周錫山:馮先生在文革中,備受摧殘而沒有自殺,是無可非議的。而自殺的人,有的人雖有「寧為玉碎,不為瓦全」、「士可殺不可辱」的可貴骨氣,但在反右和文革的特定情況下,在政治上就顯得天真幼稚了,正好中了江青之流的奸計。當時的政策號稱「一個不殺,大部不抓」,其實是用殘酷的手段折磨知識分子,逼得大家飢寒交迫而死或自殺,他們還可批判不幸自殺的人為「自絕於人民」,將逼死人的罪名讓死難者自己承擔,他們還可以振振有辭,繼續欺騙輿論。我在上海討論老舍《正紅旗下》時說,老舍的自殺就是輕信和天真,他應該活下來,等待容許自由寫作的時代的到來,完成自己的創作計劃,尤其是寫出自己在文革中的遭遇。不少俄蘇作家的頭腦比中國作家清醒,蕭洛霍夫、帕斯捷爾納克、索爾任尼琴等榮獲諾貝爾文學獎的作家和布爾加科夫、左琴科等著名作家,都能清醒地看清現實,寫出反映自己時代真實風貌的傑出作品,表現了有獨立人格和思想的文學大家的批判精神,值得我們學習。

馮先生活了下來,他在晚年能夠完成《中國哲學史新編》這樣劃時代的哲學史巨著,證明了他具有大智大勇。能夠忍受大恥,就是大勇,需要很大的勇氣。就像司馬遷忍恥求活,為的是完成巨著《史記》一樣。

古人關於氣節問題,本來就有通達的認識。文天祥不降元朝,堅持氣節,慷慨就義。但是他同時安排他的家屬當元朝順民,讓他活下來,為的是奉養老母。如果全國知識分子在外族(元蒙和滿清)佔領全國時都為了氣節而自殺或硬做不自量力的抗敵而死,不肯韜光養晦,中國文化斷了種,中國就沒有重新崛起的希望了。

蒙培元(中國社科院哲學所研究員):文革中的自殺現象,情況是非常複雜的。

周錫山:的確是這樣,每一個人的具體情況還要具體分析。

附記:光明網 2006-06-04 發表徐迅雷《「玉碎」的抗議》,也討論這個氣節問題。文章引用著名外交家顧維鈞的言論:「一個民族,一個國家,是子孫萬代的事。我們這一代的人,只能當這一代人的家,那裡能當子孫萬代的家?個人還可以『玉碎』,一個民族,是『玉碎』不得的。」此文作者評論說:一個民族,玉碎不得!這真是非常之人的非常之語。今日我們當然可以將「寧為玉碎,不為瓦全」看作是一種真理性的氣節表達,但是,真理跨出一步,就成

了謬誤,「寧為玉碎,不為瓦全」離開了民族危亡的大背景,任意「推廣」到任何領域,動不動以「玉碎」作為「抗爭手段」,時不時把「玉碎」上升為「國家行為」、「民族氣節」,則大謬矣。

又按:明末的抗清英雄祁彪佳死難,其妻商景蘭活到。

2005(11 月 5~7 日)北京大學、中國社會科學院、清華大學等主辦
「紀念馮友蘭先生誕辰 110 週年暨馮友蘭學術國際研討會」論文,
收入《反思與境界——紀念馮友蘭先生誕辰 110 週年暨
馮友蘭學術國際研討會論文集》,北京大學出版社,2008 年

馮友蘭的王國維研究述評

　　馮友蘭先生是二十世紀中國最傑出的哲學史家和最傑出的哲學家之一。王國維先生是二十世紀中國最傑出的文史學者、美學家和最傑出的哲學家之一。王國維先生全面深入地繼承傳統的儒道釋文化，又將中西文化之精粹完美結合，從而取得罕與倫比的輝煌成就。本文擬通過馮友蘭的王國維研究，探討馮友蘭先生與儒道釋文化和他的中西文化觀。

　　馮友蘭先生完成於 1988 年 3 月的《中國哲學史新編》第 6 冊第六十九章「中國近代美學的奠基人──王國維」，專門研究王國維。誠如本章前言所說：「王國維學問廣博，著述宏富，對於歷史學、文學、哲學、美學都有深刻的研究，但他在文學、美學、哲學等方面的成就為其歷史學所掩。」尤其是他的哲學成就，最受忽視。在馮著之前，僅有陳元暉《王國維與叔本華哲學》〔註1〕這本小冊子專門評述王國維的哲學研究，但觀點陳舊，幾持全盤否定意見，偏頗性很大，故而出版後沒有影響。另有李澤厚《中國近代思想史論》將王國維與梁啟超合立一章，稍涉王之哲學思想。各種中哲史著作對此多於忽視，惟新編馮史給予王國維應有的重視，專立一章予以介紹，並作出全面、客觀、獨到的評價。

　　新編馮史，除自序、緒論外，凡十一章約十五萬字。其中有九章專論清代九家，最後一家即為王國維。此章篇幅近一萬八千字，約占全書八分之一。此章除前之總體介紹和最後之《附記》外，共分六節，依次為：第一節，王國維對於康德的推崇；第二節，王國維的《論性》；第三節，王國維的《釋理》；第

〔註1〕陳元暉《王國維與叔本華哲學》，中國社會科學出版社，1981 年。

四節，王國維的《紅樓夢評論》；第五節，王國維的《論哲學家及美學家之天職》；第六節，王國維的《人間詞話》。馮先生於本章開首申明：「本書以《靜安文集》和《人間詞話》作為根據，分析敘述他的哲學和美學等方面的思想。」王國維的哲學、美學的重要論文基本上都在《靜安文集》中，《人間詞話》則是王國維最重要也是惟一的美學專著。自本章的分節目錄看，馮先生的王著之選擇非常正確，未選之研究叔本華、尼采之論文，雖亦非常重要，但都是關於西方哲學的內容，且以闡釋為主。與中哲史之關係不夠密切。又從分節目錄看，本章之前半，即第一至三節，主要論述王之哲學；本章之後半，第四至六節，主要論述王之美學。王之哲學，為其美學之基礎，且其美學之成就更大。馮史的分節安排和以「中國近代美學的奠基人」為章目，皆見哲學史大家之匠心，綱舉而目張，極便讀者之理解和領會。

本章開首即言：「西方近代哲學主要分為英國經驗派和大陸理性派，嚴復是經驗派的介紹者，王國維是理性派的宣傳人。」嚴復比王國維早出生二十幾年，本書前一章即為「中國第一個真正瞭解西方文化的思想家——嚴復」，此言恰為前後兩章的承上啟下之語，又為嚴、王兩人在中哲史上的基本貢獻和地位作了區分和評價。

本章第一節的標目「王國維對於康德的推崇」，即抓住了王國維整個學術思想和學術成就的一個根本：王國維於西學中，受康德的影響最大；康德哲學、美學為王國維的主要學術根底之一。研究王國維的學者，多認為王國維於西學中受叔本華的影響最大，叔本華哲學、美學為其主要的學術根底，連錢鍾書這樣的大學者也持這樣錯誤的觀點。

馮史說康德是「西方近代最大的理性主義者」。康德上承古希臘哲學，下開西方哲學之新紀元，是西方近現代哲學之祖師。王國維目光正確，他首先重點攻讀的是康德，他於 1901 年時研讀《純粹理性批判》，因實在讀不懂而改讀叔本華作為讀懂康德之橋樑；1907 年起再讀康德之書，至 1907 年「從事第四次之研究」已完全讀懂康德特別艱深之名著，馮史大段引錄王國維自敘學習康德之過程；又指出「王國維認為他（指康德）的主要貢獻是：『觀外於空（空間），觀內於時（時間），諸果粲然，厥因之隨。凡此數者，知物之式，存於能知，不存於物。」從純粹理性批判轉到實踐理性批判。

此節通過要言不煩的引述，馮友蘭先生作了三點結論：一、「王國維研究哲學始於康德，終於康德，中間他放棄康德而研究叔本華，又從叔本華『上窺』

康德。經過這幾次反覆,他研究康德的『窒礙之處,越來越少,最後他才於康德哲學全通了。」二、「王國維是懂得康德的,他抓住了康德哲學的要點,他用了極高的讚譽,但不是亂贊,他贊得中肯。」「三、他對於康德哲學「雖然還有一些『窒礙之處,但是這些很少的『窒礙之處』並不是由於他不懂康德,而是由於康德哲學本身的錯誤」。「說明王國維對於康德研究得比較透,理解得比較深。凡研究一家哲學,總要到能看出這一家哲學的不到之處,才算是真懂得這一家。王國維對於康德自以為做到這一步了。」馮先生顯然承認王的這個自我評價。

這三點結論,對王國維學習康德給予很高的評價,本世紀還沒有另一位學者受到任何人所給的這個評價,可見這個評價之可貴。再者,英國經驗派認為人的知識都來源於經驗,容易推向極端,從而陷入懷疑主義和武斷主義。大陸理性派認為人有了理性,才能在客觀上接受事物,在主觀上審查自己;康德為此又先審查理性的性質和能力,也即對於理性的批判。王國維之所以能作出融合中西的巨大學術成果,乃因抓住中學西學之根本為自己的學術根底,其西學之根本,即在完整全面深入地掌握西哲史的基礎上,以康德的哲學、美學作為自己的主要根基。於是本章第二節便分析王國維對康德哲學的具體運用。

第二節介紹和評價王國維的著名哲學論文《論性》。馮先生指出:「人性善惡問題是中國哲學自古遺留下來的一個傳統問題。」由於人性問題是近代西哲史中非常重視的大問題,精熟於西哲史的王國維便聯想到中哲史上的人性善惡之爭論。王國維認為中哲史上的善、惡論者,皆能持之有故,言之成理,且性善論中有性惡論之成分,反之亦然。這種性之善、惡的二元論實為康德所說二律背反的表現。王國維的結論乃性善性惡是不能討論的。馮先生認為:「王國維的這篇論文的主題並不是要解決中國哲學中的一個古老的傳統問題,而是用康德的認識論取消這個問題。這是康德的認識論在王國維哲學中的應用。」

馮史本章第三節述評《靜安文集》的第二篇論文《釋理》,指出「文章從語言訓詁開始講起」,王國維先用傳統的訓詁方法來釋「理」。本節述評了王國維的釋理過程,再用現代邏輯的說法來理解和肯定王國維的「理」釋。此節最後之結論為:「王國維說,知道有理及有理性是人和動物的不同之處,即人之所以異於禽獸者。這些思想都是王國維的美學思想的基礎。他的美學思想就是在這個基礎上又寫一轉語。」這便再次強調王國維在西學中以「西方近代最大

的理性主義者康德」為其主要學術根基;「王國維是理性派的宣傳人。」糾正了王國維研究者至今仍多認為的他以非理性主義者叔本華為其西學之主要根基,王國維的哲學、美學是以非理性的叔本華哲學、美學為基礎的流行性錯誤觀點。

馮著本章的下半部分研究王國維的美學思想。其第四節頗為細緻地述評了王國維的美學主要著作《〈紅樓夢〉評論》。馮先生開首即說:「曾有一個時期,王國維推崇叔本華,認為叔本華的哲學是康德哲學的進一步發展,他的《〈紅樓夢〉評論》就是在這個時期寫的。」此言承上節末段之結論而來:首語「曾有一個時期」限定了時間,指出他並非一直推崇的,他一直推崇的是康德。認為叔是康的「進一步發展」一語,限定了程度,王國維最推崇的是康德,正因推崇康德才一度也推崇作為康德的發展者的叔本華。

接著,馮先生逐章評述了王之全文。

馮先生指出:「這篇論文的第一章泛論美學,這是他第一次提出的美學綱領,這部綱領是在叔本華哲學的影響下提出的。」「藝術的本質和藝術家的作用,這是王國維的第一個美學綱領的要點。」藝術的本質在於反映人生之欲與生活與苦痛三者一而已矣,更在於「使吾人超然於利害之外而忘物與我之關係」,從而使「吾人之心無希望,無恐懼,非復欲之我,而但知之我也」。藝術家的作用便是「以其所觀於自然人生中者,復現於美術中,而使中智以下之人亦因其物之與己無關係而超然於利害之外」。馮先生正面引述王學自叔的第一個美學綱領,顯然對其抱肯定的態度。

馮先生指出:此文第二章轉入了《紅樓夢》的本題,王認為《紅樓夢》的主旨在於「生活之欲之先人生而存在,而人生不過此欲之發現也。此可知吾人之墮落,由吾人之所欲而意志自由之罪惡也」。王國維認為賈寶玉放棄了生活之欲,這是人生惟一的解脫之道。出家和自殺都不能使人生得到解脫。「但是,賈寶玉實際上是怎樣從生活之欲解脫出來的呢?還是出家」。

這裡,馮先生的理解似與原著有些差別。王之原文為:「而解脫之道,存於出世,而不存於自殺。出世者,拒絕一切生活之欲者也。」出世與出家,是一個概念,而出世與解脫則不是一個概念。王認為「此書中真正之解脫,僅賈寶玉、惜春、紫鵑三人耳」。他們三人既出家也解脫。另兩人雖出家,但並未解脫:「而柳湘蓮之入道,有似潘又安;芳官之出家,略同於金釧。故苟有生活之欲存乎,則雖出世而無與於解脫;苟無此欲,則自殺亦未始非解脫

之一者也。」〔註2〕據此，王國維還認為，只要與滅欲有關係，自殺亦可視為一種解脫。馮先生顯然於此未充分注意，出現了誤讀，出現了智者千慮而常有之一失。

但馮先生與一般論者不同的是，他認為「生活之本質」是欲，「王國維用尼采的說法」。他人都只認作亦來自叔本華。

關於第三章，馮先生歸納為一句話：《紅樓夢》的美學價值在於它是一個徹頭徹尾的悲劇，也即王譯引叔本華著名的三種悲劇說後所指認的「悲劇中之悲劇也」。

關於第四章，馮先生首先引《靜安文集·自序》中王的自述：「其立論雖全在叔（本華）氏之立腳地，然於第四章內已提出絕大之疑問，旋悟叔氏之說本出於其主觀的氣質，而無關於客觀的知識。」

接著馮先生便分析王國維所發現的叔氏之兩大疑問。第一個疑問：叔本華認為，人生的根源是由於「生活之意志」，人生的主要內容是「苦痛」、憂患，故而迫切要求解脫。憂患和解脫、天堂和地獄皆是互相對待的。王國維說：「今使人日日居憂患，言憂患，而無希求解脫之勇氣，則天國與地獄彼兩失之。」人類和一切其他生物是一個總的「生活之意志」的表現，一個人拒絕其「生活之意志」，並不等於一切生物都拒絕其「生活之意志」，而且後者是不可能的。

第二個疑問：「夫世界有限而生人無窮，以無窮之人生有限之世界，必有不得遂其生者矣。」這是說人類的數量的增多，和生活資料的增長是不相適應的，所謂人人各得其所也是不可能的。

馮先生在分析王國維對《紅樓夢》的「有味」和價值、意義之評價後作出兩點總結：一、「這是說王國維對於叔本華的哲學雖然有很大的疑問，但對《紅樓夢》沒有疑問。也可以說，他對於《紅樓夢》做了更高的評價，因為他認為作為一個藝術創作，它對於像現在這樣的人類最有意義。」二、王國維於第一章「提出了一個以叔本華哲學為基礎的美學綱領。他既然對於叔本華哲學有了很大的疑問，這個美學綱領就不適用了，所以他又提出了第二個美學綱領，那就是《人間詞話》」。

這兩個結論是非常精彩和精闢的。

〔註2〕 王國維《〈紅樓夢〉評論》，周錫山編校《王國維文學美學論著集》，北嶽文藝出版社，1987年。

　　與一般論者錯誤地認為王國維此文照搬叔本華，並不斷據此給以論證和否定性的批判不同的是，馮先生強調王對叔的疑問並以對王的疑問之分析作為論述的主要內容。這說明王並未照搬叔，他對叔論作過極為深入和深刻的思考，譯引其正確的三種悲劇說，揭示並分析其不足、謬誤之處。不僅如此，馮認為王非但不是照搬叔本華的蹩腳論者，他對於《紅樓夢》的評價還高於叔本華。這是一個獨到的精彩的結論，也是正確而精闢的看法。

　　論者一般都認為《〈紅樓夢〉評論》照搬、硬套叔本華，最有代表性的是錢鍾書先生。錢的主要觀點為：「蓋自叔本華哲學言之，《紅樓夢》未能窮理而抉道根；自《紅樓夢》小說言之，叔本華空掃萬象，斂歸一律，嘗滴水而知大海味，而不屑觀海之瀾。夫《紅樓夢》、佳著也，叔本華哲學、玄諦也，利導則兩美可以相得，強合則兩賢必至相厄。此不僅《紅樓夢》與叔本華哲學為然也。」〔註3〕接著錢先生又作了具體的分析，而按他的分析和上述觀點，他自己則真正陷入了硬套、強合的誤區〔註4〕，而王國維此文則正如馮史所分析、評價的，用叔論之精華而揭叔著之不足。馮先生的識見遠高於當代的諸多論者。當然錢鍾書先生作為文論大家畢竟識見不同一般，其失誤本為智者千慮之偶失，且認叔本華與《紅樓夢》為「兩賢」，與俗論批判叔本華為「反動」或謬誤者完全不同。

　　王國維讀通康德時感到「其說不可持處」之「窒礙更少」，而他在讀通叔本華時卻發現了「絕大之疑問」，不僅有「疑問」，而且「絕大」。如此則康、叔成就之高下，和他們在王國維心目中之地位的差別，亦由此可見；同時也更可證明王以康德為西學之主要根基也。

　　不過，王國維儘管對叔論提出絕大之疑問，但他據叔本華而提出的第一個美學綱領，馮先生認為「不適用了」，無論就王國維的認識來說，和就此綱領本身來說，似不甚確當，如改為「不夠用了」，似較妥。因為人生有欲望、有痛苦，確是如此；王國維此文中強調「美術之務，在描寫人生之苦痛與其解脫之道，而使吾儕馮生之徒，於此桎梏之世界中，離此生活之欲之爭鬥，而得其暫時之平和，此一切美術之目的也」。「一切」兩字似嫌過於絕對，但其大意的

〔註3〕錢鍾書《談藝錄·王靜安詩》補訂三，中華書局，1984 年。

〔註4〕詳見筆者《論王國維與西方美學》（1997·海寧·王國維戲曲史論學術研討會論文）。其主要內容以《王國維的曲論和西方美學》之名發表於《中國比較文學》，1998 年第 3 期，並收入拙著《王國維美學思想研究》，中國社會科學出版社，2017 年。

確不錯，揭示了文藝作品對人的淨化、陶冶作用，似至少不能完全否定。

馮先生指出《人間詞話》中提出的第二個美學綱領，「這是王國維的美學思想的一個重要發展」。但是，「在這個發展的過程中，有什麼線索可尋？有什麼轉折點可見？」馮先生說第五章「餘論」回答了這兩個問題，所以，「雖說是餘論，但實際上是一段重要的正文」。

接著馮先生指出「這個餘論提出了兩個重大美學原則」。其一為：「夫美術之所寫者，非個人之性質，而人類全體之性質也。」因此有些紅學家推測賈寶玉本人是誰，毫無意義。「第二個原則是，藝術作品的內容主要是出於先天。」其實質是「最高的藝術作品能寫出自然所不能完成的東西」，即「最高的藝術作品是出於自然，高於自然」。

馮先生於此節最後說：「王國維的兩個美學綱領是相銜接的。」「王國維是從叔本華上接柏拉圖」，根據是王國維在闡發第二原則時說：「而在真正之天才，於美之預想外，更伴以非常之巧力。彼於特別之物中，認全體之理念，遂解自然之囁嚅之言語而代言之。」此「理念」是柏拉圖哲學中的一個中心思想。馮先生說：「在《人間詞話》中，他從叔本華上窺柏拉圖，倒是相當明顯的。這是他的兩個美學綱領的轉折點，也是他的美學思想的發展線索。」馮先生的以上諸觀點，都是獨到之見，給研究者以很大的啟發。

王國維的《論哲學家及美術家之天職》很短，但馮友蘭先生認為此文在王國維的哲學和美學思想的發展中佔有重要地位，所以專列一節給予評述。

馮先生指出：此文把純粹的哲學和純粹的美學並列。認為它們（包括美術，即藝術）的天職都是提高人類的精神生活的手段，其共同目標即追求宇宙人生的真理。王國維先生認為「夫哲學與美術所志者，真理也；真理者，天下萬世之真理，而非一時之真理也」。故其發明者，「天下萬世之功績，非一時之功績也」。給予至高無上的評價，且反覆論證，十分周詳有力。馮先生對此很為讚賞，故而申述其意說：「（他的）意思就是說，哲學和美術被視為無用，其實所謂無用，正是它們的大用。」

馮史引王國維《自序二》說：「偉大之形而上學、高嚴之倫理學與純粹之美學，此吾人所酷嗜也，然求其可信者，則寧在知識論上之實證論、倫理學上之快樂論與美學上之經驗論。知其可信而不能愛，覺其可愛而不能信，此近二三年中最大之煩悶。」馮先生指出：「王國維所說的三項之中，有兩項正是西方近代哲學中的大陸理性派和英國經驗派之間的主要矛盾問題。康德的哲學

正是為了解決這些矛盾而出現的。他的三個『批判』與王國維所說那三項是一致的。《純粹理性批判》針對著形而上學，《實踐理性批判》針對著倫理學，《判斷力批判》針對著美學。王國維對於康德的推崇大概也是由於康德所遇的問題，正是他心中的問題。」這樣的推測，見解獨到，很有說服力。馮先生進而又據王國維之言：「余之性質，欲為哲學家則感情苦多而知力苦寡，欲為詩人則又苦感情寡而理性多。」推測他因此而「決定致力於介乎『二者之間』的學問，那就是美學。在美學中沒有可愛與可信的矛盾」。也給王國維的研究者以啟示。

馮先生用占全章三分之一的篇幅專論《人間詞話》，因為「《人間詞話》是王國維的美學基本著作」。馮先生認為《詞話》是「一部完整的美學著作」，但因其言簡意賅，文約義豐，各條之間又沒有形式上的聯繫」，故而「號稱難讀」。他給自己定的目標為：「本書企圖把各條連貫起來，說明王國維的美學理論系統。」「其間也摻加了一些本書作者個人的經驗」，即作出自己的闡發。「理論系統」一語，說明馮先生認定王國維美學是一個完整的理論體系，這一點非常重要。因為王國維研究者於此頗有分歧，有的人認為王之美學沒有體系或不成體系。筆者非常贊同馮先生的這個看法。

馮先生首先引《詞話》第一條「詞以境界為上」，指出這是王國維美學的第一義，其意義不限於詞。他分析王國維之原意，境界與意境同義，但「本書（指馮史）認為哲學所能使人達到的全部精神狀態應該稱為境界，藝術作品所表達的可以稱為意境」。提出與王國維的不同觀點，但又認為《詞話》所講的主要是藝術作品所表達的，從他的美學思想的內部邏輯推出，應該稱為意境。

馮先生又引《詞話》第二條關於「造境」和「寫景」即理想和寫實「頗難分別」即兩者常融於一體的觀點，並給以極高評價：「王國維的這些話不但說明了什麼是意境，而且說明了為什麼叫意境。」馮先生又作自己的闡發：「在一個藝術作品中，藝術家的理想就是『意』，他所寫的那一部分自然就是『境』。意和境渾然一體，就是意境。」又說：「寫實是藝術家取之於自然的，理想是藝術家自己所有的。前者是『境』，後者是『意』，境加上意就成為意境。意境是藝術作品的意境，也是藝術家的意境。」又引《詞話》第六條「故能寫真景物、真感情者，謂之有境界」。補充說：藝術作品還要表達一種情感，藝術作品所寫的那一部分自然，「對情而言則曰景，對意而言則謂之境」。「意、境、情三者合而為之，渾然一體，這才成為一個完整的意境。」

雖然藝術意境是渾然一體的，但是，「美學作為一種理論，則必須把他們分割起來作進一步的分析」。於是馮先生接著著重說明意和境的分別。

關於「境」，馮先生認為《詞話》第二十六條「古今之成大事業、大學問者，必經過三種之境界」的第一、二、三境之只稱為「三境」，因為「所說的三階段是客觀上本來有的，其中並沒有意，所以不能稱為意境」。同樣，《詞話》第三條有我之境和無我之境的「境」，也是境，而非意境。馮先生強調：「意境和境是不同的，二者不是同義語。瞭解這個不同，對於瞭解什麼是意境大有幫助。」並進而指出：「境是客觀的情況，意是對客觀情況的理解和情感。」

關於「意」，馮先生認為：「在一個藝術作品的意境中，意是藝術家的理想，在一個藝術作品的意境中占主導的地位。」又讚賞「言外之味，弦外之響」，「言有盡而意無窮」，認為「一個真正的藝術作品都有『餘』（餘味、餘音、餘響、餘哀）所表示的那種意境」。比較有無意境和有無餘味之最高標準，是柏拉圖的理念。「藝術作品可以用各種不同的手段寫出理念，叔本華說，如果自然看到藝術作品會說，這正是我所要做而做不出的東西。這就是藝術家和藝術作品的意境。可以說藝術家的最高理想是對於『理念』的直觀的認識。」馮先生在作以上闡發後，又解釋「直觀」「不是就一類事物的共同之處用邏輯的歸納法得來的」，不能用「科學的定義」來說明理念和意境。馮先生指出，明乎此義才能懂得《詞話》討論的第二個問題：

「隔」與「不隔」。馮先生認為《詞話》討論此題的第四十、四十一、五十一、五十二條所引之詩詞各句，「都是作者的直觀所得，沒有抽象的概念，沒有教條的條條框框，所以作者能不加思索，不加推敲，當下即是，脫口而出，這就是不隔。用抽象的概念加上思索、推敲，那就是隔了」。又引《詞話》第六十二條後補充說：「所謂『真』就是不隔。」

關於直觀和意境的關係，除隔與不隔外，馮先生又認為：「藝術作品所寫的雖然都是直觀所得的形象，但其意境又不限於那些形象，這就是藝術的普遍性。」又舉《詞話》第五十五條詩詞大作「皆無題也。非無題也，詩詞中之意，不能以題盡之也」。「詩有題而詩亡。詞有題而詞亡。」認為靜安先生的「無題」說，即指藝術的普遍性。並於《附記》之第一、二則反覆補充申述此意。馮先生以自己在抗日戰爭時期的經歷和體驗，以金聖歎「千載以下同聲一哭」的名言，說明「有同類經驗的人有相同的感受」；又以陶淵明名詩和李商隱無題詩為例，強調「像這樣的宇宙人生的大事，豈是用幾個字的題目可以限

制的？王國維對於無題特別發揮，這是特別有見於藝術的普遍性」。

馮先生認為《詞話》第六十條「詩人對宇宙人生，須入乎其內，又須出乎其外」的出入說，已近全書之尾聲，所謂「入乎其內」，就是入於實際的自然和人生。所謂「出乎其外」，就是從實際的自然和人生直觀地認識「理念」。「其中所說的理論也可以說是王國維的美學思想的總結。」

馮先生評述《人間詞話》後作了兩個結論，其一為：

> 《詞話》提出了兩個大原則：一個是意境；一個是不隔。這兩
> 個原則其實只是一個原則，那就是意境。隔與不隔是就意境說的，
> 如果沒有意境，那就無所謂隔與不隔了。

馮先生前已申明，王國維在《〈紅樓夢〉評論》中提出了第一個美學綱領，在《人間詞話》中又提出了第二個美學綱領。』這第二個美學綱領，看來就是馮先生在此節中說的「藝術作品最可貴之處是它所表達的意境」

第二個結論，馮先生結合王國維《文學小言》第六、七、十、十一、十二條論述天才條件和屈原、陶潛、杜甫、蘇軾四大天才的觀點，又歸納為兩個層次：一、「一個大詩人必須有極高的天才，偉大的人格，然後能感普通人所不能感，能用自己的話說出來。」「他有自己的意境，用自己的話說自己的意境。」二、「一個大藝術家有高明的天才，偉大的人格，廣博的學問，有很好的預想，作出來的作品自然也有很高的意境，這是不可學的。」「意境是不可學的。」

以上馮先生對《人間詞話》的述評，也可以說是一篇王國維的意境論。其中有些觀點是馮先生的一家之言，觀點獨到，但還可以再作討論的，如隔與不隔的定義及其與意境幾可平列為兩個大原則等。馮先生在此節第二段提出：「什麼是境界？王國維在《詞話》中沒有說。」似也可作討論。王國維在《宋元戲曲考‧元劇之文章》明言：「何以謂之有意境？曰：寫情則沁人心脾，寫景則在人耳目，述事則如口出是也。」據此反觀《人間詞話》第五十六條：「大家之作，其言情也必沁人心脾，其寫景也必豁人耳目，其詞脫口而出，無矯揉妝束之態。」似可以看作《詞話》直釋境界之言。從此言後二句即表達「不隔」之意看，馮先生認為「隔與不隔」幾可與意境並列為兩大原則，而靜安先生此言之原意則似將隔與不隔亦包含於意境之中。又，馮先生認為「詞以境界為最上」為「王國維美學的第一義」，他是就詞說的，但其意義不限於詞。任何藝術作品都須如此才臻「上乘」，其識見遠高於眾多僅認為意境適用於詩詞的論者。據此，意境亦適用於戲曲和小說作品，那麼馮先生給意境下的一

個定義「意、境、情三者合而為一，渾然一體」，有時似須加一句「述事則如口出」而成為「意、境、情、事四者合而為一，渾然一體，這才成為一個完整的意境」。

從總體來說，馮先生論《人間詞話》及其意境說，層次分明，精見迭出，有許多話乃言人所未言，尤其是充分肯定王國維所持的意境須有極高的天才、偉大的人格、廣博的學問，有很好的預想才能達到的觀點，並引申其義說，「意境是不可學的」，最為精闢。有意境的作品是文藝家的傑出或偉大的創造，這裡需要有「極高的天才」，天才是先天的才能（康德語），又需要「獨」創，兩者都是不可學的。另幾個條件，「有很好的預想」，與獨創有關，當然也不可學；而偉人的人格、廣博的學問皆為先天條件與後天努力結合才能達到的，其先天部分亦不可因學而得。關於意境與藝術的普遍性，馮先生亦極為有見。陶淵明、李商隱和李後主的詩詞，雖似僅僅描寫個人的情感，但他們能寫出「有同類經驗的人有相同的感受」，發揮了「藝術的普遍性」的巨大作用，從而表達出「宇宙人生的大事」。這個觀點，詞學大家唐圭璋等也表達過，但未及馮先生將其意義抬得這麼高。

馮先生在全章之末表示：「我在寫這一章的時候，受到了不少的啟發，也作了不少引申。」又曾申明在貫串並說明「王國維的美學理論系統」時也摻加了一些自己個人的經驗，並在最後加一節《附記》發揮王的思想。這在全書可以說是絕無僅有的，以見馮先生對王國維及其哲學、美學說的特別重視、珍視和鍾愛。因此從馮先生的論王此章，可以解析馮先生本人的重要研究態度和觀點。我想主要談兩個方面。其一為他對傳統文化的態度——全面深入地繼承並化為自己的血肉，從而在研究中發揮無形但強大的影響和作用。如高度肯定王國維作為「文藝批評的典範」提出的大詩人必具極高的天才、高尚偉大之人格和廣博之學問，才能有高尚偉大之文學的觀點，這個觀點實寓孔子和儒家對理想人物之要求，是儒家思想精粹的產物。王國維對陶淵明極為推崇，馮先生對此亦極贊同，除對王極為讚賞的「採菊東籬下」組詩外，於本章《附記》又抒寫自己對《讀山海經》組詩的體會，皆於道家與天地融為一體的精神頗有會心。而《附記》一中所談的自身感到切膚之痛的「幻滅之感」和由李商隱《無題》名句體悟「生死之無常」，則源自佛教的人生觀。此皆可見馮先生全面深入而自覺地繼承傳統文化作為自己治學之根基，並在自己的研究中如水著鹽，能不露痕跡地自然地給以運用。而對王國維《論性》一文的肯定，又可見

他並不固守傳統文化的一切，對西學高於中學之處亦有正確認識。

由於王國維是中西融合而創新學之一代大家，他對王國維忠實輸入西方的學說尤其是康德、叔本華的哲學、美學理論極表支持和肯定。自嚴復有時陷入「牽強附會」（《中國哲學史新編》第六冊「嚴復」章的批評之語）起，晚清和五四直至當代的學術界、知識界，因浮躁或急功近利、功力不夠等原因，誤讀、改變和歪曲西學的現象普遍而嚴重。但也另有一種觀點，如樂黛雲先生認為：「外國文化進入中國文化場，也必然受到中國文化的選擇並透過中國式的讀解而發生變形。其實歷史上任何文化對他種文化的吸收和受益都只能通過這樣的選擇、誤讀、過度詮釋等變形，才能實現。」這也是一種給人以啟發的深刻見解，是對文化移植中常見現象的一種言之成理的解釋。但王國維、陳寅恪和馮友蘭的認識與此不同，他們抱另一種觀點。陳寅恪先生於《馮友蘭〈中國哲學史〉審查報告三》指出：「其真能於思想上自成系統，有所創獲者，必須一方面吸收輸入外來之學說，一方面不忘本來民族之地位。」馮友蘭先生即循這個方向撰寫本史。又，陳先生在指出這個方向時憂慮：「中國自今日以後，即使能忠實輸入北美或東歐之思想，其結局當亦等於玄奘唯識之學，在吾國思想史上既不能居最高之地位，且亦歸於歇絕者。」事實證明確實如此。王國維忠實輸入康、叔之思想，其哲學成就反而遭到長期忽視和否定。馮史第六章是首次全面肯定王的哲學成就，有很大的指導意義。馮史又高度肯定王國維在真正讀懂，學通康、叔之學後，看出康之矛盾之處和叔著中的絕大之疑問，肯定王學自西學又高於西學之處。這是一位九五老人，學貫中西的傑出哲學家和哲學史家在其「天鵝之歌」式的爐火純青之作中所給予的評價，有很大的權威性。通過王國維、陳寅恪、馮友蘭和類似的幾代學人之努力，忠實輸入西方的各種學說之學人在即將來臨之二十一世紀必不會「終歸於滅絕」，且可能發展起來形成昌盛之局面。

陳寅恪先生當年的審查報告之意見，實已對馮友蘭先生當年已取得之學術成就之首肯和對他未來之期望。馮友蘭先生的《中國哲學史新編》和其他主要著作果然達到了這個高度。

本章附論之第三則討論了王國維的自殺問題，因為自殺的選擇違反了王國維的哲學觀，馮先生正確地指出：「王國維在《〈紅樓夢〉評論》一文中，認為自殺並不是一個解脫之道。」關於王國維自殺之因，至馮史此章完成之時，被眾多學科的論者反覆爭論了六十年，未有定論，於是和李叔同出家、周作人

落水一起，被列為二十世紀中國文化史的三大謎之一。馮先生則認為，與「王國維特別尊敬的關羽『釋曹』時之所謂『身在曹營心在漢』一樣，王國維也有一個矛盾，那就是『身在民國心在清』。在他的思想中這是一個實際的矛盾，並不是用什麼空話可以解決的，他只好用實際的行動解決之，那就是自殺」。並引陳寅恪的悼王詩中的名句「從容一死殉大倫」作證。馮先生明顯地持王國維自殺之殉清說，並進而補充一句作結：「在現代革命時期，知道『大倫』這個名詞的人已經不多，懂得其意的人就更少了。」

王國維自殺時，當時之學者包括其同事、學生等，如其最信任之陳寅恪和吳宓，皆認為他乃殉清而死。但陳寅恪在認為他殉清（除「殉大倫」）外，在說「贏得大清乾淨水，年年嗚咽說靈均」之同時，又認為他的自殺有「殉文化」之意義。可惜近年有些研究現當代文學的學者不懂陳寅恪在王國維自殺的原因方面持殉清說，而「殉文化」是論其意義，看不懂陳詩之意，硬講陳以「殉文化」為自殺之因，被馮友蘭先生所預言而中，不亦悲哉！

綜觀馮史論王之全章，持論嚴正的馮友蘭先生對王的觀點和論述都持肯定和贊同的語調，可見他對王國維深切的理解和高度的評價。對照馮史對其他哲學家的錯誤或不足，包括嚴復對西學的牽強附會之處的嚴正批評，再對照王國維研究者對其哲學思想尤其是學習和運用康、叔、尼觀點多持批評乃至全盤否定的態度，可見馮友蘭先生對王國維哲學、美學和其對西方哲學之研究成果，評價非常之高，正是卓立不凡，見解超群。

由於王國維的哲學、美學論著都發表於辛亥革命之前，因此馮史將王國維專章安排在第六冊即清代部分，將他作為近代史上的人物，是完全正確的。但筆者認為王國維在哲學史和文化史上，都是現代學術的開創者。與他相比較，五四新文化運動之主將都有過度乃至全盤否定中國傳統文化的錯誤傾向，他們在王國維所取得的中西融合的輝煌成就面前倒退了（筆者已有多文涉及或論述此題，這裡不再展開），馮友蘭先生既繼承五四反封建專制的優良傳統，又繼承了王國維、陳寅恪以中為主、中西並重並完美融合的優良學統，但對王國維先生首倡此風之揭示和評價，似付厥如，此為白璧之微瑕也。

此文原載《舊邦新命——馮友蘭研究》第二輯，
'97‧河南‧馮友蘭和中國傳統文化國際學術
研討會論文專輯，大象出版社，1999年；
又刊《徐州師範大學學報》，2000年第4期

捌、徐中玉美學研究

徐中玉學案

摘要：

　　徐中玉是教育大家，培養眾多著名文藝理論家和創作家，創立新時期大學語文教學並主編影響巨大的《大學語文》教材，全力支持和指導影響巨大、成果卓越的「新概念作文大賽」；是理論大家，具有多項原創性和領先性的卓越科研成果，有的理論總結和探索還具有極為可貴的超前性；是文壇領袖，創辦和主持三家全國性學會，創辦和主編三家權威刊物；是風骨凜然的知識分子，愛國憂民，敢於堅持真理。

關鍵詞：徐中玉；中國古代文論；文藝理論；首創性成就

　　徐中玉（1915～2019年），中國當代著名學者，文藝理論家，教育家，華東師範大學教授、系主任，兼任全國高等教育自學考試指導委員會中文專業委員會主任、上海作家協會主席等；兼任中國古代文學理論學會會長和會刊《古代文學理論研究》主編、中國文藝理論學會會長和《文藝理論研究》主編、全國大學語文研究會會長和《中文自學指導》主編；是中國學術界、文學界泰斗級人物，在國內外享有盛譽。

一、生平述略

　　徐中玉1915年2月15日，生於江蘇江陰一個清貧的中醫之家。

　　徐中玉少時就讀於華士積穀倉小學、楊捨梁豐中學。1929年考入了無錫省立中學高中師範科。1931年「九一八事變」後，上海的大學生去南京請願，要求國民黨抗日。火車經過無錫，徐中玉就隨著學校的二三百人去了南京，一起請願。

　　師範畢業至縣立澄南小學當了兩年教師，19 歲的徐中玉 1934 年考入山東
大學中文系。在山東大學讀書期間，徐中玉經常寫文章發表在各種刊物上，如
林語堂主編的《論語》《人間世》《宇宙風》，和《世界日報》等。他還在《獨
立評論》上發表過一篇《從江陰到青島》。此外，徐中玉還在當時聲譽很高的
《東方雜誌》上發表過一篇兩萬多字，談普希金的文章。在校刻苦上學同時，
徐中玉成立了山大文學會，並被推選為主席。洪深、老舍先生也經常參加文學
會的活動。

　　日寇發動侵華戰爭後，徐中玉參與了 1935 年的「一二九」學生運動。

　　1937 年「七七事變」爆發後，山東大學不停地搬遷，從青島到安慶、南
京、武漢，最後來到四川萬縣。1938 年 3 月，教育部下令，山大暫時停辦，
合併到國立中央大學，學生轉入中央大學，所以徐中玉在重慶中央大學讀完了
大學。他靠稿費維持自己的生活。在學期間，師從老舍、葉石蓀、臺靜農、游
國恩、羅玉君等名師。葉石蓀啟迪了徐中玉從古代文論漸及現代的研究計
劃，運用卡片搜集資料並不斷分類整理。從大學三年級起，徐中玉形成做卡片
習慣。

　　他任「中大文學會」主席，並經老舍先生推薦，加入了「中華全國文藝界
抗敵協會」，他是會員中唯一的學生。擔任主席期間，徐中玉先後請了老舍、
胡風、陳紀瀅、郭沫若來校演講。

　　1939 年畢業後，徐中玉到中山大學研究院文科研究所又讀了兩年研究
生，研究中國古代文論。研究生期間，學校指定陸侃如、馮沅君兩位先生做他
的導師，兩位先生又同意郭紹虞和朱東潤兩位從事古代文論的學者做他校外
的導師。

　　研究生畢業後，1941 年起歷任中山、山東、同濟、復旦、滬江諸大學中
文系講師、副教授、教授。

　　1952 年起任華東師範大學中文系教授，副系主任、中文系主任、文學研
究所所長。1957 年，徐中玉寫文章建議華東師大成立教授會，應該學術至上，
被認為反對政治掛帥，和許傑、施蟄存一起被定為右派。和許傑一起發配到
圖書館，後被借調去編《辭海》兩年。他在打成右派之後的「二十年間孤立
監改，掃地除草之餘，新讀七百多種書，積下數萬張卡片，約計手寫遠逾一千
萬字」。

　　在文革中間，在權威黨報舉辦的批孔會議上，公開反對全國性的批孔運動。

1978 年起擔任了華東師範大學中文系主任、名譽系主任，校務委員會副主任，和中國文學批評史、文藝理論研究生導師。後又任全國高教自學考試中文專業委員會主任。《文藝理論研究》《古代文學理論研究》《中文自學指導》（2005 年 5 月總 205 期停刊，更名為《現代中文學刊》）刊物主編，上海作協第五、六屆主席，中國作協第七屆名譽委員。退休後任香港中國文化研究院、北京大學中文系語文研究所顧問等。

1998 年支持趙長天和《萌芽》舉辦新概念作文大賽並任列名第一位顧問，華東師大和北京大學等多家名校中文系列入舉辦的支持單位。該大賽培養了一批青年作家，產生巨大影響。

2013 年，在華東師範大學舉辦的徐中玉教授召開百歲誕辰慶賀會上，向學校捐出 100 萬元積蓄幫助貧困學生，和 5 萬多冊藏書贈給校圖書館。

2019 年 6 月 25 日，華東師範大學中文系終身教授徐中玉逝世，享年 105 歲。習總書記委託上海市委上門轉達對家屬的慰問。

6 月 28 日上午在龍華殯儀館大廳舉辦追悼會。李克強、朱鎔基、溫家寶等三屆總理、國家副主席、副總理、三屆中常委和市委領導都獻了花圈。其規格之高，為全國學者之唯一。

二、著作總貌

徐中玉傾心文藝理論研究，精心寫作，專著和編著書籍約 1000 萬字，主編教材和期刊達 2000 萬字。撰著主編書刊數十種。

徐中玉自 1934 年開始發表作品。抗戰時期出版編著五種，後著有《魯迅遺產探索》《關於魯迅的小說雜文及其他》《古代文藝創作論》《論蘇軾的創作經驗》《現代意識與文化傳統》《激流中的探索》《徐中玉自選集》《美國印象》等，結集有《徐中玉文集》6 卷，華東師範大學出版社，2013 年版。其作品觀點新穎，見解獨特，構思縝密，學術價值很高。

主編文學研究叢書七套（種），其中《古文鑒賞大辭典》榮獲全國圖書金鑰匙獎一等獎，《近代文學大系文學理論卷》榮獲 1999 年國家圖書出版最高榮譽獎。他主持和組織國家五五和六五重點項目——工程浩大的《中國古代文藝理論專題資料叢刊》，彙集和分類輯編中國古代文論的浩瀚原始資料，由中國社會科學出版社分冊出版；後又彙編成《中國古代文學理論資料彙編》4 卷本，方便學者，嘉惠學林。

主編大學教材《大學語文》五種及《大學寫作》《古代文學作品選》等。

其中《大學語文》出版後，一直堅持與時俱進、不斷修訂，過三至五年便會推出新的修訂版。至今已經印了 3000 萬冊，供 2000 所高校使用。2018 年 11 月 17 日，全國大學語文研究會第十七屆年會在華東師範大學中文系舉行時，由徐中玉、齊森華、譚帆主編的全新《大學語文》（第11版）首發，進入了《大學語文》教材發展的新旅程。

即將出版的有個人論文集《古代文論的批判繼承》和《二十世紀中國學術大典‧文學研究卷》（主編）等

三、治學風格

徐中玉先生文藝理論研究具有鮮明的風格：理論和實踐相結合，古代和現代相結合，繼承和創新相結合。

徐中玉先生文藝理論研究第一個鮮明的風格是理論和實踐的結合。他與理論相結合的實踐可分三個方面：工作實踐、教育實踐和創作實踐。

徐中玉先生的工作實踐，又可分三個方面：教學領導實踐、學會領導實踐和刊物、書籍的主編實踐。

自 20 世紀 50 年代初起，徐中玉先生歷任華東師大中文系主任、文學研究所所長。在 1978 年至 1985 年擔任系主任，後又長年擔任名譽系主任，校務委員會副主任、上海作家協會主席、教育部全國高等教育自學考試中文專業委員會主任等職務，為國家培養人才鞠躬盡瘁，為華東師大中文系的建設殫精竭慮，成效卓著。

徐中玉先生文藝理論的教學實踐，已有半個多世紀，早年主要是給本科生講課，包括傳授《文心雕龍》等經典。自 1979 年起，徐中玉先生連續招收 5 屆古代文論和文藝理論的研究生，於 1980 年又主持教育部委託上海華東師大舉辦的「中國文學批評史師訓班」；同時繼續在本科生中開設文藝理論課，培養出一大批文藝理論家。

由於他的卓特領導，華東師大中文系的學科建設、學術團體（學會）工作、學術刊物出版都蜚聲學壇。

自 20 世紀 70 年代末和八十年代初起，徐中玉先生致力於中國古代文論和文藝理論專業的重建和發展工作，徐中玉先生為創辦中國古代文學理論學會和中國文藝學會，做了實際的主持工作，他本人卻謙讓前輩或同輩學者當會長，自己則當執行性的副會長；後來隨著老一輩學者的先後仙逝，他繼任會長

職務。

他又為中國文藝學會和中國古代文學理論學會創辦和主編《文藝理論研究》雙月刊、《古代文學理論研究》叢刊這兩家權威學術刊物和影響廣泛的《中文自學指導》月刊，嘉惠學林，聲譽卓著。

華東師大中文系擁有全國性的學會 3 個，權威刊物 3 個，這都是在全國高校中所獨一無二的。

在以上工作實踐中，他都能凝聚眾力，開拓本學科全國性的研究和交流，卓有建樹，為眾望所歸。

徐中玉的第二個研究風格，是古代和現代相結合。結合的方式也分三個方面，古代理論和現代理論的研究相結合，古代文論為坦代文學的創作服務，古代文論為現代理論的建設和發展服務。

徐中玉早年大量抄錄古代文論的資料，同時發表和出版現代文藝理論的著作。

徐中玉在研究現代文藝理論時，以深厚的古代文論學養為根基；在研究古代文論時，又貫穿現代意識，以現代文論為參照。因篇幅所限，本文不作舉例。至於研究古代文論為現代文學的創作服務，為現代理論的建設和發展服務，也體現在他那些指導當今創作的論文如《關於文學的才能》《談文學的技巧》《勇敢的表現》《論修改文章》和《語言的陳俗和清新》等，都用貫穿古今中外的豐厚理論和創作經驗來娓娓言說。

至於古代文論研究為現代理論的建設和發展服務，又與徐中玉先生的第三個研究風格，即繼承和創新相結合有很大關聯，並體現為徐中玉先生在繼承古代文論光輝遺產的紮實基礎上，有頗多首創性的貢獻，作出了傑出的理論創造，今專述如下。

四、首創性成就

由於眾所周知的 20 世紀下半期我國文化和文學包括文藝理論研究的時代條件所決定，徐中玉先生在文藝理論領域所取得的首創性成就只能是在 20 世紀 80 年代以後，並主要在古代文論研究領域中實現的。在短短的 20 餘年中，徐中玉先生在以上言及的極其繁忙的行政工作、學會和理論刊物的組織與主持工作和教學工作之餘，作出了多項有深遠意義的首創性的重大貢獻。

徐中玉作為一代大家，其首創性的重大成就主要有以下五個。

（一）首創資料的全面收集和分類彙編的研究方法

「重視搜集之功，不辭抄撮之勞」。他最早倡導和實踐大型資料全面收集和分類彙編，主持和組織橫跨國家五五（1976～1980）和六五（1981～1985）社科重點項目《中國古代文學理論資料彙編》。

繼徐中玉之後，自 20 世紀 80 年代中後期起，古代文論的分類資料彙編之出版日漸蔚然成風，到 90 年代後期，大型的全編也開始問世，著名的有吳文治主編的《宋詩話全編》《金元詩話全編》《明詩話全編》和葛渭君輯編的《歷代詞話全編》等。

（二）發表一系列首創性的觀點

徐中玉在國內首先撰文精細梳理古代文論的非常多樣的形式：有專門著作，有散篇，有創作，有理論。「創作」就是以創作的形式來評論文學，包括論詩詩等。還有全集中的序、跋、書簡、隨筆、雜記，以及評點、批註等等。更進而指出，古人搞理論研究，往往和搞其他東西結合起來。如一方面搞理論，一方面搞個選本。編一套選本來體現他的主張，或作為自己主張的補充。此外，我們古代的理論著作中並不都是議論，議論僅僅是其中的一部分。有些是在作考證，有些在研究作品本事，有些作修辭學上的研究，有的搞注釋，各式各樣，內容很雜，各有其作用。我們則主要研究這些作品中講理論的部分。這些部分，雖然比較分散，但都言之有物，雖然比較短小，但往往開門見山，而且往往出自大作家之手，所以特別有意義〔註1〕。

他又撰文精當論述古代文論的總體特點，他認為中國古代文論的民族特色是一、尚用；二、求真；三、重情；四、重簡要；五、形式多樣，本身即為藝術品；六、藝術辯證法異常豐富。關於藝術辯證法，他舉例說：一與多、遠與近、難與易、厚與薄、多與少、形與神、景與情、大與小、疏與密、離與合、變與通、有法與無法，⋯⋯諸如此類，可以隨便舉出幾十對，它們既對立，又統一，既相反，又相成。可以說從先秦古籍以來，辯證思想及其細緻的運用，即充滿在文藝理論之中。不是我們的文藝理論缺乏哲學色彩，而是我們還未及或未能從中去發現其深刻的哲理內含〔註2〕。

〔註 1〕 徐中玉《關於古代文論研究的一些問題》，《激流中探索的——徐中玉論文自
　　　　選集》，華東師範大學出版社，1994 年，第 361～362 頁。
〔註 2〕 徐中玉《略談古代文論在當代文藝研究中的地位和作用》，《激流中探索的—
　　　　—徐中玉論文自選集》，第 377～384 頁。

　　又從整體上總結古代文論的四個思維特點：審美的主體性，觀照的整體性，論說的意會性，描述的簡要性。審美的主體性表現為：自得之見、自出手眼、自抒懷抱、為己之學、不隨人腳跟、不苟同異、不可無我，這些都是古代有志氣、有成就的文人的信條。觀照的整體性指有卓識的文論家觀照作家、作品都有其整體性。即既作微觀，論細節，更要作宏觀，論大體，有整體觀念。如《文心雕龍》，每用史、論、評三者相結合的方法來提出問題，探索問題，上升為理論。論說的意會性，具體來說，即古代文論重在意會，點到即止，讓人舉一反三。創作和欣賞都有規律，但如何運用這些規律而收成效，神而明之，存乎其人，各有不同巧妙，妙處連作者本人也未必很清楚。端賴自己去體會、鑽研、鍛鍊。創造之妙，因素極多，指出門徑可以，修行還得靠自己。描述的簡要性，是說古人論文談藝，一是重感性描述，具體生動，本身即文學作品；二是力求簡要，因為通道必簡，無須煩辭，旨在闡明大體、根源之一端，似無系統，聯繫起來往往十分明白。古代文論著作內容多樣，如保存故實、辨識名物、校正句字，比較異同等等，宗旨本不在於議論，其旨在議論者，除大都仍具有形象、感情特色，哲理、思辨、規律即深寓其中，甚至寥寥幾句，即能令人拍案叫絕，一字可抵廢話或老生常談上百、千、萬〔註3〕。

　　徐中玉在五四以後，尤其在文革時期徹底否定孔子和儒家思想的氛圍中，對儒家文藝思想及其對兩千多年來的中國文學的偉大影響作了高度的肯定和深入的闡發。他早在文革中的 1972 年批林批孔時就不怕招來彌天大禍在上海權威黨報召開的會議上義無反顧地公開為孔子辯護，這是中國學者首次對全盤否定傳統文化錯誤思潮的在政治論壇上所作的公開反擊，意義重大。他在 1979 年給研究生講課和 1980 年的全國中國文學批評史師訓班上的演講中，極度肯定孔子的思想和中庸理論，以及「從心所欲不逾矩」和「過猶不及」、「發乎情，止乎禮儀」、「溫柔敦厚」等儒家的重要文學觀點和創作原則。徐中玉在反孔成為時代思潮之主流之時，給予儒家文藝思想以正面肯定和高度價，是相當難能可貴的。此後，他又在《孔孟學說中的普遍性因素與中國文學的發展》的演講（1987 年在香港大學「儒學與中國文化」國際學術研討會上的報告）中強調：孔孟的「志士仁人」精神品質在中國文學史上形成了一個優良傳統，具有以天下為

〔註 3〕徐中玉《中國古代文論的思維特點及其當代趨向——在新加坡國立大學「漢學研究之回顧與前瞻國際會議」上的報告》，《激流中探索的——徐中玉論文自選集》，第 387～394 頁。

己任、關心國家安危、同情人民疾苦、追求一個統一、清明富足的政治局面、使人人得以盡其所長、各得其所的傾向〔註4〕。與此相關聯，重視文學家的人品、道德修養是中國文學界的一貫見解〔註5〕。總之，孔孟以其學術、行事和文章，直接間接對中國文學起了主要是積極的作用。孔孟學說中的普遍性因素將在世界文學的發展進程中於更廣泛的範圍裏顯示出它並未成為過去的生命力和奪目光采。又於《文藝理論研究》，2001年第5期發表《今天我們還能從〈論語〉擇取到哪些教益──〈論語〉研討》約4萬字的長文，全面論說孔子的哲學、文化和文學理論，並首創性地公開而嚴厲地批評中國大陸「過去絕大多數之『批孔』，無知、粗暴、蠻不講理到極點，居然眾口一詞，橫行一時，實在是我們歷史上一大怪現象，中國知識者靈魂曾被扭曲到極點的鐵證。」

在研究名家名作時，徐先生也發表了許多精彩的首創性的獨到觀點。如《杜牧的文學思想》一文，指出杜牧強調文學創作的應有特點就是「優柔」，文藝家必須採取優柔的態度和方法從事文藝創作這個重要的基本規律〔註6〕。這個觀點的總結和強調，不僅在當時起了糾正標語口號式、唱高調式的拙劣作品（包括樣板戲中的精品也或多或少地有這種毛病）充斥文壇的作用，而且對當代的文藝創作具有根本性的指導意義。

（三）首創跨學科的研究方法

徐中玉主張把文論研究同哲學的、史學的研究，心理學、經濟學、宗教學等學科研究的聯繫逐步密切起來，視野也比較寬廣。對於各種文化思潮、流派觀點和各種不同風格的作品，都要吸收其合理的符合科學規律的東西，因為文化要發展，恐怕就得來一個「兼收並蓄」、「集大成」〔註7〕。

（四）徐中玉於1980年首創性地提出了古今中外的三方面的理論資源結合的建立現代理論體系的方法

「研究文藝理論要把古代的、現代的、外國的三個方面溝通起來」，古為

〔註4〕徐中玉《孔孟學說中的普遍性因素與中國文學的發展》，《激流中探索的──徐中玉論文自選集》，第408頁。

〔註5〕徐中玉《孔孟學說中的普遍性因素與中國文學的發展》，《激流中探索的──徐中玉論文自選集》，第410頁。

〔註6〕徐中玉《論杜牧的文學思想》，《古代文藝創作論集》，中國社會科學出版社，1985年，第117、120頁。

〔註7〕徐中玉《關於古代文論研究的一些問題》，《激流中探索的──徐中玉論文自選集》，華東師範大學出版社，1994年，第370頁。

今用，建立以古代文論、西方文論和馬克思主義文論結合的有中國特色的社會主義文藝理論體系〔註8〕。

與這個首創性的貢獻有關，且提供他本人在這方面的實踐成果的是——

（五）首創在發展古人學說的基礎上建立新的理論學說的方法

他曾發表《重視「端緒」，著意「引申」——當前研究古代文論者的責任》一文，闡發清代卓越的詩論家葉燮在《原詩》中的一個重要觀點：「後人無前人，何以有其端緒？前人無後人，何以竟其引申乎？」徐中玉認為：「我覺得這段話極具識見。先是說了文學的發展先後相循，歷史不容隔斷，期間聯繫是一天也沒有中斷過的。前有所啟，後有所承，不但有所承，而且在繼承之中得以增益、發展，加以發揚廣大，推陳出新。」接著又據此發展出一個重大結論：「這說明對一個民族來講，有沒有先人積累大不一樣，先人積累豐富不豐富、精深不精深也大不一樣。」〔註9〕我們中華民族有如此豐厚而精深的文化積累，包括古代文論的豐厚而精深的積累，需要我們在繼承之中得以增益，發展，加以發揚廣大，推陳出新。徐中玉本人身體力行，以這個方法研究「我國傳統的藝術創作經驗」，撰寫了如《入門須正，立志須高》《「驚四筵」與「適獨坐」》《文章且須放蕩》《論「辭達」——古代文論中的性情描寫說》《古代文論中的「出入」說》《中國文藝理論中的形象和形象思維問題》等重要論文，對古代文論中前人雖開其端，而尚未及深入闡發或總結的幾個重要理論作了全面深入的探討和闡發。

徐中玉這些重要論文不僅是我國進入改革開放新時期在中國古代文學、文論領域第一批取得領先性的理論研究成果，而且站在多年以後、業已進入新世紀的今天來看，仍有很大的啟發或指導意義，其中不少觀點和論說已經成為學界的共識或為多位學者一再呼籲的理論主張。

五、在古代文學理論領域的傑出貢獻

上已論及，改革開放以後，徐中玉主要從事古代文學理論研究，做出了卓越的貢獻，取得多個重大的首創性成就。這些首創性成就，皆以古代文學理論

〔註8〕 徐中玉《關於古代文論研究的一些問題》，《激流中探索的——徐中玉論文自
　　　　選集》，第356～357頁。
〔註9〕 徐中玉《重視「端緒」，著意「引申」》，《激流中探索的——徐中玉論文自選
　　　　集》，第295頁。

研究為基礎，同時他對古代文學理論專業也做出了傑出的貢獻。

（一）論述古代文學理論的偉大成就和重大意義

中國美學和文藝理論歷史悠久，成就巨大，而且著作數量和眾多論述超越西方。

可是 20 世紀 20 年代以來，整個文壇崇洋迷外傾向壓倒一切，西方文學理論完全佔據了中國文壇。學術界對西方文學理論頂禮膜拜，漠視中國古代文學理論，並給以種種嚴厲批評甚至徹底否定〔註10〕。

徐中玉早在 1983 年就一再指出的：「多少年來，很多人已只知希臘、羅馬、歐美、俄蘇、日本等外國文論家的觀點和名氏，彷彿我們自己那些封建老古董中並無理論，更沒有非常精彩，甚至比外國人談得更精彩，更體現國情和民族特色的理論。在文藝理論領域裏，我們已經基本脫離了本國文論歷史的實際幾十年，基本不是在走自己應走的道路。不是沒有一些進步，但整個來說，立足點問題並未根本解決。先是照搬歐美，然後是照搬蘇聯，現在又有人想照搬外國現代派。照搬的對象不同，照搬的想法未有大變。」〔註11〕針對這種狀況，徐中玉先生在 1980 年代初期對中國古代文學理論所取得的成就發表極高的評價：「中國古代文藝理論是一個無比精彩、豐富的寶庫。我們現在要建立馬列主義的具有我國民族特點的文藝理論體系，必須大力挖掘、開發這個寶庫。」「中國古代文學理論是一個極為豐富的寶庫，它對全人類文化有著重要貢獻，這是海內外學者都越來越公認的事實。」〔註12〕

反傳統者貶低中國古代美學和文藝理論，有一個流行最廣的一個偏見即：中國美學缺少全面、系統的專著，中國美學沒有體系和嚴格規範的範疇、概念，中國美學家的論述和著作多屬個人經驗式或感悟式的零星觀點，往往僅是零碎的片段，敘述含混、朦朧，尚未產生科學的嚴密的理論。總之，中國不及西方。這是用西方的標準來看待中國美學的錯誤結論。

〔註10〕這個情況，至今依舊未予糾正。如筆者曾批評著名學者和著名作家莫言對中國古代戲曲、小說理論的錯誤否定，參見周錫山《徐朔方〈晚明曲家年譜·金聖歎年譜〉評論》《莫言對金聖歎小說理論的錯誤認識和評論》《陸林〈金聖歎全集〉四大學術錯誤評論》，周錫山《金聖歎文藝美學研究》，上海人民出版社，2017 年，第 546～562 頁。

〔註11〕徐中玉《為什麼要研究古代文論？》，《古代文藝創作論集》，中國社會科學出版社，1985 年，第 290 頁。

〔註12〕徐中玉《略談古代文論在當代文藝研究中的地位與作用》，《激流中探索的——徐中玉論文自選集》，華東師範大學出版社，1994 年，第 375 頁。

徐中玉指出：「描述的簡要性，是說古人論文談藝，一是重感性描述，具體生動，本身即文學作品；二是力求簡要，因為通道必簡，無須煩辭，旨在闡明大體、根源之一端，似無系統，聯繫起來往往十分明白。古代文論著作內容多樣，如保存故實、辨識名物、校正句字，比較異同等等，宗旨本不在於議論，其旨在議論者，除大都仍具有形象、感情特色，哲理、思辨、規律即深寓其中，甚至寥寥幾句，即能令人拍案叫絕，一字可抵廢話或老生常談上百、千、萬。」〔註13〕其中「聯繫起來往往十分明白」一語，是從中國古代理論家的思維方式和寫作特點的角度，提出中國古代文藝理論是有內在體系的重要觀點。

實際上，中國古代美學和文藝理論有多部體大思精、體系完整的美學著作，如《文心雕龍》《閒情偶寄》《貫華堂第五才子水滸傳》《貫華堂第六才子書西廂記》等等。

有很多詩話詞話曲話文話和美學著作，例如葉燮《原詩》、劉熙載《藝概》等等，學術性強，宏觀和微觀兼具，也是有體系的理論著作。

而且詩話和評點，是中國特有的美學著作體裁，對世界美學史做出的巨大而傑出的貢獻；另有眾多傑出論說，如詩教說、文氣說、神韻說、境界說、和靈感論、情景交融、江山之助說等等，都取得了獨家領先的成就。

（二）論述古代文學理論學習和研究的當代意義

古代文論既然內容豐富而完整，取得很高的成就，現代中國文學家和文藝理論家就應該學習和研究古代文論，並應以此作為自己最基本的理論根基。徐先生論述了古代文論的當代意義。

首先，學習和研究古代文論有利於樹立民族文化的自信，繼承和發揚民族文化的特色。

徐中玉批評在反傳統思潮佔據文壇、學壇的 20 世紀，由於學界已習慣以西方文化觀念為中心的視角來否定和批評中國文化包括美學，「我們已照抄照搬過幾十年別國的文藝理論經驗和模式」，「幾十年間很少談論本國的理論傳統」。這種歐化而拋棄中國古代文論的學者，「連做一個中國人應有的民族自尊心、自信心、自豪感都沒有。」〔註14〕

〔註13〕徐中玉《中國古代文論的思維特點及其當代趨向——在新加坡國立大學「漢學研究之回顧與前瞻國際會議」上的報告》，《激流中探索的——徐中玉論文自選集》，第 387～394 頁。

〔註14〕徐中玉《談談研究古代文論的作用》，《古代文藝創作論集》，第 309 頁。

第二，對當今的文藝創作實踐起指導和促進作用。他說：「中國古代文學理論是一個極為豐富的寶庫，它對全人類文化有著重要貢獻。」但當前依舊「不能從多方面、多層次、多角度既微觀地來分析發展它們豐富的意義和價值，又不能綜合地系統地、宏觀地來揭示它們在整個學術領域、民族文化構成中的精義與地位，所以它的影響還是不夠深廣的，它對繁榮當前文學創作發展理論研究的積極作用還遠遠沒有得到發揮。」〔註15〕「研究古代文論，的確能使我們瞭解到前人很多有深刻意義的藝術思想，這對吸收前人優良經驗，摸索藝術規律，提高今天文藝創作的藝術水平，都有重要作用。」他認為研究古代文論的目的就是盡可能把我們的研究與今天提出的新情況、新問題有所聯繫，能夠為一些問題的解決提供一些資料，有所啟發。

（三）對古代文論的精華做全面精深的研究

徐中玉先生自 1970 年代末進入改革開放的初期起，即發表了一批重要論文。這些論文不僅是我國新時期在中國美學文論領域第一批取得領先性的理論研究成果，而且至今仍有很大的啟發或指導意義。

在本文前已論及的徐中玉的多個首創性成就之外，另如他評論《文心雕龍》，每用史、論、評三者相結合的方法來提出問題，探索問題，上升為理論。論說的意會性，具體來說，即古代文論重在意會，點到即止，讓人舉一反三。創作和欣賞都有規律，但如何運用這些規律而收成效，神而明之，存乎其人，各有不同巧妙，妙處連作者本人也未必很清楚。端賴自己去體會、鑽研、鍛鍊。創造之妙，因素極多，指出門徑可以，修行還得靠自己。描述的簡要性，是說古人論文談藝，一是重感性描述，具體生動，本身即文學作品〔註16〕。

長期以來，學術界對古代文論的一流大家的經典名著，否定甚多。如陸機《文賦》是中國文學理論史上有數的傑出論著之一，在建國後卻受到學術界的否定，徐中玉特撰《論陸機的〈文賦〉》細膩分析和論證「基本否定的不少論點」是片面的，論述和梳理《文賦》的進步性及其主要貢獻。又如南宋嚴羽《滄浪詩話》是中國文學批評史上有數的名著之一，但自清初馮班至建國後批判之

〔註15〕徐中玉《略談古代文論在當代文藝研究中的地位與作用》，《激流中探索的——徐中玉論文自選集》，第 375 頁。

〔註16〕徐中玉《中國古代文論的思維特點及其當代趨向——在新加坡國立大學「漢學研究之回顧與前瞻國際會議」上的報告》，《激流中探索的——徐中玉論文自選集》，第 387～394 頁。

聲不絕，至文革前已被全盤否定。徐中玉特撰《嚴羽詩論的進步性》一文，具體分析嚴羽詩話的重要觀點，同時指出嚴羽所論都有其針對性，都具有推動當時詩歌創作向健康方向發展的實踐意義。於是得出「倒正是嚴羽對詩藝的本性、特點具有真知灼見的表現，以為是其所以具有進步性與深刻意義之所在」這個意味深長的結論。

徐中玉不僅對受到否定的一流名家的經典著作做辯護和研究、評論，而且在古代名家中，選擇蘇軾，對其文藝思想做全面總結和闡發，取得了領先性的成就。徐中玉先生的專著《論蘇軾的創作經驗》，用 10 萬字的篇幅論述一代大家蘇軾的創作思想。

徐中玉對古代文論中的多個重要觀點和理論，做了全面的梳理、研究和評論。其中如這些論文還包括《論〈辭達〉》《古代文論中的「出入」說》《中國文藝理論中的形象和形象思維問題》等，都是廣集、梳理和總結古代名家的精彩論述，指導中青年學者治學和創作的正確道路，發人深省的問題，完整總結了古代文論家零碎論述的創作經驗，並理清其中所包含的理論體系。

如以《古代文論中的「出入」說》這篇宏文為例，徐先生以王國維的論述為核心，旁徵博引古今中外桓譚、陸機、謝赫、劉勰、杜甫、韓愈、元稹、歐陽修、蘇軾、黃庭堅、陳善、文天祥、呂坤、何坦、王嗣奭、王夫子、曹雪芹、張式、周濟、汪婉、鄭燮、趙翼、章學誠、龔自珍、魯迅、周恩來和遍照金剛、狄德羅、果戈理、屠格捏夫等 30 位名家的近 40 條有關論述，總結「入乎其內，故能寫之，故有生氣」、「出乎其外，故能觀之，故有高致」、「能事不受相迫促」的出入結合的寫作規律。此文是古今中外和古代文論、西方文論（狄德羅、果戈里、屠格涅夫）、日本文論（遍照金剛）、馬克思主義文論（魯迅和周恩來）結合的典範。《中國文藝理論中的形象和形象思維問題》更以近四萬字的龐大篇幅，將眾多古代文論家的大量精彩觀點按「馭文之首術，謀篇之大端」、「隨物宛轉，挫物筆端」、「即物達情，理隨物顯」、「窮形盡相，擬容取心」、「凝神結想，從小見大」、「委心逐詞，駢贅必多」、「才為盟主，學為輔助」、「詩人比興，婉而成章」、「身歷目見，是鐵門限」，共九個方面，全面深入地暢論形象和形象思維問題，完整梳理和總結了古代文論家零碎論述的創作經驗，並理清其中所包含的理論體系。

同時，徐先生還頗致力於尚未受人注意的名家的文學思想研究，如《論顧炎武的文學思想》《文須有益於天下——紀念顧炎武逝世三百年》等。

徐先生專著和論文的文字風格：耿直硬朗，直陳要義，不遮掩，不迂迴，摒除各種理論術語的多餘裝飾。

（四）指導後學學習、研究和發展古代文論的途徑和方法

徐中玉先生在指導中青年後學如何進入古代文論的研究領域方面化了很大的精力，詳盡傳授完整、系列的研究方法。其內容大致為——

六、指導途徑和方法

（一）在開初學習時，「入門須正，立志須高」。他的《「入門須正，立志須高」——我國傳統的藝術創作經驗之一》闡發說：「學藝一定要有個明確的目的，一定要追求實效，不能只圖『好看』，騙騙外行人。」如果開端不好，就必須「捐棄故伎，更受要道」，必須從新、從頭打好理論的基礎，用前人行之有效的經驗結晶去充實頭腦；而改弦異轍的根本途徑——移情，即移易感情，轉變精神，成為一個具有「精神寂寞，精之專一」，非常高尚、清醒、堅強的，具有遠大的目標、高尚的情操的人。為避免走彎路，必須「學慎始習」，遵循嚴羽提出的「入門須正」、「立志須高」的忠告和總結的傳統創作經驗〔註17〕。

他在給首屆古代文論研究生講課時，介紹中國古代文論最重要的經典名家和經典名著的情況。他告訴我們：陸機《文賦》、鍾嶸《詩品》、劉勰《文心雕龍》、司空圖《二十四詩品》、嚴羽《滄浪詩話》、葉燮《原詩》、王士禎《帶經堂詩話》、劉熙載《藝概》、王國維《人間詞話》等九種，是最重要的經典著作。

然後重點講了陸機《文賦》、劉勰《文心雕龍》、嚴羽《滄浪詩話》、葉燮《原詩》和劉熙載《藝概》等經典名家的經典名著。

這就意味著，學習中國古代文論和美學，首先要重點學習這九家。這就做到了「入門須正」。取法乎上，才能學到真本領。如果一開始就學習二三流的著作，就浪費了時間和精力。

（二）在研究前要詳細佔有資料，這是一切研究工作的基礎。所謂詳細佔有資料，有的是理論原著，還有理論家的其他著作，尤其是他的創作。為編纂《中國古代文學理論資料彙編》作準備。

（三）古代文論研究的重點應放在什麼地方？1980 年 3 月，他在教育部

〔註17〕徐中玉《「入門須正，立志須高」——我國傳統的藝術創作經驗之一》，《徐中玉文集》第 3 卷，上海：華東師範大學出版社，2013 年，第 678 頁。

委託華東師大舉辦、由徐先生負責的「中國文學批評史」師訓班作學術報告時，具體分析並歸納了四個重點：一是研究理論批評的歷史；二是對古代作家作品的評價；三是創作經驗的研究總結，並強調這裡較多的是研究藝術創作的內部規律；四是著重美學研究，找出審美規律。他在給師訓班開學報告的最後總結時再次強調：我覺得從藝術規律，藝術技巧、形式等方面進行整理總結，應作為一個重點。

（四）重視文學創作的閱讀。

他提醒專門研究理論的人，最容易犯的毛病，是對作家的創作看得太少，專門看一些理論著作，結果是對藝術創作缺乏一種敏感，缺乏一種藝術感覺。

研究古代文藝理論，還應當同對作家作品的研究分析結合起來。理論性的專篇專著當然值得鑽研，體現在作品中的理論同樣值得探索。

（五）對理論家作全面研究，除了他的理論原著，還有理論家的其他著作，尤其是他的創作。特別我國的文論家絕大多數都有作品，結合他們的作品來研究其理論，可以感受、理解得更具體、深入。劉勰、鍾嶸可惜並未留下什麼文藝著作，但如《白石詩說》的作者姜夔，《滄浪詩話》的作者嚴羽，《原詩》的作者葉燮，都是有不少創作的，脫離了他們的作品，專就文論談他們的理論，肯定不會完整，而且還會產生誤解。有些文學觀點可以在他的詩歌裏反映出來。有些只是在送人的詩歌裏帶上幾句，也許一兩句，也可以作為一種比較的材料，作為一種旁證。

「大師」級的人物，總不只「大」在一個方面、一個領域，而是從幾個方面看去，確都是一個稀有的大人物。王國維不只有《人間詞話》，梁啟超不只有《飲冰室詩話》。他們無一不是既有「作」，又有「論」，影響大，且已經受住了時間的淘洗。

（六）注意一個時代的政治、經濟以及文藝實踐對理論批評的影響。要把理論批評放在當時的歷史條件下去研究，不要孤立地研究。最後，要注意在馬列主義一般原理指導之下，古今中外多作比較，對材料進行科學的分析，研究。此外，不能把古人現代化，也不能苛求古人。通過研究，引出正確的結論，把它系統化，概括為規律，上升到理論高度。更進一步，應該把文論研究同哲學的、史學的研究，心理學、經濟學、宗教學等學科研究的聯繫逐步密切起來，視野也比較寬廣。

對於各種文化思潮、流派觀點和各種不同風格的作品，都要吸收其合理的

符合科學規律的東西,因為文化要發展,恐怕就得來一個「兼收並蓄」、「集大成」〔註18〕。

（七）在發表自己的觀點時,必須思想開闊、言論大膽。在《文章必須放蕩——發揚我國指導青年創作「必須放」的優良傳統》以南朝梁代簡文帝蕭綱給他兒子當陽公大心的信中的名言「立身先須謹慎（一作『謹重』）,文章且須放蕩」立論,指出青年撰文必須「放蕩」,即不拘禮法,任性而行,不受陳規舊矩的束縛,「吐言天拔,出於自然」（亦為蕭綱語）。又進而總結古代名家的闡發,指出:在「放蕩」的前提下,初欲奔馳,久當守節,即「少小尚奇偉」,波瀾壯闊,即使有點狂想,「志欲圖霸王」（韓愈語）也是好的,充分馳騁自己的才縱橫、意縱橫、氣縱橫;只有在青年時代全在「勇往」的基礎上,追求變,在能變之後,漸趨平淡,才是自然的趨向,也即如杜甫那樣,「少而銳,壯而肆,老而嚴」,也正如清代梁章鉅所說:「少年作文,以英發暢滿為貴,不宜即求高簡古淡。」和蘇東坡所說的:「凡文字,少小時須令氣象崢嶸,彩色絢爛,漸老漸熟乃造平淡;其實不是平淡,絢爛之極也。」

更重要的是,要敢於超越前人、超越大師,做出新的成就。他說:「不消說,大師不是全知全能,可以跨越一切而不受任何侷限,尊重他們的成績,感謝他們的貢獻,繼續他們的事業,完成他們的未竟之志,都是後人應盡的責任。大師引導我們,當前和未來的道路終究還得我們自己去探索,自己行走。」〔註19〕

（八）西方文藝理論和美學著作也必須認真學習,吸收其精華,作為中國文藝理論和美學學習和研究的補充。他指出:「研究文藝理論要把古代的、現代的、外國的三個方面溝通起來」,古為今用,建立以古代文論、西方文論和馬克思主義文論結合的有中國特色的社會主義文藝理論體系。

（九）指導「學術規範的含意,即寫作這類論文,一是材料應力求其全,二是研究史要清楚,不可沒人之功,自己創新何在,三是選題要有意義,是否有範型意味。」「妙手偶得,卻看到中有學術規範的意義,復對比今昔」,「有心人隨時可能在平常材料中挖出有價值的東西。小題目也能夠寫出新文章,積小成大。」〔註20〕

〔註18〕徐中玉《關於古代文論研究的一些問題》,《激流中探索的——徐中玉論文自選集》,第370、374頁。
〔註19〕徐中玉《談談魯迅、陳寅恪、茅盾》,《文藝理論研究》,1996年第6期。
〔註20〕徐中玉《談談魯迅、陳寅恪、茅盾》,《文藝理論研究》,1996年第6期。

總之，徐先生具體而宏觀地指導後學怎樣進行研究，他毫不保留地介紹、總結自己從實踐中摸索出來的體會，給後學以精心指導。

七、倡導大學語文和主編《大學語文》教材

1980 年，徐中玉和南京大學校長匡亞明聯合發起倡議恢復大學語文的公共基礎課地位。此時的高校院系在經歷了 1952 年的調整後，學習前蘇聯模式，文理科分家，不再有人重視文理要交叉，大學語文課程也已經中斷了 30 年。正常的人文素質教育與其他專業教育嚴重脫節，人文教育幾乎成為一片荒漠，教訓極其慘痛和深刻！

為了改變大學教育文理分家的弊端，當時沒有教材，也沒有教師，徐中玉就組織成立《大學語文》教材編審委員會，按照教育部的要求編教材。並成立由徐先生主持的大學語文教材編委會。自此之後，全國開設大學語文課程的高校逐年增加，逐漸蔚然成風。接著他又多年沒有寫文章，把許多時間和精力都放在《大學語文》的修訂工作上。

八、豐碩的教學成果和巨大影響

1978 年至 1984 年，徐中玉擔任了兩屆華東師範大學中文系主任，系裏出現了富有活力的新氣象。徐中玉作為教育革命的先行者，他為華東師大中文系創造了一個黃金時代。

徐中玉作出一項史無前例的規定：凡是在創作上已經取得成績的學生，畢業論文可以用文學作品代替，一改以往硬性的單一考試要求，激發了學生的創作激情。趙麗宏的畢業論文是一本詩集。孫顒在學時創作的長篇小說《冬》1979年出版，徐中玉當即發表文章給予熱情支持。華東師範中文系出現了全國知名的「華東師大作家群」。當時華東師大中文系被稱為培養「作家的搖籃」，他的學生中有孫顒、趙麗宏、王小鷹、陳丹燕等，如今都成為了著名作家。

徐中玉曾在接受採訪時介紹，「系裏鼓勵他們努力學習、研究、創作，也做了些工作，主要是靠他們自己認真學習。文化環境寬鬆些了，得以獨立、自由發展，分配時充分考慮到了他們各自的發展前途。這批人並不是到了學校我們給他們多大的幫助，而是我們鼓勵他們去寫，這些人本來有點根底。又如現在清華大學的格非，本科是在這裡讀的，他教書教得蠻好，寫小說也寫得蠻好，他到清華大學去，需要我證明，我就說他教書教得好。」

縱觀徐中玉的有關論著和一生貢獻，他只是在寂寞的園地默默耕耘，大匠

無形，從不借助媒體操作也無轟動效應，但他對全國文藝理論和古代文論領域、高校中文教學的引領、倡導和指導，功勳卓著、影響巨大；他的眾多研究成果具有廣闊的視野和深入的見解，善於發掘古代文論的精微玄深的思維結晶，以明白曉暢的語言匯總、梳理、歸納總結和作現代性的引申與發展，有的理論總結和探索還具有極為可貴的超前性，因而成為具有原創性和領先性的卓越科研成果，並已具有相當大的國際影響。他的論著必將經得起歷史的考驗而傳世，澤惠於一代一代的後學，並隨著中國傳統文化的不斷弘揚和傳播而對 21 世紀和更遠將來的中國和世界的文藝創作與理論建設起著指導和啟示作用。

原刊《上海文化》，2020 年第 4 期

徐中玉教授的古代文學和古代文論研究

　　徐中玉先生在中國文學領域的研究，學術覆蓋面廣、著述多、成就大，其中在中國古代文學和文論領域也取得很大的、令人矚目的學術成就，本文於此謹作簡要評述。

　　古代文學的研究在建國後在「厚今薄古」、「先破後立」方針和連年政治運動、階級鬥爭的干擾和影響下，受到很大的挫折。在這樣的歷史背景下，徐中玉先生雖少年成名，著述原已頗多，卻由於眾所周知的歷史原因，可惜自1957年反右至1978年的22年漫長時間中被剝奪了寫作和發表論著的權利。但只要有發言權，徐中玉先生就要發表自己的觀點，如1974年批林批孔時，徐中玉先生受邀到《解放日報》報社參加座談會，他在發言中敢於披逆鱗，為孔子和儒家作公正辯護，公開反對「四人幫」批孔批周的陰謀，雖立即受到大肆批判，仍頂住巨大的政治壓力，堅持真理，體現了中國優秀知識分子的浩然正氣和錚錚鐵骨。只是在1979年撥亂反正以後，徐先生才能從事他所熱愛的古代文學和古代文論的學術研究，而且其主要學術成果是在最近這25年中，於極其繁忙的教學和行政工作、學會組織和領導工作、學術刊物的主編和審稿工作、教材辭典和集體項目（國家課題和集體撰寫的論文集等）的主編和審稿工作之餘，賴其五十年積累的深厚學術功力，利用點滴時間深入思考和辛勤著述而成書成文的。在如此短暫而零碎的時間中，徐中玉先生依舊取得很多科研成果，其主要有專著：《論蘇軾的創作經驗》（華東師範大學出版社，1981年）、《蘇東坡文集導讀》（巴蜀書社，1990年）、《古代文藝創作論集》（中國社會科學出版社，1985年）、《激流中的探索——徐中玉自選集》（華東師範大學出版社，1994年）等；此後又發表過多篇重要論文。此外，還編校《蘇軾詩話》（10萬字，收入《宋詩話全編》

中)、《劉熙載論藝六種》（與人合編，巴蜀書社，1990年），主編《中國古代文論研究方法論集》（齊魯書社，1987年）、《中國古代文藝理論專題資料叢刊》（7冊、14種，國家六五社科重點項目，中國社會科學出版社，1993～2003年分冊出版）、《中國近代文學大系·文學理論卷》（上海書店出版社，1994年）、《中華文史知識辭典》（上海漢語大辭典出版社，1995年）、《古文鑒賞大辭典》（浙江教育出版社，1989年，獲第二屆全國圖書金鑰匙獎一等獎）、《中國古代文學作品選》（4冊，上海古籍出版社，1987年）、《古代文學理論研究》叢刊（自第9輯至第18輯）和《文藝理論研究》雙月刊（自1980年創刊至今，共130期，約2000餘萬字）等。

在中國古代文學研究方面，徐中玉先生於撥亂反正、百廢俱興的20世紀70年代後期，發表了《不能夠這樣評論杜甫與蘇軾》《〈水滸〉不是官書》等論文，批駁「四人幫」及其追隨者的謬論，還古代名家名作的真面目，消除「文革」在古典文學領域的惡劣影響。進入80年代，徐先生正面闡述古代文學的偉大成就、總結古代文學的極為豐富的創作經驗，發表了多篇功力深厚、見解獨特或卓特的論文。《論中國古代的遊記創作》（《中國古代遊記叢書·總序》，1983年）縱論我國源遠流長的遊記散文和體現「江山之助」美學原理的傑出詩文，以屈原、司馬遷這樣的經典詩文家為例，指出：描繪風景的優秀詩文「不停留在自然景物的單純描摹，而臻於情景交融，景中寓情」，「把對『山林皋壤』即自然界的深入接觸與心靈交往也視為『文思之奧府』的一部分」，並揭示我國遊記散文的鮮明特點和極為可貴的傳統：「欣賞自然美，熱愛大自然，但又並不侷限在自然景色本身，而同探索人生，改造人生，提高人生的遠大目標聯繫起來，密切結合，這就使熱愛自然與熱愛生活，追求社會進步成為不可分割的統一體。」尤其是對「臥遊」與散文創作和欣賞的微妙促進作用，此文作了精妙的闡述，〔註1〕對創作者和鑒賞者都有很大的啟發。

另如《中國古代散文的發展與美學思維形式問題》（《古文鑒賞大辭典·序》，1988年）縱論中國古近代散文自先秦諸子、《史》《漢》文章，唐宋八家，晚明小品，直到清朝的桐城、湘鄉和龔自珍、梁啟超等，分析整個散文歷史的發展，指出：當時的那些代表性作家作品，都在不同程度上與歷史同在，有著進步的思想和美學價值。「他們都是在解放思想，抨擊空虛，挽回頹廢和萎弱，特別在揭露時弊，關心民瘼，憂國憂族，奮起振興方面表現出了志士仁人之風，形成了我國古代散文始終佔據主導地位的優良傳統的。」這些作家作品擔

〔註1〕 《古代文藝創作論集》，中國社會科學出版社，1985年，第49、50頁。

當了他們各自可能範圍裏的歷史使命。優秀的散文家們充滿著對貧苦無告的人民的同情與對暴君污吏的鄙視和痛恨，激情地反映了可悲的現實，抒發了他們的憤恨、不平，尖銳的諷刺，沉重的歎息。但他們又有山水清遊，親友往來，日常生活，個人哀樂的雋言妙語，其以真切、健康、優美的筆調所抒寫的兒女情、山水音、田園樂，以及諸如此類的人之常情，一代一代地感染淨化著人們的心靈。此文在給予古近代散文的總體成就以精當評價的同時，又梳理以「復古」為口號而實際起了思想解放作用的古文革新運動到近代「新文體」的出現，總結出一條文體和語言的發展規律：「民主潮流與改革要求必然會在文學語言上不斷發生非貴族化的取向，這是社會的也是文學本身發展的需要。」並總結：「一個作家越是能善於廣歷所見，取精用宏，從古今中外多方面吸收營養，他就越可能成為一代大家。」另又從鑒賞學角度分析文學作品的表達特點和評論、鑒賞者隨著時代的變化在探索與理解作家作品時得以無窮深入的可能性，具有很大的指導意義。〔註2〕

在《〈儒林外史〉的語言藝術》一文中，徐先生分析了古典小說名著《儒林外史》運用口語的優點，語言豐富、多樣、性格化和寫法精練的輝煌成就，以實例總結此書中「作者一句直接介紹的話也沒有，他完全讓人物自己的說話和行動去表白他的一切，也讓讀者自己從人物的說話和行動裏去認識人物的一切，去下愛或憎的結論，而作者的思想和作品的傾向性也就雖然隱秘卻非常有力地滲透在他這種形象的刻畫中間」的高明藝術手段，實也總結了中國古代優秀小說所取得的輝煌藝術成就之一。

徐中玉先生在近20餘年中，除古代文學之外，以更多的精力投入於中國古代文論領域的研究。自20世紀70年代末和八十年代初起，徐中玉先生致力於中國古代文論專業的重建和發展工作，與此同時，他就古代文論的眾多重大學術問題發表了系列性的重要觀點，在學術界產生了很大的影響。

首先是研究古代文論的諸多重要意義。徐先生認為，第一，通過學習和研究，現代中國文學家和文藝理論家就能掌握中國古代文論並應以此作為自己的基本根基。徐先生早在1983年就一再指出：「多少年來，很多人已只知希臘、羅馬、歐美、俄蘇、日本等外國文論家的觀點和名氏，彷彿我們自己那些封建老古董中並無理論，更沒有非常精彩，甚至比外國人談得更精彩，更體現

〔註2〕 《激流中探索的——徐中玉論文自選集》，華東師範大學出版社，1994年，第397～401頁。

國情和民族特色的理論。在文藝理論領域裏，我們已經基本脫離了本國文論歷史的實際幾十年，基本不是在走自己應走的道路。不是沒有一些進步，但整個來說，立足點問題並未根本解決。先是照搬歐美，然後是照搬蘇聯，現在又有人想照搬外國現代派。照搬的對象不同，照搬的想法未有大變。」「我們已照抄照搬過幾十年別國的文藝理論經驗和模式」，「幾十年間很少談論本國的理論傳統」。這種歐化而拋棄中國古代文論的學者，「連做一個中國人應有的民族自尊心、自信心、自豪感都沒有。」〔註3〕這種振聾發聵的聲音，在學術界發生很大的影響，此後，中國古代文論和中外文論比較的研究有了較大的發展，體現為出版了多種研究成果，研究隊伍不斷擴大，但現代文藝理論學者和當代作家不重視吸收古代文論的成果和所提供的創作經驗的狀況依舊未變。大約過了 10 年以後，有學者大聲疾呼：中國文藝理論學者患了「失語」症！實際上，問題遠比「失語」更為嚴重，誠如徐先生早就指出的，眾多學者是在理論體系上脫離本國傳統，照搬西方理論，在思想觀念上崇洋迷外的風氣彌漫了文壇，而不僅僅是「失語」的問題。

第二，學習和研究古代文論有利於繼承和發揚民族文化的特色。徐先生指出：「中國古代文學理論是一個極為豐富的寶庫，它對全人類文化有著重要貢獻，這是海內外學者都越來越公認的事實。」但當前依舊「不能從多方面、多層次、多角度既微觀地來分析發展它們豐富的意義和價值，又不能綜合地系統地、宏觀地來揭示它們在整個學術領域、民族文化構成中的精義與地位，所以它的影響還是不夠深廣的，它對繁榮當前文學創作發展理論研究的積極作用還遠遠沒有得到發揮。」〔註4〕

第三，對當今的文藝創作實踐起指導和促進作用。他說：「研究古代文論，的確能使我們瞭解到前人很多有深刻意義的藝術思想，這對吸收前人優良經驗，摸索藝術規律，提高今天文藝創作的藝術水平，都有重要作用。」〔註5〕總之，他認為研究古代文論的目的就是盡可能把我們的研究與今天提出的新情況、新問題有所聯繫，能夠為一些問題的解決提供一些資料，有所啟發。

第四，「研究文藝理論要把古代的、現代的、外國的三個方面溝通起來」，

〔註3〕 《為什麼要研究古代文論？》、《治古不能只知一點古》、《談談研究古代文論的作用》，《古代文藝創作論集》，第 290、299、309 頁。

〔註4〕 《略談古代文論在當代文藝研究中的地位與作用》，《激流中探索的——徐中玉論文自選集》，第 375 頁。

〔註5〕 《論「辭達」——古代文論中的性情描寫說》，《古代文藝創作論集》，第 245 頁。

古為今用，建立以古代文論、西方文論和馬克思主義文論結合的有中國特色的
社會主義文藝理論體系。〔註6〕

其次，他在指導中青年後學如何進入古代文論的研究領域方面化了很大
的精力。在我國改革開放的新時期重新建立古代文論學科的初期之 1980 年 3
月，徐先生在教育部委託華東師大舉辦、由徐先生負責的「中國文學批評史」
師訓班作學術報告時，首先具體指導後學一個重要的問題：古代文論研究的重
點應放在什麼地方？他具體分析並歸納了四個重點：一是研究理論批評的歷
史；二是對古代作家作品的評價；三是創作經驗的研究總結，並強調這裡較多
的是研究藝術創作的內部規律；四是著重美學研究，找出審美規律。他在這篇
報告的最後總結時再次強調：我覺得從藝術規律，藝術技巧、形式等方面進行
整理總結，應作為一個重點。〔註7〕他又具體指導後學怎樣進行研究，他毫不
保留地介紹、總結自己從實踐中摸索出來的體會說：首先要詳細佔有資料，這
是一切研究工作的基礎。所謂詳細佔有資料，有的是理論原著，還有理論家的
其他著作，尤其是他的創作。有些文學觀點可以在他的詩歌裏反映出來。有些
只是在送人的詩歌裏帶上幾句，也許一兩句，也可以作為一種比較的材料，作
為一種旁證。我們專門研究理論的人最容易犯的毛病，是對作家的創作看得太
少，專門看一些理論著作，結果是對藝術創作缺乏一種敏感，缺乏一種藝術感
覺。第二，注意一個時代的政治、經濟以及文藝實踐對理論批評的影響。要把
理論批評放在當時的歷史條件下去研究，不要孤立地研究。第三，要注意在馬
列主義一般原理指導之下，古今中外多作比較，對材料進行科學的分析，研
究。此外，不能把古人現代化，也不能苛求古人。通過研究，引出正確的結
論，把它系統化，概括為規律，上升到理論高度。更進一步，應該把文論研究
同哲學的、史學的研究，心理學、經濟學、宗教學等學科研究的聯繫逐步密切
起來，視野也比較寬廣。對於各種文化思潮、流派觀點和各種不同風格的作
品，都要吸收其合理的符合科學規律的東西，因為文化要發展，恐怕就得來一
個「兼收並蓄」、「集大成」。〔註8〕

〔註6〕 《關於古代文論研究的一些問題》，《激流中探索的──徐中玉論文自選集》，
第 356～357 頁。
〔註7〕 二○○三年二至四月，《關於古代文論研究的一些問題》，《激流中探索的──
徐中玉論文自選集》，第 365 頁。
〔註8〕 《關於古代文論研究的一些問題》，《激流中探索的──徐中玉論文自選集》，
第 366～368、370、374 頁。

第三，徐先生關於古代文論的總論性的成果引人注目。這些重要論文不僅是我國進入改革開放新時期在中國古代文學、文論領域第一批取得領先性的理論研究成果，而且站在多年以後、業已進入新世紀的今天來看，仍有很大的啟發或指導意義。

徐先生曾撰文精細梳理古代文論的非常多樣的形式：有專門著作，有散篇，有創作，有理論。創作就是以創作的形式來評論文學。還有全集中的序、跋、書簡、隨筆、雜記，以及評點、批註等等。更進而指出，古人搞理論研究，往往和搞其他東西結合起來。如一方面搞理論，一方面搞個選本。編一套選本來體現他的主張，或作為自己主張的補充。此外，我們古代的理論著作中並不都是議論，議論僅僅是其中的一部分。有些是在作考證，有些在研究作品本事，有些作修辭學上的研究，有的搞注釋，各式各樣，內容很雜，各有其作用。我們則主要研究這些作品中講理論的部分。這些部分，雖然比較分散，但都言之有物，雖然比較短小，但往往開門見山，而且往往出自大作家之手，所以特別有意義。〔註9〕

他又曾撰文精當論述古代文論的特點，他認為中國古代文論的民族特色是一、尚用；二、求真；三、重情；四、重簡要；五、形式多樣，本身即為藝術品；六、藝術辯證法異常豐富。關於藝術辯證法，他舉例說：一與多、遠與近、難與易、厚與薄、多與少、形與神、景與情、大與小、疏與密、離與合、變與通、有法與無法，……諸如此類，可以隨便舉出幾十對，它們既對立，又統一，既相反，又相成。可以說從先秦古籍以來，辯證思想及其細緻的運用，即充滿在文藝理論之中。不是我們的文藝理論缺乏哲學色彩，而是我們還未及或未能從中去發現其深刻的哲理內含。〔註10〕

還曾總結古代文論的四個思維特點：審美的主體性，觀照的整體性，論說的意會性，描述的簡要性。審美的主體性表現為：自得之見、自出手眼、自抒懷抱、為己之學、不隨人腳跟、不苟同異、不可無我，這些都是古代有志氣、有成就的文人的信條。觀照的整體性指有卓識的文論家觀照作家、作品都有其整體性。即既作微觀，論細節，更要作宏觀，論大體，有整體觀念。如《文心雕龍》，每用史、論、評三者相結合的方法來提出問題，探索問題，上升為理

〔註9〕 《關於古代文論研究的一些問題》，《激流中探索的——徐中玉論文自選集》，第361～362頁。
〔註10〕 《略談古代文論在當代文藝研究中的地位和作用》，《激流中探索的——徐中玉論文自選集》，第377～384頁。

論。論說的意會性，具體來說，即古代文論重在意會，點到即止，讓人舉一反三。創作和欣賞都有規律，但如何運用這些規律而收成效，神而明之，存乎其人，各有不同巧妙，妙處連作者本人也未必很清楚。端賴自己去體會、鑽研、鍛鍊。創造之妙，因素極多，指出門徑可以，修行還得靠自己。描述的簡要性，是說古人論文談藝，一是重感性描述，具體生動，本身即文學作品；二是力求簡要，因為通道必簡，無須煩辭，旨在闡明大體、根源之一端，似無系統，聯繫起來往往十分明白。古代文論著作內容多樣，如保存故實、辨識名物、校正句字，比較異同等等，宗旨本不在於議論，其旨在議論者，除大都仍具有形象、感情特色，哲理、思辨、規律即深寓其中，甚至寥寥幾句，即能令人拍案叫絕，一字可抵廢話或老生常談上百、千、萬。〔註11〕

第四，由於我國長期處於極「左」思潮的統治之下，厚古薄今、以唯心主義、形式主義的帽子全盤否定古代文化和文論的優秀遺產，成為普遍性的現象，研究者的思維被教條主義的框框所禁錮，為此，徐先生寫了多篇撥亂反正的論說，以還我國古代文論的真實面目。如陸機《文賦》是中國文學理論史上有數的傑出論著之一，在建國後卻受到學術界的否定，徐先生特撰《論陸機的〈文賦〉》細膩分析和論證「基本否定的不少論點」是片面的，論述和梳理《文賦》的進步性及其主要貢獻，在此基礎上也指出《文賦》在理論上的一些侷限和弱點。給陸機《文賦》以公正評價，更給以理論分析，以正確的繼承批判的目光吸取其理論的精華。文中分析「講究形式、重視形式，絕不就等於形式主義」，「創作理論本身的價值，不能由於後來被曲解而產生的某些不良影響有所降低」等重要觀點，對於過去盛行僵化的教條主義的時代流行的錯誤思維方式做了有力的糾正，對當時的學術界深有啟發，至今也未過時，對後學仍有很大的指導意義。又如南宋嚴羽《滄浪詩話》是中國文學批評史上有數的名著之一，但自清初馮班至建國後批判之聲不絕，至文革前已被全盤否定。如科學院文學所《中國文學史》、修訂本北大《中國文學史》和《中國文學批評簡史》諸書都批判《滄浪詩話》脫離現實、脫離生活，陷入形式主義、復古主義，徐先生特撰《嚴羽詩論的進步性》一文，具體分析嚴羽詩話的重要觀點，又通過嚴羽對前人詩歌的評價、嚴羽自己的詩歌創作的傾向和當時人對嚴羽思想的

〔註11〕《中國古代文論的思維特點及其當代趨向——在新加坡國立大學「漢學研究之回顧與前瞻國際會議」上的報告》，《激流中探索的——徐中玉論文自選集》，第387～394頁。

評論，從多個角度進行反覆論證，指出：所謂「妙悟」，「主要指的是詩應具有能令人自悟其妙的藝術特點，而不能是直露的議論、說教。詩要做到這一點，就應該寫出一種足以令人產生這種悟解的形象、意境。」同時指出嚴羽所論都有其針對性，都具有推動當時詩歌創作向健康方向發展的實踐意義。於是得出「倒正是嚴羽對詩藝的本性、特點具有真知灼見的表現，以為是其所以具有進步性與深刻意義之所在」這個意味深長的結論。〔註12〕

第五，徐先生十分重視對古代文論中重要理論和研究方法及其所揭示的創作方法的全面深入的總結和闡發。他曾發表《重視「端緒」，著意「引申」——當前研究古代文論者的責任》一文，闡發清代卓越的詩論家葉燮在《原詩》中的一個重要觀點：「後人無前人，何以有其端緒？前人無後人，何以竟其引申乎？」他認為：「我覺得這段話極具識見。先是說了文學的發展先後相循，歷史不容隔斷，期間聯繫是一天也沒有中斷過的。前有所啟，後有所承，不但有所承，而且在繼承之中得以增益、發展，加以發揚廣大，推陳出新。」接著又據此發展出一個重大結論：「這說明對一個民族來講，有沒有先人積累大不一樣，先人積累豐富不豐富、精深不精深也大不一樣。」〔註13〕我們中華民族有如此豐厚而精深的文化積累，包括古代文論的豐厚而精深的積累，需要我們在繼承之中得以增益，發展，加以發揚廣大，推陳出新。徐先生本人身體力行，承擔起古代文論的當代研究者的責任，撰寫了如《入門須正，立志須高》《文章且須放蕩》《論「辭達」》《古代文論中的「出入」說》《中國文藝理論中的形象和形象思維問題》等重要論文。這幾篇論文體現了「重視『端緒』，著意『引申』」的紮實的治學風格和靈動的思維方式，對古代文論中前人雖開其端，而尚未及深入闡發或總結的幾個重要理論作了全面深入的探討和闡發。

《「入門須正，立志須高」——我國傳統的藝術創作經驗之一》以嚴羽的一句名言著手，以《水滸傳》中王教頭如何從新點撥史進為例，說明「學藝一定要有個明確的目的，一定要追求實效，不能只圖『好看』，騙騙外行人。」如果開端不好，就必須「捐棄故伎，更受要道」，必須從新、從頭打好理論的基礎，用前人行之有效的經驗結晶去充實頭腦；而改弦異轍的根本途徑——移

〔註12〕 《古代文藝創作論集》，第250頁。
〔註13〕 《重視「端緒」，著意「引申」》，《激流中探索的——徐中玉論文自選集》，第294頁。

情,即移易感情,轉變精神,成為一個具有「精神寂寞,精之專一」,非常高尚、清醒、堅強的,具有遠大的目標、高尚的情操的人。為避免走彎路,必須「學慎始習」,遵循嚴羽提出的「入門須正」、「立志須高」的忠告和總結的傳統創作經驗。《文章必須放蕩——發揚我國指導青年創作「必須放」的優良傳統》以南朝梁代簡文帝蕭綱給他兒子當陽公大心的信中的名言「立身先須謹慎(一作『謹重』),文章且須放蕩」立論,指出青年撰文必須「放蕩」,即不拘禮法,任性而行,不受陳規舊矩的束縛,「吐言天拔,出於自然」(亦為蕭綱語)。又進而總結古代名家的闡發,指出:在「放蕩」的前提下,初欲奔馳,久當守節,即「少小尚奇偉」,波瀾壯闊,即使有點狂想,「志欲圖霸王」(韓愈語)也是好的,充分馳騁自己的才縱橫、意縱橫、氣縱橫;只有在青年時代全在「勇往」的基礎上,追求變,在能變之後,漸趨平淡,才是自然的趨向,也即如杜甫那樣,「少而銳,壯而肆,老而嚴」,也正如清代梁章鉅所說:「少年作文,以英發暢滿為貴,不宜即求高簡古淡。」和蘇東坡所說的:「凡文字,少小時須令氣象崢嶸,彩色絢爛,漸老漸熟乃造平淡;其實不是平淡,絢爛之極也。」這些論文包括《論〈辭達〉》,都是廣集、梳理和總結古代名家的精彩論述,指導中青年學者治學和創作的正確道路,發人深省。《古代文論中的「出入」說》以王國維的論述為核心,旁徵博引古今中外桓譚、陸機、謝赫、劉勰、杜甫、韓愈、元稹、歐陽修、蘇軾、黃庭堅、陳善、文天祥、呂坤、何坦、王嗣奭、王夫子、曹雪芹、張式、周濟、汪婉、鄭燮、趙翼、章學誠、龔自珍、魯迅、周恩來和遍照金剛、狄德羅、果戈理、屠格捏夫等 30 位名家的近 40 條有關論述,總結「入乎其內,故能寫之,故有生氣」、「出乎其外,故能觀之,故有高致」、「能事不受相迫促」的出入結合的寫作規律。《中國文藝理論中的形象和形象思維問題》更以近四萬字的龐大篇幅,將眾多古代文論家的大量精彩觀點按「馭文之首術,謀篇之大端」、「隨物宛轉,挫物筆端」、「即物達情,理隨物顯」、「窮形盡相,擬容取心」、「凝神結想,從小見大」、「委心逐詞,駢贅必多」、「才為盟主,學為輔助」、「詩人比興,婉而成章」、「身歷目見,是鐵門限」,共九個方面,全面深入地暢論形象和形象思維問題,完整總結了古代文論家零碎論述的創作經驗,並理清其中所包含的理論體系。

第六,對儒家文藝思想及其對兩千多年來的中國文學的偉大影響作了高度的肯定和深入的闡發。在《孔孟學說中的普遍性因素與中國文學的發展》的演講(1987 年在香港大學「儒學與中國文化」國際學術研討會上的報告)中,徐先生強調:

孔孟的「志士仁人」精神品質在中國文學史上形成了一個優良傳統。我們的文學批評向來在承認孔孟著作和歷代志士仁人的論說文章是文學作品的前提下，著重看其是否在很大程度上有以天下為己任、關心國家安危、同情人民疾苦、追求一個統一、清明富足的政治局面、使人人得以盡其所長、各得其所的傾向。〔註14〕與此相關聯，重視文學家的人品、道德修養是中國文學界的一貫見解。〔註15〕孔孟並不把文學當作政治的簡單工具，他們的言論已接觸到有關文學特質、特點、作用等基本問題；在當時即要求學生兼通禮、樂、射、御、書、數，可見孔孟已相當重視「文理滲透」、各藝相通之妙。〔註16〕總之，孔孟以其學術、行事和文章，直接間接對中國文學起了主要是積極的作用。孔孟學說中的普遍性因素將在世界文學的發展進程中於更廣泛的範圍裏顯示出它並未成為過去的生命力和奪目光采。〔註17〕文中又分析孔孟的幾個重要文藝觀點。如《論語‧衛靈公》「辭，達而已矣」一語中的「達」，並非如有些人所認為的只要表達出意思就行，還有更重要的含意，即表達出事物的必然之理，而充分表達到具有說服、說服魅力的地步。〔註18〕《論「辭達」》一文更從「達」些什麼，應該怎樣「達」？「辭達」應具備什麼條件和「辭主乎達，不論其繁與簡也」這三個層次，根據孔子的原意和歷代名家的精彩論述，歸納出「達」的內容是：第一，要惟妙惟肖地表達出所寫對象的狀貌，第二，要具體深刻地表達出所寫事物的固有之理，第三，文藝作品是描寫客觀事物的，要把客觀事物寫得栩栩如生，就得寫出它的性情、氣象；同時，作品總是某個作者寫出來的，作品力也應當使人清楚地感受到作者的感情、人品、性格，寫出這兩者也都是一種「達」；成為文章之後，還有一種文情，如果文情未至，「達」仍然不能算已到家。又歸納「辭達」應具備的條件是：老老實實，有什麼說什麼，不講假話，是「達」的根本條件；在通乎理、事、情的背後還要有「總而

〔註14〕《孔孟學說中的普遍性因素與中國文學的發展》，《激流中探索的——徐中玉論文自選集》，第 408 頁。

〔註15〕《孔孟學說中的普遍性因素與中國文學的發展》，《激流中探索的——徐中玉論文自選集》，第 410 頁。

〔註16〕《孔孟學說中的普遍性因素與中國文學的發展》，《激流中探索的——徐中玉論文自選集》，第 412 頁。

〔註17〕《孔孟學說中的普遍性因素與中國文學的發展》，《激流中探索的——徐中玉論文自選集》，第 414 頁。

〔註18〕《孔孟學說中的普遍性因素與中國文學的發展》，《激流中探索的——徐中玉論文自選集》，第 413 頁。

持之，條而貫之」的「氣」。「辭達」還應與「自然成文」的創作規律相聯繫。
所以，「辭達」其實是一個極高的標準。此文暢論「辭達」的完整意義，梳理
「辭達」說的完整理論內容，對儒家文藝理論的這個重要成果作了精彩的總
結。徐中玉先生在 1980 年給師訓班講課時，還就儒家的一些重要觀點闡發過
令人耳目一新的深刻見解，如「過猶不及」和「中庸」的思維和創作原則，「溫
柔敦厚」的創作方法等等。他強調孔子和儒家講的中庸並非是不偏不倚毫無原
則地不講是非，而是提出不走絕端、過猶不及、不過、適中、兩端取其中的思
維和行事原則，是充滿辯證思維的高明思想；體現在文藝上，推崇中和之美，
提倡溫柔敦厚和發乎情，止乎利義的原則。止乎利義，指文藝創作在提倡寫作
自由的同時，也必須有必要的約束和原則。徐先生在反孔成為時代思潮之主
流之時，給予儒家文藝思想以正面肯定和適當評價，是相當難能可貴的。又於
《文藝理論研究》，2001 年第 5 期發表《今天我們還能從〈論語〉擇取到哪些
教益——〈論語〉研討》約 4 萬字的長文，完整論述對中國古代文學和文論有
極大影響的《論語》和孔子及原始儒家對古代中國無與倫比的重大歷史貢獻
和今日的重大現實意義，批評中國大陸「過去絕大多數之『批孔』，無知、粗
暴、蠻不講理到極點，居然曾眾口一辭，橫行一時，實在是我們歷史上一大怪
現象，中國知識者靈魂曾被扭曲到極點的鐵證。」〔註19〕徐先生語重心長地從
孔子在 20 世紀橫遭徹底否定這一具體問題透視中國知識界盲目重洋迷外、盲
從政治權力，喪失獨立思考精神的歷史教訓，其寄希望於代表著 21 世紀學術
界和知識界的今日青年的拳拳之心，萌動於字裏行間，意味極其深遠。

　　第七，徐先生還頗致力於尚未受人注意的名家的文學思想研究，如《論杜
牧的文學思想》和《論顧炎武的文學思想》、《文須有益於天下——紀念顧炎武
逝世三百年》等。《杜牧的文學思想》一文，根據杜牧本人的言論和歷代名家
對他的評論，結合杜牧對元和體詩歌和李賀詩歌的評論和歷代的爭論，深入全
面地述評了杜牧的文學思想，尤指出杜牧強調文學創作的應有特點就是「優
柔」，文藝家必須採取優柔的態度和方法從事文藝創作這個重要的基本規律。
徐先生指出：優柔的對面即是「激切」、「直陳」。有些政論文由於感情充沛，
詞采飛揚，也被承認為文學作品。但絕大多數詩文，總要情景交融，通過形
象、境界、抒情來婉曲地表達思想。這種表達方法，由於通過感染，使人思

〔註19〕 《今天我們還能從〈論語〉擇取到哪些教益——〈論語〉研討》，《文藝理論研
　　　　究》，2001 年第 5 期，第 16 頁。

考、促人自覺，收潛移默化之效，所以名之「優柔」。〔註20〕這個觀點的總結和強調，不僅在當時起了糾正標語口號式、唱高調式的拙劣作品（包括樣板戲中的精品也或多或少地有這種毛病）充斥文壇的作用，而且具有根本性的指導意義。《論顧炎武的文學思想》、《文須有益於天下——紀念顧炎武逝世三百年》兩文反覆論述顧炎武「文須有益於天下」的正確觀念和抱負，對當今不少作者自戀即沉溺於自我和以身體寫作的格局卑下之作一度十分流行的文壇來說，仍然起著糾偏正源、弘揚正氣的作用；又高度評價顧炎武身為一代大家依舊在確信完善的信念和觀點的同時，對自己「疏漏、不合之處，不但不斷在增改，不敢輕以為定論，而且對尚未發現失誤的，也以為根本不應稍有自矜之心」。〔註21〕有著如此卓越成就的學術大師和巨匠依舊能如此清醒地克制自己可能會產生的狂妄、自戀的警醒和自律，以及他們的謙虛為文的態度，對當代的研究家和創作家也有極大的指導意義。

在古代名家中，徐先生對蘇軾情有獨鍾，研究最深。他對蘇軾文藝思想的全面總結和闡發，取得了領先性的成就。徐中玉先生的專著《論蘇軾的創作經驗》（華東師範大學出版社，1981年版）用 10 萬字的篇幅論述一代大家蘇軾的創作思想。全書從蘇軾的全部著作中，全面精細和深層次地開掘蘇軾創作和論說中的理論性闡述，採集其大量的言論和觀點以及例證，並將這些素材梳理和歸納為十個方面：「言必中當世之過」、「隨物賦形」、「文理自然，姿態橫生」、「妙算毫釐得天契」、「胸有成竹」、「技道兩進」、「自是一家」、「品目高下，付之眾口」、如何作文、「八面受敵」的讀書法；每一個方面列為一章，每章再分為 3～5 節，如《文理自然，姿態橫生》分為「要『清新』，不要『務新』」、「迂怪艱僻，不足為訓」、「文理自然，姿態橫生」和「美好出艱難」4 節；另如眾所熟知的「胸有成竹」，本書此章又用「意在筆先」、「形似、神似與常理的統一」、「其身與竹化，無窮出清新」、「心手不相應，不學之過也」和「後人對『胸有成竹『的議論」5 節，反覆論證，全面闡發這個創作規律。內容豐富，分析精細，精彩紛呈。尤其是其中「隨物賦形」和「妙算毫釐得天契」兩章，分述蘇軾關於「美亦可以數取」、「有數存焉期間」、「美可以數取，不能求精於數外」等觀點，精彩論述文學、藝術與數學相結合的美學觀。由於文藝、美學和數學結合的研究方法在 1980 年代初期具有很大的超前性和挑戰性，因而有些學者

〔註20〕 《論杜牧的文學思想》，《古代文藝創作論集》，第 117、120 頁。
〔註21〕 《論顧炎武的文學思想》，《古代文藝創作論集》，第 105 頁。

深感不然，所以《文學遺產》(1982年第4期) 竟發表某學者的長文予以「求教」性的批評，並引發爭論 (參見同刊，1983年第4期)。20 餘年以後的今天，跨學科研究已是比較文學學科中的重要方面，而關於「中國古代文學的重數傳統和數理美」以及「中國古代文學的數理批評」已有多篇論著涉及或專論，徐中玉先生當年目光如炬，在浩瀚的古代經典中收集有關資料，以蘇軾的多則論述為中心，結合《莊子》、《孟子》、《呂氏春秋》、《文心雕龍》、《樂書要錄》等要藉的重要觀點，精要論述數學與文藝創作和美學的關係及其所能起到的重大作用，已開風氣之先，顯得難能而可貴。

第八，徐中玉先生的治學風骨和風格也十分值得稱道。徐中玉先生為人正直，正義感強，富有時代責任感和文學使命感，故而疾惡如仇，不畏權勢，敢於仗義執言，發表己見，批評害人害國的謬見，雖近90高齡，夙志不改；但在治學上一貫謙虛實在，自稱「搞文學研究工作，從未想建立什麼龐大體系」，也從不放言高論，而總是在具備一定的宏觀視野的基礎上，力求兼收並蓄，擇善而從，補偏糾弊，〔註22〕他「很重視搜集之功，也不辭抄撮之勞」，在改革開放之前的近50年 (包括在政治上受難的20年) 的漫長歲月中，他系統並鍥而不捨地通讀大量中外古今之書，斷斷續續地以卡片形式手抄筆寫的材料約有二、三千萬字之多，另有大量的剪報等，且在此後的 20 多年中仍有新的積累。儘管擁有這麼豐富的資料，他卻認為，通史、總論一類大書，只有在大量專題研究成績的基礎上，利用集體創造的豐碩成果，才寫得好。所以他從來不寫篇幅浩繁但即使是集體撰寫也極易落入材料堆積、泛泛而談、顧此失彼、罕有深見和新見的大部史著，而是選定一些側面、某個世代，流派，甚至一家一書或一個觀點進行研究，認為這樣做，比較可以周密、深入一些，或能有點貢獻。所以他把研究目標逐漸縮小，最後定為古代文藝家的創作經驗。從古和洋的文化遺產中，找出一切符合客觀性、規律性、真理性的東西，以古為今用、洋為中用為原則，來為今天的建設服務。〔註23〕其務實和著眼於深入並為創作和理論建設的創新服務的治學風格由此可見。縱觀徐先生的有關論著，他的確達到了自己的預定目標：他只是在寂寞的園地默默耕耘，從不借助媒體操作也無轟動效應，但他的眾多研究成果往往具有廣闊的視野和深入的見解，善

〔註22〕 《激流中的探索・代序：憂患深深八十年——我與中國二十世紀》，第14頁。
〔註23〕 《我怎麼會搞起文藝理論研究來的》，《激流中探索的——徐中玉論文自選集》，第 505～506 頁。

於發掘古代文論的精微玄深的思維結晶，以明白曉暢的語言匯總、梳理、歸納總結和作現代性的引申與發展，有的理論總結和探索還具有極為可貴的超前性，因而成為具有原創性和領先性的卓越科研成果，並已具有相當大的國際影響。他的已經發表多年的不少研究文章業已經歷了時間的考驗，而且必將經得起歷史的考驗而傳世，澤惠於一代一代的後學，並隨著中國傳統文化的不斷弘揚和傳播而對 21 世紀和更遠將來的中國和世界的文藝創作與理論建設起著指導和啟示作用。

研究和撰文，猶如閱讀兵法以後指揮戰爭一樣：運用之妙，存乎一心。眾所周知，古人的有些論述比較古奧甚或玄乎，直覺或靈妙的觀點比較常見，現代讀者不易明確或深入領會，進入堂奧更為難上加難。徐先生則善於化玄義為平實和簡明，帶領讀者深入寶庫，滿載而歸。但這是一種紮紮實實而又費工吃力的勞作，必須兼具深厚功力和長年累月的凝神默想才能做好，徐先生則不計功利，樂此不疲。徐中玉先生的古代文學和古代文論的研究文章有時長篇大論，雄辯滔滔，有時以序文、短評或劄記的形式，抒發觀點，則短小精悍，點到即止。無論長篇短章，其總體風格是文筆簡潔明快，論證清晰嚴密，結論精確不移。其論述往往既宏觀大氣又體貼入微，對複雜問題的闡發常能曲折細微周詳嚴密地反覆說明，連類對比，層層推進，故而常有曲徑通幽之奇妙，時達柳暗花明之勝景。兼之其文字明快暢達，生動平實，並不乏平淡中間包含的蒼勁老辣和幽深優美，所以讀他的理論研究文章絕無枯燥之感，甚至可以說是一種精神的享受。而其提供的研究方法，如上所述，更有切合實際的重大指導意義，如辭達、出入法，尤其是重視「端緒」，著意「引申」的研究方法，最為實用而精彩。我們親炙過他的教誨、系統閱讀過他的論著的後學所寫的論著，在一定的意義上都可以說是徐中玉先生的論著及其寫作方法指導的產物。

原收入《徐中玉先生九十誕辰論文集》，

華東師範大學出版社，2009 年版

論徐中玉文藝理論的
研究風格和首創性成就

提要：

　　年屆九十的徐中玉先生在其六十餘年的文藝理論研究生涯中形成了鮮明的學術風格：理論和實踐相結合，古代和現代相結合，繼承和創新相結合；在文藝理論研究中獲得多個注目的成就：古代文論資料的全面收集和分類彙編的研究方法，在古代文論領域發表一系列重要學術觀點，提倡跨學科的文藝理論研究，主張古今中外的三方面的理論資源結合的建立現代文藝理論體系，注重在發展古人文論的基礎上發展新的理論學說的方法。他的這些學術成果包含著新的研究方法，對今後的文藝理論研究和發展頗有啟示意義。

　　年屆九十、現仍生氣勃勃孜孜不倦地研究學術和主編文藝理論刊物的徐中玉先生，在中國文學和文藝理論領域的研究，學術覆蓋面廣、著述多、成就大，尤以文藝理論的研究影響最大，取得了令人矚目的學術成就。本文謹就徐中玉先生文藝理論的研究風格和成就略述淺見，供學界參考。

　　徐中玉先生文藝理論研究具有鮮明的風格：理論和實踐相結合，古代和現代相結合，繼承和創新相結合。

　　徐中玉先生文藝理論研究第一個鮮明的風格是理論和實踐的結合。他與理論相結合的實踐可分三個方面：工作實踐、教育實踐和創作實踐。

　　徐中玉先生的工作實踐，又可分三個方面：教學領導實踐、學會領導實踐和刊物、書籍的主編實踐。

　　自 20 世紀 70 年代末起，徐中玉先生歷任華東師大中文系主任、文學研究所所長、校務委員會副主任、上海作家協會主席、教育部全國高等教育自學

考試中文專業委員會主任等職務，為國家培養人才鞠躬盡瘁，為華東師大中文系的建設殫精竭慮，成效卓著。由於徐中玉先生以其崇高品望，團結和領導本系教職員工，形成華東師大中文系生機勃勃的景象。他任系主任期間還引進了多位人才，如誠邀俄蘇文學翻譯和研究權威李毓珍（余振）教授（反右前任北京大學俄文系常務副主任）和英年即已出名、兼擅英俄文學經典著作翻譯的著名學者王智量師生加盟本系，又敦請戲曲和戲曲理論權威學者蔣星煜先生、中國文學批評史權威學者王元化先生出任碩、博導師。徐先生本人作為文藝理論家（兼擅文藝理論和中國古代文學理論）和作家（主要創作散文和雜文），親自主持重大科研項目，所以華東師大中文系的文藝理論研究長期處於國內前列，為學界所矚目。在八十年代的一次文學研究科研成果的全國性的評估中，華東師大中文系甚至取得了全國第一的驕人成績。

自 20 世紀 70 年代末和八十年代初起，徐中玉先生致力於中國古代文論和文藝理論專業的重建和發展工作，徐中玉先生為創辦中國古代文學理論學會和中國文藝學會，做了實際的主持工作，他本人卻謙讓前輩或同輩學者當會長，自己則當執行性的副會長；後來隨著老一輩學者的先後仙逝，他繼任過會長職務。與此同時，他就古代文論的眾多重大學術問題發表了系列性的重要觀點，在學術界產生了很大的影響。

他又為中國文藝學會和中國古代文學理論學會主編《文藝理論研究》雙月刊、《古代文學理論研究》叢刊這兩家權威學術刊物和影響廣泛的《中文自學指導》月刊，嘉惠學林，聲譽卓著。他於 20 世紀 80 年代初創立「大學語文」學科，其主編的《大學語文》系列教材 25 年來已發行 2 千萬餘冊，運用範圍覆蓋了除港澳臺之外的全國所有的正規和業餘大學理工醫農諸專業的大學生和高等教育中文專業自考生，影響極大。

由以上三者的結合，徐中玉在 1978 年至 1985 年擔任系主任，後又長年擔任名譽系主任，由於他的卓特領導，華東師大中文系的學科建設、學術團體（學會）工作、學術刊物出版都蜚聲學壇。華東師大中文系擁有全國性的學會 4個，權威刊物 4 個，這都是在全國高校中所獨一無二的。

在以上工作實踐中，他都能凝聚眾力，開拓本學科的研究和交流，卓有建樹，為眾望所歸。

徐中玉先生文藝理論的教學實踐，已有半個多世紀，早年主要是給本科生講課，包括傳授《文心雕龍》等經典。自 1979 年起，徐中玉先生連續招收

5 屆古代文論和文藝理論的研究生，於 1980 年又主持教育部委託上海華東師大舉辦的「中國文學批評史師訓班」；同時繼續在本科生中開設文藝理論課，培養出一大批文藝理論家。在 1977、1978 級本科生中親炙過徐中玉講授文藝理論課的著名文藝理論家有宋耀良、毛時安、陳如剛和夏中義等多人。在研究生和師訓班中培養出的著名學者有王汝梅、羅立乾、陸海明、黃珅、南帆等多人。因年齡原因，徐中玉先生未能擔任博導，所以他尚有一些研究生如譚帆、吳炫和祈志祥等，成為著名學者後改投其他導師攻讀博士學位的也有多位。

他的不少論著如《「入門須正，立志須高」》《文章必須放蕩》《論「辭達」》等文，還為我國的青年作家和學者提供具體的理論指導，這些論文也是他的教學實踐與理論研究相結合的重要成果。

在創作實踐中，徐中玉先生寫作大量的散文和雜文，這些文章都是他自己創作主張和理論觀點的實際體現。如他曾撰《論顧炎武的文學思想》、《文須有益於天下——紀念顧炎武逝世三百年》兩文反覆論述顧炎武和古代學者作家「文須有益於天下」的正確觀念和抱負〕，對當今不少作者自戀即沉溺於自我和以身體寫作的格局卑下之作一度十分流行的文壇來說，仍然起著糾偏正源、弘揚正氣的作用。徐中玉先生本人的散文和雜文或在內容上反映現實針砭，對當今社會的不足之處包括幹部中的腐敗現象的針砭和批評等，或在寫作方法上為他的理論主張起了示範作用。

徐中玉先生的第二個研究風格，是古代和現代相結合。

徐中玉先生文藝理論研究中的古代和現代的結合，現代也分三個方面，古代理論和現代理論的研究相結合，古代文論為現代文學的創作服務，古代文論為現代理論的建設和發展服務。

徐中玉先生早年大量抄錄古代文論的資料，同時發表和出版現代文藝理論的著作，建國前已有論文集 4 種、文藝論集 1 種；建國後至反右前又出版論文集 5 種，和《文學概論講稿》（上冊，因被打成右派，下冊未出）。自改革開放時期初起，出版了《魯迅遺產探索》《學習語文的經驗和方法》2 種和古今結合的《現代意識和文化傳統》《激流中的探索》《徐中玉自選集》3 種（後兩種為論文選）；同時主編並出版《中國古代文藝理論專題資料叢刊》（已出 9 冊，將出 3 冊）、《古代文學理論叢刊》（已出 21 期）、《近代文學大系·文學理論集》（2 卷）、《傳世藏書·文學評論部分》（3 大冊）、《中國古代文論研究方法論集》和《蘇軾詩話》等，個人專著有《論蘇軾的創作經驗》《古代文藝創作論集》，即

將出版的有個人論文集《古代文論的批判繼承》和《二十世紀中國學術大典‧文學研究卷》（主編）等。

徐中玉先生在研究現代文藝理論時，以深厚的古代文論學養為根基；在研究古代文論時，又貫穿現代意識，以現代文論為參照。因篇幅所限，本文不作舉例。至於研究古代文論為現代文學的創作服務，為現代理論的建設和發展服務，也體現在他那些指導當今創作的論文如《關於文學的才能》、《談文學的技巧》、《勇敢的表現》、《論修改文章》和《語言的陳俗和清新》等，都用貫穿古今中外的豐厚理論和創作經驗來娓娓言說。

至於古代文論研究為現代理論的建設和發展服務，又與徐中玉先生的第三個研究風格，即繼承和創新相結合有很大關聯，並體現為徐中玉先生在繼承古代文論光輝遺產的紮實基礎上，有頗多首創性的貢獻，作出了傑出的理論創造，今專述如下。

由於眾所周知的 20 世紀下半期我國文化和文學包括文藝理論研究的時代條件所決定，徐中玉先生在文藝理論領域所取得的首創性成就只能是在 20 世紀 80 年代以後，並主要在古代文論研究領域中實現的。在短短的 20 餘年中，徐中玉先生在以上言及的極其繁忙的行政工作、學會和理論刊物的組織與主持工作和教學工作之餘，作出了多項有深遠意義的首創性的重大貢獻。

徐中玉先生的首創性成就主要有以下五個。

其一，首創資料的全面收集和分類彙編的研究方法。

徐中玉先生「很重視搜集之功，也不辭抄撮之勞」，在改革開放之前的近 50 年（包括在政治上受難的 20 年）的漫長歲月中，他系統並鍥而不捨地通讀大量中外古今之書，斷斷續續地以卡片形式手抄筆寫的材料約有二、三千萬字之多，另有大量的剪報等，且在此後的 20 多年中仍有新的積累。與同樣以收集和積累資料著名的郭紹虞先生不同，郭先生專收古代文論著作的資料，而徐先生則不僅收集古代文論書文的資料，還用卡片形式從先秦諸子和歷代詩文集、筆記等浩瀚的著作中摘抄有關資料，做的是窮盡性的收集工作。儘管有如此罕有倫比的極其紮實的文獻基礎工夫，他自稱「搞文學研究工作，從未想建立什麼龐大體系」，也從不放言高論，而總是在具備一定的宏觀視野的基礎上，力求兼收並蓄，擇善而從，補偏糾弊，〔註1〕他認為，通史、總論一類

〔註 1〕《激流中的探索‧代序：憂患深深八十年──我與中國二十世紀》，《激流中的探索──徐中玉論文自選集》，華東師範大學出版社，1994 年，第 14 頁。

大書，只有在大量專題研究成績的基礎上，利用集體創造的豐碩成果，才寫得好。所以他從來不寫篇幅浩繁但即使是集體撰寫也極易落入材料堆積、泛泛而談、顧此失彼、罕有深見和新見的大部史著，而是選定一些側面、某個世代、流派，甚至一家一書或一個觀點進行研究，認為這樣做，比較可以周密、深入一些，或能有點貢獻。所以他把研究目標逐漸縮小，最後定為古代文藝家的創作經驗。從古和洋的文化遺產中，找出一切符合客觀性、規律性、真理性的東西，以古為今用、洋為中用為原則，來為今天的建設服務。自己的論點都做到言必有據。

前人已經說過的就不作重複，這需要非常紮實的持久的努力，對前人有價值的言論作窮盡性的引證，才能做到。只有徹底理清中國古代文論的家底，在這個基礎上做出發展，才是真正的發展。學術界的正反兩方面的經驗證明：任何創造都是在前人的基礎上前進一步，而不是脫離傳統作全新的創造。這本是前輩學者如王國維、陳寅恪等所實踐的做學問的正路，張舜徽先生於《清人筆記條辨》（卷三）中亦曾結合自己的治學心得總結這條治學的原則：「讀書有得，前人已有先我而言者，則必捨己從人，稱舉前人之說。若此說前人已有數人言之者，則必援引最先之說，所以尊首創之功也。學術乃天下之公器，有得之言，本不必皆自我出。人之言善，我必尊之信之，若己有之，亦即為公非為私之意。」

正因如此，徐先生極其熟悉和尊重前人的成果，他撰文總是先引前人的言論和觀點，不作古人已經論說過的言論的復述，更不會因不知古人已經論述過而作出的自以為是創述的復述，而是在前人言論的基礎上再作彙集、歸納、梳理、總結和補充、引申、發揮、發展。由於當前學術界浮躁之風、各種不正之風的猖獗，許多學者不看別人的著作，不知或不引別人已經發表過的觀點，將別人已經發表過的觀點當作為自己的觀點甚至是創新觀點的現象相當普遍。兼之不用功讀書，對古人的大量重要觀點都不熟悉，重複前人觀點的現象也同樣普遍。在這樣的學術氛圍中，徐中玉先生倡導的這種研究方法，與當下學術規範的建立和學者的自律極為有益，具有現實意義。

徐中玉先生不僅自己做到，為了後起者也能達到這個上述要求，他首創性地主持和組織國家六五重點項目——工程浩大的《中國古代文藝理論專題資料叢刊》，彙集和分類輯編中國古代文論的浩瀚原始資料，由中國社會科學出版社分冊出版，方便學者，嘉惠學林。

　　繼徐中玉先生之後，自 20 世紀 80 年代中後期起，古代文論的分類資料彙編之出版日漸蔚然成風，到 90 年代後期，大型的全編也開始問世，著名的有吳文治先生主編的歷代詩話全編（已出《宋詩話全編》《遼金元詩話全編》和《明詩話全編》，即將出版的有）和葛渭君先生輯編的《歷代詞話續編》等。

　　其二，發表一系列首創性的觀點。

　　徐先生在國內首先撰文精細梳理古代文論的非常多樣的形式：有專門著作，有散篇，有創作，有理論。「創作」就是以創作的形式來評論文學，包括論詩詩等。還有全集中的序、跋、書簡、隨筆、雜記，以及評點、批註等等。更進而指出，古人搞理論研究，往往和搞其他東西結合起來。如一方面搞理論，一方面搞個選本。編一套選本來體現他的主張，或作為自己主張的補充。此外，我們古代的理論著作中並不都是議論，議論僅僅是其中的一部分。有些是在作考證，有些在研究作品本事，有些作修辭學上的研究，有的搞注釋，各式各樣，內容很雜，各有其作用。我們則主要研究這些作品中講理論的部分。這些部分，雖然比較分散，但都言之有物，雖然比較短小，但往往開門見山，而且往往出自大作家之手，所以特別有意義。〔註2〕他又撰文精當論述古代文論的總體特點，他認為中國古代文論的民族特色是一、尚用；二、求真；三、重情；四、重簡要；五、形式多樣，本身即為藝術品；六、藝術辯證法異常豐富。關於藝術辯證法，他舉例說：一與多、遠與近、難與易、厚與薄、多與少、形與神、景與情、大與小、疏與密、離與合、變與通、有法與無法，……諸如此類，可以隨便舉出幾十對，它們既對立，又統一，既相反，又相成。可以說從先秦古籍以來，辯證思想及其細緻的運用，即充滿在文藝理論之中。不是我們的文藝理論缺乏哲學色彩，而是我們還未及或未能從中去發現其深刻的哲理內含。〔註3〕

　　又從整體上總結古代文論的四個思維特點：審美的主體性，觀照的整體性，論說的意會性，描述的簡要性。審美的主體性表現為：自得之見、自出手眼、自抒懷抱、為己之學、不隨人腳跟、不苟同異、不可無我，這些都是古代有志氣、有成就的文人的信條。觀照的整體性指有卓識的文論家觀照作家、作品都有其整體性。即既作微觀，論細節，更要作宏觀，論大體，有整體觀念。

〔註2〕　《關於古代文論研究的一些問題》，《激流中探索的——徐中玉論文自選集》，第 361～362 頁。

〔註3〕　《略談古代文論在當代文藝研究中的地位和作用》，《激流中探索的——徐中玉論文自選集》，第 377～384 頁。

如《文心雕龍》，每用史、論、評三者相結合的方法來提出問題，探索問題，上升為理論。論說的意會性，具體來說，即古代文論重在意會，點到即止，讓人舉一反三。創作和欣賞都有規律，但如何運用這些規律而收成效，神而明之，存乎其人，各有不同巧妙，妙處連作者本人也未必很清楚。端賴自己去體會、鑽研、鍛鍊。創造之妙，因素極多，指出門徑可以，修行還得靠自己。描述的簡要性，是說古人論文談藝，一是重感性描述，具體生動，本身即文學作品；二是力求簡要，因為通道必簡，無須煩辭，旨在闡明大體、根源之一端，似無系統，聯繫起來往往十分明白。古代文論著作內容多樣，如保存故實、辨識名物、校正句字，比較異同等等，宗旨本不在於議論，其旨在議論者，除大都仍具有形象、感情特色，哲理、思辨、規律即深寓其中，甚至寥寥幾句，即能令人拍案叫絕，一字可抵廢話或老生常談上百、千、萬。〔註4〕

徐先生在五四以後，尤其在文革時期徹底否定孔子和儒家思想的氛圍中，對儒家文藝思想及其對兩千多年來的中國文學的偉大影響作了高度的肯定和深入的闡發。他早在文革中的 1972 年批林批孔時就不怕招來彌天大禍在上海權威黨報召開的會議上義無反顧地公開為孔子辯護，這是中國學者首次對全盤否定傳統文化錯誤思潮的在政治論壇上所作的公開反擊，意義重大。他在 1979 年給研究生講課和 1980 年的全國中國文學批評史師訓班上的演講中，更就儒家的一些重要觀點闡發過令人耳目一新的深刻見解。他一再強調不能簡單地以唯物唯心劃線，極度肯定孔子的思想和中庸理論，以及「從心所欲不逾矩」和「過猶不及」、「發乎情，止乎禮儀」、「溫柔敦厚」等儒家的重要文學觀點和創作原則。他認為「過猶不及」和「溫柔敦厚」的創作方法等等，體現了「中庸」的思維和創作原則，並強調孔子和儒家講的中庸並非是不偏不倚毫無原則地不講是非，而是提出不走絕端、過猶不及、不過、適中、兩端取其中的思維和行事原則，是充滿辯證思維的高明思想；體現在文藝上，推崇中和之美，提倡溫柔敦厚和發乎情，止乎利義的原則。止乎利義，指文藝創作在提倡寫作自由的同時，也必須有必要的社會和道德的約束和原則。徐先生在反孔成為時代思潮之主流之時，給予儒家文藝思想以正面肯定和高度價，是相當難能可貴的。此後，他又在《孔孟學說中的普遍性因素與中國文學的發展》的

〔註4〕《中國古代文論的思維特點及其當代趨向——在新加坡國立大學「漢學研究之回顧與前瞻國際會議」上的報告》，《激流中探索的——徐中玉論文自選集》，第 387～394 頁。

演講（1987年在香港大學「儒學與中國文化」國際學術研討會上的報告）中強調：孔孟的「志士仁人」精神品質在中國文學史上形成了一個優良傳統。我們的文學批評向來在承認孔孟著作和歷代志士仁人的論說文章是文學作品的前提下，著重看其是否在很大程度上有以天下為己任、關心國家安危、同情人民疾苦、追求一個統一、清明富足的政治局面、使人人得以盡其所長、各得其所的傾向。〔註5〕與此相關聯，重視文學家的人品、道德修養是中國文學界的一貫見解。〔註6〕孔孟並不把文學當作政治的簡單工具，他們的言論已接觸到有關文學特質、特點、作用等基本問題；在當時即要求學生兼通禮、樂、射、御、書、數，可見孔孟已相當重視「文理滲透」、各藝相通之妙。〔註7〕總之，孔孟以其學術、行事和文章，直接間接對中國文學起了主要是積極的作用。孔孟學說中的普遍性因素將在世界文學的發展進程中於更廣泛的範圍裏顯示出它並未成為過去的生命力和奪目光采。〔註8〕文中又分析孔孟的幾個重要文藝觀點。如《論語·衛靈公》「辭，達而已矣」一語中的「達」，並非如有些人所認為的只要表達出意思就行，還有更重要的含意，即表達出事物的必然之理，而充分表達到具有說服、說服魅力的地步。〔註9〕《論「辭達」》一文更透徹闡發孔子的這個著名文學觀點，從「達」些什麼，應該怎樣「達」？「辭達」應具備什麼條件和「辭主乎達，不論其繁與簡也」這三個層次，根據孔子的原意和歷代名家的精彩論述，歸納出「達」的內容是：第一，要惟妙惟肖地表達出所寫對象的狀貌，第二，要具體深刻地表達出所寫事物的固有之理，第三，文藝作品是描寫客觀事物的，要把客觀事物寫得栩栩如生，就得寫出它的性情、氣象；同時，作品總是某個作者寫出來的，作品力也應當使人清楚地感受到作者的感情、人品、性格，寫出這兩者也都是一種「達」；成為文章之後，還有一種文情，如果文情未至，「達」仍然不能算已到家。又歸納「辭達」應具備的條件

〔註5〕 《孔孟學說中的普遍性因素與中國文學的發展》，《激流中探索的——徐中玉論文自選集》，第408頁。

〔註6〕 《孔孟學說中的普遍性因素與中國文學的發展》，《激流中探索的——徐中玉論文自選集》，第410頁。

〔註7〕 《孔孟學說中的普遍性因素與中國文學的發展》，《激流中探索的——徐中玉論文自選集》，第412頁。

〔註8〕 《孔孟學說中的普遍性因素與中國文學的發展》，《激流中探索的——徐中玉論文自選集》，第414頁。

〔註9〕 《孔孟學說中的普遍性因素與中國文學的發展》，《激流中探索的——徐中玉論文自選集》，第413頁。

是：老老實實，有什麼說什麼，不講假話，是「達」的根本條件；在通乎理、事、情的背後還要有「總而持之，條而貫之」的「氣」。「辭達」還應與「自然成文」的創作規律相聯繫。所以，「辭達」其實是一個極高的標準。此文暢論「辭達」的完整意義，梳理「辭達」說的完整理論內容，對儒家文藝理論的這個重要成果作了精彩的總結。又於《文藝理論研究》，2001 年第 5 期發表《今天我們還能從〈論語〉擇取到哪些教益──〈論語〉研討》約 4 萬字的長文，全面論說孔子的哲學、文化和文學理論，並首創性地公開而嚴厲地批評中國大陸「過去絕大多數之『批孔』，無知、粗暴、蠻不講理到極點，居然眾口一詞，橫行一時，實在是我們歷史上一大怪現象，中國知識者靈魂曾被扭曲到極點的鐵證。」

除在總體性的重大問題發表首創性的觀點外，在研究名家名作時，徐先生也發表了許多精彩的首創性的獨到觀點。如《杜牧的文學思想》一文，他根據杜牧本人的言論和歷代名家對他的評論，結合杜牧對元和體詩歌和李賀詩歌的評論和歷代的爭論，深入全面地述評了杜牧的文學思想，尤指出杜牧強調文學創作的應有特點就是「優柔」，文藝家必須採取優柔的態度和方法從事文藝創作這個重要的基本規律。徐先生指出：優柔的對面即是「激切」、「直陳」。有些政論文由於感情充沛，詞采飛揚，也被承認為文學作品。但絕大多數詩文，總要情景交融，通過形象、境界、抒情來婉曲地表達思想。這種表達方法，由於通過感染，使人思考、促人自覺，收潛移默化之效，所以名之「優柔」。〔註 10〕這個觀點的總結和強調，不僅在當時起了糾正標語口號式、唱高調式的拙劣作品（包括樣板戲中的精品也或多或少地有這種毛病）充斥文壇的作用，而且對當代的文藝創作具有根本性的指導意義。

其三，首創跨學科的研究方法。

徐先生認為古代文論的研究應該更進一步，應該把文論研究同哲學的、史學的研究，心理學、經濟學、宗教學等學科研究的聯繫逐步密切起來，視野也比較寬廣。對於各種文化思潮、流派觀點和各種不同風格的作品，都要吸收其合理的符合科學規律的東西，因為文化要發展，恐怕就得來一個「兼收並蓄」、「集大成」。〔註 11〕徐先生本人對這個高難度的主張身體力行，在專著

〔註 10〕 《論杜牧的文學思想》，《古代文藝創作論集》，第 117、120 頁。
〔註 11〕 《關於古代文論研究的一些問題》，《激流中探索的──徐中玉論文自選集》，第 370、374 頁。

《論蘇軾的創作經驗》（1981）中的「隨物賦形」和「妙算毫釐得天契」兩章，作為論文先期發表於 1980 年，分述蘇軾關於「美亦可以數取」、「有數存焉期間」、「美可以數取，不能求精於數外」等觀點，精彩論述文學、藝術與數學相結合的美學觀。由於文藝、美學和數學結合的研究方法在 1980 年代初期具有很大的超前性和挑戰性，因而有些學者深感不然，所以《文學遺產》（1982 年第 4 期）竟發表某學者的長文予以「求教」性的批評，並引發爭論（參見同刊，1983 年第 4 期，陸海明反駁的論文）。在徐著發表及其這場爭論的 20 餘年以後的今天，跨學科研究已是學者的共識，並已成為文藝理論和比較文學學科中的一個重要研究的方面，而關於「中國古代文學的重數傳統和數理美」以及「中國古代文學的數理批評」也已有多篇論著涉及或專論，回顧徐中玉先生當年目光如炬，在浩瀚的古代經典中收集有關資料，以蘇軾的多則論述為中心，結合《莊子》、《孟子》、《呂氏春秋》、《文心雕龍》、《樂書要錄》等多種要藉的重要觀點，精要論述數學與文藝創作和美學的關係及其所能起到的重大作用，已開風氣之先，顯得難能而可貴。

其四，徐中玉先生於 1980 年首創性地提出了古今中外的三方面的理論資源結合的建立現代理論體系的方法。「研究文藝理論要把古代的、現代的、外國的三個方面溝通起來」，古為今用，建立以古代文論、西方文論和馬克思主義文論結合的有中國特色的社會主義文藝理論體系。〔註 12〕

徐先生首創古代文論與西方文論和馬克思主義文論結合，建立現代文藝理論體系的主張，是痛感於這樣的狀況而提出的：20 世紀從五四以後，中國學界對西方理論的崇拜和引進占壓倒優勢，建國後則只追求和堅持馬克思主義理論，古代文論在主流學界是沒有地位的。所以，徐先生在堅持馬克思主義為指導，注重引進、學習和研究西方理論的同時，著重介紹、分析和研究中國古代文論的偉大成果及其在當代文論建設中的巨大價值。

首先是研究和分析古代文論的諸多重要意義。徐先生認為，第一，通過學習和研究，現代中國文學家和文藝理論家就能掌握中國古代文論並應以此作為自己的基本根基。徐先生早在 1983 年就一再指出：「多少年來，很多人已只知希臘、羅馬、歐美、俄蘇、日本等外國文論家的觀點和名氏，彷彿我們自

〔註 12〕 《關於古代文論研究的一些問題》，《激流中探索的——徐中玉論文自選集》，
　　　　　第 356～357 頁。《激流中探索的——徐中玉論文自選集》，華東師範大學出版
　　　　　社，1994 年。

己那些封建老古董中並無理論，更沒有非常精彩，甚至比外國人談得更精彩，更體現國情和民族特色的理論。在文藝理論領域裏，我們已經基本脫離了本國文論歷史的實際幾十年，基本不是在走自己應走的道路。不是沒有一些進步，但整個來說，立足點問題並未根本解決。先是照搬歐美，然後是照搬蘇聯，現在又有人想照搬外國現代派。照搬的對象不同，照搬的想法未有大變。」「我們已照抄照搬過幾十年別國的文藝理論經驗和模式」，「幾十年間很少談論本國的理論傳統」。這種歐化而拋棄中國古代文論的學者，「連做一個中國人應有的民族自尊心、自信心、自豪感都沒有。」這種振聾發聵的聲音，在學術界發生很大的影響，此後，中國古代文論和中外文論相比較和相的研究有了較大的發展，體現為出版了多種研究成果，研究隊伍不斷擴大，但現代文藝理論學者和當代作家不重視吸收古代文論的成果和所提供的創作經驗的狀況依舊未變。大約過了 10 年以後，有學者大聲疾呼：中國文藝理論學者患了「失語」症！實際上，問題遠比「失語」更為嚴重，誠如徐先生早就指出的，眾多學者是在理論體系上脫離本國傳統，照搬西方理論，在思想觀念上崇洋迷外的風氣彌漫了文壇，而不僅僅是「失語」的問題。

徐先生又進而分析：中國現代的思想主流，承認也要在現代化過程中吸收傳統的因素，但骨子裏還是這種社會主義內容民族形式的理論。我這裡特別強調的一點就是中國的傳統中很多的資源裏邊，有沒有可以開發出來，而重新具有現代意義，不僅僅是形式、作風、氣派而已，而是涉及到內質的一種普遍理念的東西？王元化先生近年也很重視這個問題的闡發，他在《傳統資源：具體中的普遍性》中說：「在現代化的轉化當中，傳統本身就有現代的意義在裏邊。傳統文化的某些因素可以開發出來，融入到現代中去，成為普遍意義的因素。多元性並不意味所有的文化都一致認同那惟一的共同理念，而應當是諸家雜呈的世界。當然，沒有惟一的共同價值，並不等於沒有普遍價值。我們要捨棄的只是一種價值獨斷的世界。各種價值紛呈、對話、交流才是真實的世界。」「中國的傳統中有很多可供開發的、具有現代意義的資源——不僅僅是形式、作風、氣派，而是涉及到內質的一種普遍理念的東西。」

第二，學習和研究古代文論有利於繼承和發揚民族文化的特色。徐先生指出：「中國古代文學理論是一個極為豐富的寶庫，它對全人類文化有著重要貢獻，這是海內外學者都越來越公認的事實。」但當前依舊「不能從多方面、多層次、多角度既微觀地來分析發展它們豐富的意義和價值，又不能綜合地系

統地、宏觀地來揭示它們在整個學術領域、民族文化構成中的精義與地位，所以它的影響還是不夠深廣的，它對繁榮當前文學創作發展理論研究的積極作用還遠遠沒有得到發揮。」〔註13〕

第三，對當今的文藝創作實踐起指導和促進作用。他說：「研究古代文論，的確能使我們瞭解到前人很多有深刻意義的藝術思想，這對吸收前人優良經驗，摸索藝術規律，提高今天文藝創作的藝術水平，都有重要作用。」〔註14〕總之，他認為研究古代文論的目的就是盡可能把我們的研究與今天提出的新情況、新問題有所聯繫，能夠為一些問題的解決提供一些資料，有所啟發與這個首創性的貢獻有關，且提供他本人在這方面的實踐成果的是——

其五，首創在發展古人學說的基礎上建立新的理論學說的方法。

徐先生十分重視對古代文論中重要理論和研究方法及其所揭示的創作方法的全面深入的總結和闡發。他曾發表《重視「端緒」，著意「引申」——當前研究古代文論者的責任》一文，闡發清代卓越的詩論家葉燮在《原詩》中的一個重要觀點：「後人無前人，何以有其端緒？前人無後人，何以竟其引申乎？」徐先生認為：「我覺得這段話極具識見。先是說了文學的發展先後相循，歷史不容隔斷，期間聯繫是一天也沒有中斷過的。前有所啟，後有所承，不但有所承，而且在繼承之中得以增益、發展，加以發揚廣大，推陳出新。」接著又據此發展出一個重大結論：「這說明對一個民族來講，有沒有先人積累大不一樣，先人積累豐富不豐富、精深不精深也大不一樣。」〔註15〕我們中華民族有如此豐厚而精深的文化積累，包括古代文論的豐厚而精深的積累，需要我們在繼承之中得以增益，發展，加以發揚廣大，推陳出新。徐先生本人身體力行，以「重視『端緒』，著意『引申』」為當前古代文論者的責任。他身體力行，以此為綱領，研究「我國傳統的藝術創作經驗」，撰寫了如《入門須正，立志須高》、《「驚四筵」與「適獨坐」》、《文章且須放蕩》、《論「辭達」》、《古代文論中的「出入」說》、《中國文藝理論中的形象和形象思維問題》等重要論文。這幾篇論文體現了「重視『端緒』，著意『引申』」的紮實的治學風格和靈動的思維方式，對古代文論中前人雖開其端，而尚未及深入闡發或總結的幾個重要

〔註13〕 《略談古代文論在當代文藝研究中的地位與作用》，《激流中探索的——徐中玉論文自選集》，第375頁。

〔註14〕 《論「辭達」——古代文論中的性情描寫說》，《古代文藝創作論集》，第245頁。

〔註15〕 《重視「端緒」，著意「引申」》，《激流中探索的——徐中玉論文自選集》，華東師範大學出版社，1994年，第295頁。

理論作了全面深入的探討和闡發。

《「入門須正，立志須高」——我國傳統的藝術創作經驗之一》以嚴羽的一句名言著手，以《水滸傳》中王教頭如何從新點撥史進為例，說明「學藝一定要有個明確的目的，一定要追求實效，不能只圖『好看』，騙騙外行人。」如果開端不好，就必須「捐棄故伎，更受要道」，必須從新、從頭打好理論的基礎，用前人行之有效的經驗結晶去充實頭腦；而改弦異輒的根本途徑——移情，即移易感情，轉變精神，成為一個具有「精神寂寞，精之專一」，非常高尚、清醒、堅強的，具有遠大的目標、高尚的情操的人。為避免走彎路，必須「學慎始習」，遵循嚴羽提出的「入門須正」、「立志須高」的忠告和總結的傳統創作經驗。《文章必須放蕩——發揚我國指導青年創作「必須放」的優良傳統》以南朝梁代簡文帝蕭綱給他兒子當陽公大心的信中的名言「立身先須謹慎（一作『謹重』），文章且須放蕩」立論，指出青年撰文必須「放蕩」，即不拘禮法，任性而行，不受陳規舊矩的束縛，「吐言天拔，出於自然」（亦為蕭綱語）。又進而總結古代眾多名家的闡發，指出：在「放蕩」的前提下，初欲奔馳，久當守節，即「少小尚奇偉」，波瀾壯闊，即使有點狂想，「志欲圖霸王」（韓愈語）也是好的，充分馳騁自己的才縱橫、意縱橫、氣縱橫；只有在青年時代全在「勇往」的基礎上，追求變，在能變之後，漸趨平淡，才是自然的趨向，也即如杜甫那樣，「少而銳，壯而肆，老而嚴」，也正如清代梁章鉅所說：「少年作文，以英發暢滿為貴，不宜即求高簡古淡。」和蘇東坡所說的：「凡文字，少小時須令氣象崢嶸，彩色絢爛，漸老漸熟乃造平淡；其實不是平淡，絢爛之極也。」這些論文包括《論〈辭達〉》，都是廣集、梳理和總結古代名家的精彩論述，指導中青年學者治學和創作的正確道路，發人深省。

另如眾所熟知的「胸有成竹」，徐先生在《論蘇軾的創作經驗》一書中專列一章，分為「意在筆先」、「形似、神似與常理的統一」、「其身與竹化，無窮出清新」、「心手不相應，不學之過也」和「後人對『胸有成竹』的議論」5節，反覆論證，全面闡發這個創作規律。內容豐富，分析精細，精彩紛呈。

再以《古代文論中的「出入」說》這篇宏文為例，徐先生以王國維的論述為核心，旁徵博引古今中外桓譚、陸機、謝赫、劉勰、杜甫、韓愈、元稹、歐陽修、蘇軾、黃庭堅、陳善、文天祥、呂坤、何坦、王嗣奭、王夫子、曹雪芹、張式、周濟、江婉‧鄭燮、趙翼、章學誠、龔自珍、魯迅、周恩來和遍照金剛、狄德羅、果戈理、屠格捏夫等 30 位名家的近 40 條有關論述，總結「入乎其

內，故能寫之，故有生氣」、「出乎其外，故能觀之，故有高致」、「能事不受相
迫促」的出入結合的寫作規律。《中國文藝理論中的形象和形象思維問題》更
以近四萬字的龐大篇幅，將眾多古代文論家的大量精彩觀點按「馭文之首術，
謀篇之大端」、「隨物宛轉，挫物筆端」、「即物達情，理隨物顯」、「窮形盡相，
擬容取心」、「凝神結想，從小見大」、「委心逐詞，駢贅必多」、「才為盟主，學
為輔助」、「詩人比興，婉而成章」、「身歷目見，是鐵門限」，共九個方面，全
面深入地暢論形象和形象思維問題，完整梳理和總結了古代文論家零碎論述
的創作經驗，並理清其中所包含的理論體系。

　　徐先生關於古代文論的總論性的研究成果和名家研究的成果都引人注
目。這些重要論文不僅是我國進入改革開放新時期在中國古代文學、文論領域
第一批取得領先性的理論研究成果，而且站在多年以後、業已進入新世紀的今
天來看，仍有很大的啟發或指導意義，其中不少觀點和論說已經成為學界的共
識或為多位學者一再呼籲的理論主張。

　　另需指出的是，徐中玉先生的以上首創性的成就都與他首創的研究方法
相結合而達到的，他不僅提供了示範性的研究成果，更向學術界提供了新的研
究方法，為學者的深入研究指導了方向和方法，這便充分顯示了他作為一代宗
師的風範和氣度。1980 年 3 月，徐先生在教育部委託華東師大舉辦、由徐先
生負責的「中國文學批評史」師訓班作學術報告時，首先具體指導後學一個重
要的問題：古代文論研究的重點應放在什麼地方？他具體分析並歸納了四個
重點：一是研究理論批評的歷史；二是對古代作家作品的評價；三是創作經驗
的研究總結，並強調這裡較多的是研究藝術創作的內部規律；四是著重美學研
究，找出審美規律。他在這篇報告的最後總結時再次強調：我覺得從藝術規
律，藝術技巧、形式等方面進行整理總結，應作為一個重點。他又具體指導後
學怎樣進行研究，他毫不保留地介紹、總結自己從實踐中摸索出來的體會和已
經方法說：首先要詳細佔有資料，這是一切研究工作的基礎。所謂詳細佔有資
料，有的是理論原著，還有理論家的其他著作，尤其是他的創作。有些文學觀
點可以在他的詩歌裏反映出來。有些只是在送人的詩歌裏帶上幾句，也許一兩
句，也可以作為一種比較的材料，作為一種旁證。我們專門研究理論的人最容
易犯的毛病，是對作家的創作看得太少，專門看一些理論著作，結果是對藝術
創作缺乏一種敏感，缺乏一種藝術感覺。第二，注意一個時代的政治、經濟以
及文藝實踐對理論批評的影響。要把理論批評放在當時的歷史條件下去研究，

不要孤立地研究。第三，要注意在馬列主義一般原理指導之下，古今中外多作比較，對材料進行科學的分析，研究。此外，不能把古人現代化，也不能苛求古人。通過研究，引出正確的結論，把它系統化，概括為規律，上升到理論高度。更進一步，應該把文論研究同哲學的、史學的研究，心理學、經濟學、宗教學等學科研究的聯繫逐步密切起來，視野也比較寬廣。對於各種文化思潮、流派觀點和各種不同風格的作品，都要吸收其合理的符合科學規律的東西，因為文化要發展，恐怕就得來一個「兼收並蓄」、「集大成」。〔註16〕其務實和著眼於深入並為創作和理論建設的創新服務的治學風格由此可見。

縱觀徐先生的有關論著，他的確達到了自己的預定目標：他只是在寂寞的園地默默耕耘，從不借助媒體操作也無轟動效應，但他的眾多研究成果往往具有廣闊的視野和深入的見解，善於發掘古代文論的精微玄深的思維結晶，以明白曉暢的語言匯總、梳理、歸納總結和作現代性的引申與發展，有的理論總結和探索還具有極為可貴的超前性，因而成為具有原創性和領先性的卓越科研成果，並已具有相當大的國際影響。他的已經發表多年的不少研究文章業已經歷了時間的考驗，而且必將經得起歷史的考驗而傳世，澤惠於一代一代的後學，並隨著中國傳統文化的不斷弘揚和傳播而對 21 世紀和更遠將來的中國和世界的文藝創作與理論建設起著指導和啟示作用。

原刊《文藝理論研究》，2019 年第 3 期

〔註16〕 《關於古代文論研究的一些問題》，《激流中探索的——徐中玉論文自選集》，
第 374 頁。

徐中玉在古代文學理論領域的傑出貢獻

　　徐中玉先生進入學術領域以古代文學理論為主，研究生畢業論文是《宋代詩話研究》。後來主要從事文藝理論、魯迅研究等。改革開放以後，他又主要從事古代文學理論研究，做出了卓越的貢獻。

一、論述古代文學理論的偉大成就和重大意義

　　中國美學和文藝理論歷史悠久，成就巨大，而且著作數量和眾多論述超越西方。

　　可是 20 世紀 20 年代以來，整個文壇崇洋迷外傾向壓倒一切，西方文學理論完全佔據了中國文壇。學術界對西方文學理論頂禮膜拜，漠視中國古代文學理論，並給以種種嚴厲批評。

　　正如徐先生早在 1983 年就一再指出的：「多少年來，很多人已只知希臘、羅馬、歐美、俄蘇、日本等外國文論家的觀點和名氏，彷彿我們自己那些封建老古董中並無理論，更沒有非常精彩，甚至比外國人談得更精彩，更體現國情和民族特色的理論。在文藝理論領域裏，我們已經基本脫離了本國文論歷史的實際幾十年，基本不是在走自己應走的道路。不是沒有一些進步，但整個來說，立足點問題並未根本解決。先是照搬歐美，然後是照搬蘇聯，現在又有人想照搬外國現代派。照搬的對象不同，照搬的想法未有大變。」[註1]針對這種狀況，徐中玉先生在 1980 年代初期對中國古代文學理論所取得的成就發表極高的評價：「中國古代文藝理論是一個無比精彩、豐富的寶庫。我們現在要

〔註 1〕徐中玉《為什麼要研究古代文論？》，《古代文藝創作論集》，中國社會科學出版社，1985 年，第 290 頁。

建立馬列主義的具有我國民族特點的文藝理論體系，必須大力挖掘、開發這個寶庫。」「中國古代文學理論是一個極為豐富的寶庫，它對全人類文化有著重要貢獻，這是海內外學者都越來越公認的事實。」〔註2〕反傳統者貶低中國古代美學和文藝理論，有一個流行最廣的一個偏見即：中國美學缺少全面、系統的專著，中國美學沒有體系和嚴格規範的範疇、概念，中國美學家的論述和著作多屬個人經驗式或感悟式的零星觀點，往往僅是零碎的片段，敘述含混、朦朧，尚未產生科學的嚴密的理論。總之，中國不及西方。這是用西方的標準來看待中國美學的錯誤結論。

這個錯誤的結論首先是脫離中國古代文學創作的實踐。中國古代詩文本身是文字艱深、思維精妙的高難度的文學創作，而且詩文的篇幅與長篇敘事詩、小說、戲劇相比，短小而精練。這與西方自古至今用通俗語言撰寫的詩歌、散文、小說和戲劇是完全不同的。因此中國古代學者的評論和不少詩文理論著作，具有大量的零星的甚或片言隻語的評論，有時文字艱深或玄妙，思維活躍而且常呈跳躍性的展現，表達上卻常常點到為之，簡要而生動。此又因當時讀者的欣賞水平高，都能心領神會，故不必作明晰解釋，而今人則深感領會和闡發之難。

因此徐中玉先生指出：「描述的簡要性，是說古人論文談藝，一是重感性描述，具體生動，本身即文學作品；二是力求簡要，因為通道必簡，無須煩辭，旨在闡明大體、根源之一端，似無系統，聯繫起來往往十分明白。古代文論著作內容多樣，如保存故實、辨識名物、校正句字，比較異同等等，宗旨本不在於議論，其旨在議論者，除大都仍具有形象、感情特色，哲理、思辨、規律即深寓其中，甚至寥寥幾句，即能令人拍案叫絕，一字可抵廢話或老生常談上百、千、萬。」〔註3〕其中「聯繫起來往往十分明白」一語，是從中國古代理論家的思維方式和寫作特點的角度，提出中國古代文藝理論是有內在體系的重要觀點。

實際上，中國古代美學和文藝理論有多部體大思精、體系完整的美學著作，如《文心雕龍》《閒情偶寄》《貫華堂第五才子水滸傳》《貫華堂第六才子書西廂記》等等。

〔註2〕徐中玉《略談古代文論在當代文藝研究中的地位與作用》，《激流中探索的——徐中玉論文自選集》，華東師範大學出版社，1994年，第375頁。

〔註3〕徐中玉《中國古代文論的思維特點及其當代趨向——在新加坡國立大學「漢學研究之回顧與前瞻國際會議」上的報告》，《激流中探索的——徐中玉論文自選集》，華東師範大學出版社，1994年，第387～394頁。

有很多詩話詞話曲話文話和美學著作，例如葉燮《原詩》、劉熙載《藝概》等等，學術性強，宏觀和微觀兼具，也是有體系的理論著作。

而且詩話和評點，是中國特有的美學著作體裁，對世界美學史做出的巨大而傑出的貢獻；另有眾多傑出論說，如詩教說、文氣說、神韻說、境界說、和靈感論、情景交融、江山之助說等等，都取得了獨家領先的成就。

二、論述古代文學理論學習和研究的當代意義

古代文論既然內容豐富而完整，取得很高的成就，現代中國文學家和文藝理論家就應該學習和研究古代文論，並應以此作為自己最基本的理論根基。徐先生論述了古代文論的當代意義。

首先，學習和研究古代文論有利於樹立民族文化的自信，繼承和發揚民族文化的特色。

在反傳統思潮佔據文壇、學壇的 20 世紀，由於學界已習慣以西方文化觀念為中心的視角來觀察和評論中國文化包括美學，所以對中國美學產生了種種的貶低和偏見。「我們已照抄照搬過幾十年別國的文藝理論經驗和模式」，「幾十年間很少談論本國的理論傳統」。這種歐化而拋棄中國古代文論的學者，「連做一個中國人應有的民族自尊心、自信心、自豪感都沒有。」〔註4〕

第二，對當今的文藝創作實踐起指導和促進作用。他說：「中國古代文學理論是一個極為豐富的寶庫，它對全人類文化有著重要貢獻。」但當前依舊「不能從多方面、多層次、多角度既微觀地來分析發展它們豐富的意義和價值，又不能綜合地系統地、宏觀地來揭示它們在整個學術領域、民族文化構成中的精義與地位，所以它的影響還是不夠深廣的，它對繁榮當前文學創作發展理論研究的積極作用還遠遠沒有得到發揮。」〔註5〕「研究古代文論，的確能使我們瞭解到前人很多有深刻意義的藝術思想，這對吸收前人優良經驗，摸索藝術規律，提高今天文藝創作的藝術水平，都有重要作用。」〔註6〕他認為研究古代文論的目的就是盡可能把我們的研究與今天提出的新情況、新問

〔註4〕徐中玉《談談研究古代文論的作用》，《古代文藝創作論集》，中國社會科學出版社，1985 年，第 309 頁。

〔註5〕徐中玉《略談古代文論在當代文藝研究中的地位與作用》，《激流中探索的徐中玉論文自選集》，第 375 頁。

〔註6〕徐中玉《論「辭達」──古代文論中的性情描寫說》，《古代文藝創作論集》，第 245 頁。

題有所聯繫，能夠為一些問題的解決提供一些資料，有所啟發。

三、對古代文論的精華做全面精深的研究

徐中玉先生自 1970 年代末進入改革開放的初期起，即發表了一批重要論文。這些論文不僅是我國新時期在中國美學文論領域第一批取得領先性的理論研究成果，而且至今仍有很大的啟發或指導意義。

徐先生撰文精細梳理古代文論的非常多樣的形式：有專門著作，有散篇，有創作，有理論。「創作」就是以創作的形式來評論文學，包括論詩詩等。還有全集中的序、跋、書簡、隨筆、雜記，以及評點、批註等等。更進而指出，古人搞理論研究，往往和搞其他東西結合起來。如一方面搞理論，一方面搞個選本。編一套選本來體現他的主張，或作為自己主張的補充。此外，我們古代的理論著作中並不都是議論，議論僅僅是其中的一部分。有些是在作考證，有些在研究作品本事，有些作修辭學上的研究，有的搞注釋，各式各樣，內容很雜，各有其作用。我們則主要研究這些作品中講理論的部分。這些部分，雖然比較分散，但都言之有物，雖然比較短小，但往往開門見山，而且往往出自大作家之手，所以特別有意義。〔註7〕

徐先生的以上論述指出古代文論家的治學特點，他讚譽古人搞理論研究，往往和搞其他東西結合起來。如一方面搞理論，一方面搞個選本。編一套選本來體現他的主張，或作為自己主張的補充。而且強調我們古代的理論著作另一個治學特點是並不都是議論，議論僅僅是其中的一部分。

他又曾撰文精當論述中國古代文論的六個民族特色：一、尚用；二、求真；三、重情；四、重簡要；五、形式多樣，本身即為藝術品；六、藝術辯證法異常豐富。關於藝術辯證法，他舉例說：一與多、遠與近、難與易、厚與薄、多與少、形與神、景與情、大與小、疏與密、離與合、變與通、有法與無法，……諸如此類，可以隨便舉出幾十對，它們既對立，又統一，既相反，又相成。可以說從先秦古籍以來，辯證思想及其細緻的運用，即充滿在文藝理論之中。不是我們的文藝理論缺乏哲學色彩，而是我們還未及或未能從中去發現其深刻的哲理內含。〔註8〕

〔註7〕 徐中玉《關於古代文論研究的一些問題》，《激流中探索的──徐中玉論文自選》，第 361～362 頁。

〔註8〕 徐中玉《略談古代文論在當代文藝研究中的地位和作用》，《激流中探索的除中玉論文自選集》，第 377～384 頁。

　　徐先生還曾總結古代文論的四個思維特點：審美的主體性，觀照的整體性，論說的意會性，描述的簡要性。審美的主體性表現為：自得之見、自出手眼、自抒懷抱、為己之學、不隨人腳跟、不苟同異、不可無我，這些都是古代有志氣、有成就的文人的信條。觀照的整體性指有卓識的文論家觀照作家、作品都有其整體性。即既作微觀，論細節，更要作宏觀，論大體，有整體觀念。如《文心雕龍》，每用史、論、評三者相結合的方法來提出問題，探索問題，上升為理論。論說的意會性，具體來說，即古代文論重在意會，點到即止，讓人舉一反三。創作和欣賞都有規律，但如何運用這些規律而收成效，神而明之，存乎其人，各有不同巧妙，妙處連作者本人也未必很清楚。端賴自己去體會、鑽研、鍛鍊。創造之妙，因素極多，指出門徑可以，修行還得靠自己。描述的簡要性，是說古人論文談藝，一是重感性描述，具體生動，本身即文學作品。〔註9〕

　　徐先生對古代文論中的多個重要觀點和理論，做了全面的梳理、研究和評論。其中如這些論文還包括《論〈辭達〉》《古代文論中的「出入」說》《中國文藝理論中的形象和形象思維問題》等，都是廣集、梳理和總結古代名家的精彩論述，指導中青年學者治學和創作的正確道路，發人深省的問題，完整總結了古代文論家零碎論述的創作經驗，並理清其中所包含的理論體系。

　　由於我國長期處於極「左」思潮的統治之下，厚古薄今、以唯心主義、形式主義的帽子全盤否定古代文化和文論的優秀遺產，成為普遍性的現象，研究者的思維被教條主義的框框所禁錮，尤其是對儒家理論，因批孔思潮而全盤否定。為此，徐先生寫了多篇撥亂反正的論說，以還我國古代文論的真實面目。在 1980 年給全國高校中國古代文論師訓班講課時，即就儒家的一些重要觀點闡發過令人耳目一新的深刻見解，如「過猶不及」和「中庸」的高明思維和創作原則，「溫柔敦厚」的創作方法等等。1987 年在香港大學「儒學與中國文化」國際學術研討會上的報告《孔孟學說中的普遍性因素與中國文學的發展》，對儒家文藝思想及其對兩千多年來的中國文學的偉大影響作了高度的肯定和深入的闡發，並將孔孟學說中的普遍性因素在中國和世界文學的發展進程中顯示出它並未成為過去的生命力和奪目光采。他強調孔子和儒家講的中庸，提出

〔註9〕徐中玉《中國古代文論的思維特點及其當代趨向——在新加坡國立大學「漢學研究之回顧與前瞻國際會議」上的報告》，《激流中探索的——徐中玉論文自選集》，第 387～394 頁。

不走絕端、過猶不及、不過、適中、兩端取其中的思維和行事原則,是充滿辯證思維的高明思想;體現在文藝上,推崇中和之美,提倡溫柔敦厚和發乎情,止乎利義的原則。止乎利義,指文藝創作在提倡寫作自由的同時,也必須有必要的約束和原則。又於《文藝理論研究》,2001 年第 5 期發表《今天我們還能從〈論語〉擇取到哪些教益──〈論語〉研討》約 4 萬字的長文,完整論述對中國古代文學和文論有極大影響的《論語》和孔子及原始儒家對古代中國無與倫比的重大歷史貢獻和今日的重大現實意義,批評中國大陸「過去絕大多數之『批孔』,無知、粗暴、蠻不講理到極點,居然曾眾口一辭,橫行一時,實在是我們歷史上一大怪現象,中國知識者靈魂曾被扭曲到極點的鐵證。」徐先生在反孔成為時代思潮之主流之時,給予儒家文藝思想以正面肯定和精當評價,是相當難能可貴的。

長期以來,學術界對古代文論的一流大家的經典名著,否定甚多。如陸機《文賦》是中國文學理論史上有數的傑出論著之一,在建國後卻受到學術界的否定,徐先生特撰《論陸機的〈文賦〉》細膩分析和論證「基本否定的不少論點」是片面的,論述和梳理《文賦》的進步性及其主要貢獻。又如南宋嚴羽《滄浪詩話》是中國文學批評史上有數的名著之一,但自清初馮班至建國後批判之聲不絕,至文革前已被全盤否定。如科學院文學所《中國文學史》、修訂本北大《中國文學史》和《中國文學批評簡史》諸書都批判《滄浪詩話》脫離現實、脫離生活,陷入形式主義、復古主義,徐先生特撰《嚴羽詩論的進步性》一文,具體分析嚴羽詩話的重要觀點,又通過嚴羽對前人詩歌的評價、嚴羽自己的詩歌創作的傾向和當時人對嚴羽思想的評論,從多個角度進行反覆論證,指出:所謂「妙悟」,「主要指的是詩應具有能令人自悟其妙的藝術特點,而不能是直露的議論、說教。詩要做到這一點,就應該寫出一種足以令人產生這種悟解的形象、意境。」同時指出嚴羽所論都有其針對性,都具有推動當時詩歌創作向健康方向發展的實踐意義。於是得出「倒正是嚴羽對詩藝的本性、特點具有真知灼見的表現,以為是其所以具有進步性與深刻意義之所在」這個意味深長的結論。

徐先生不僅對受到否定的一流名家的經典著作做辯護和研究、評論,而且在古代名家中,選擇蘇軾,對其文藝思想做全面總結和闡發,取得了領先性的成就。徐中玉先生的專著《論蘇軾的創作經驗》,用 10 萬字的篇幅論述一代大家蘇軾的創作思想。

同時，徐先生還頗致力於尚未受人注意的名家的文學思想研究，如《論杜牧的文學思想》和《論顧炎武的文學思想》、《文須有益於天下——紀念顧炎武逝世三百年》等。

徐先生專著和論文的文字風格：耿直硬朗，直陳要義，不遮掩，不迂迴，摒除各種理論術語的多餘裝飾。〔註10〕

四、指導後學學習、研究和發展古代文論的途徑和方法

徐中玉先生在指導中青年後學如何進入古代文論的研究領域方面化了很大的精力。在我國改革開放的新時期重新建立古代文論學科的初期，徐先生於1979年9月招收了首屆古代文論研究生5名（黃珅、陸海明、黃思焜、侯煜信、周錫山，陳謙豫先生為副導師），又於1980年3月舉辦全國高校「中國文學批評史」師訓班，共有學員30名。後在1983年、1987年，再招兩屆（謝柏梁、譚帆、陸煒，齊森華先生為副導師；祁志祥、田兆元、曾偉才，陳謙豫先生為副導師），一共招收了3屆古代文論研究生11名，親自培養學術接班人。

徐先生教導古代文論專業首屆研究生和青年教師時，在講解中國古代文論的重大意義之後，即詳盡傳授完整、系列的研究方法。其內容大致為——

首先要詳細佔有資料，這是一切研究工作的基礎。所謂詳細佔有資料，有的是理論原著，還有理論家的其他著作，尤其是他的創作。有些文學觀點可以在他的詩歌裏反映出來。有些只是在送人的詩歌裏帶上幾句，也許一兩句，也可以作為一種比較的材料，作為一種旁證。我們專門研究理論的人最容易犯的毛病，是對作家的創作看得太少，專門看一些理論著作，結果是對藝術創作缺乏一種敏感，缺乏一種藝術感覺。

因此他在給我們首屆研究生講課時，首先教導我們收集資料的重要性、收集資料的方法，即抄資料卡片的方法。在我們讀研究生兩年級開始，他就安排全體研究生投入他申請的國家社科規劃六五（1981~1985）重點項目「中國古代文藝理論研究」，讓我們五人分工閱讀自先秦至清末所有文學家、美學家的全部作品，將有關古代文論的內容抄錄資料卡片，為編纂《中國古代文學理論資料彙編》作準備。

其次，「入門須正，立志須高」。他後來將這個講稿整理成《「入門須正，立志須高」——我國傳統的藝術創作經驗之一》一文，闡發說：「學藝一定要

〔註10〕南帆《徐中玉：學人的承擔》，《北京晚報》，2019年7月4日。

有個明確的目的，一定要追求實效，不能只圖『好看』，騙騙外行人。」如果開端不好，就必須「捐棄故伎，更受要道」，必須從新、從頭打好理論的基礎，用前人行之有效的經驗結晶去充實頭腦；而改弦異轍的根本途徑——移情，即移易感情，轉變精神，成為一個具有「精神寂寞，精之專一」，非常高尚、清醒、堅強的，具有遠大的目標、高尚的情操的人。為避免走彎路，必須「學慎始習」，遵循嚴羽提出的「入門須正」、「立志須高」的忠告和總結的傳統創作經驗。〔註11〕

他在給我們首屆古代文論研究生講課時，介紹中國古代文論最重要的經典名家和經典名著的情況。他告訴我們：陸機《文賦》、鍾嶸《詩品》、劉勰《文心雕龍》、司空圖《二十四詩品》、嚴羽《滄浪詩話》、葉燮《原詩》、王士禎《帶經堂詩話》、劉熙載《藝概》、王國維《人間詞話》等九種，是最重要的經典著作。

然後重點講了陸機《文賦》、劉勰《文心雕龍》、嚴羽《滄浪詩話》、葉燮《原詩》和劉熙載《藝概》等經典名家的經典名著。

這就意味著，學習中國古代文論和美學，首先要重點學習這九家。這就做到了「入門須正」。取法乎上，才能學到真本領。如果一開始就學習二三流的著作，就浪費了時間和精力。

第三，古代文論研究的重點應放在什麼地方？他具體分析並歸納了四個重點：一是研究理論批評的歷史；二是對古代作家作品的評價；三是創作經驗的研究總結，並強調這裡較多的是研究藝術創作的內部規律；四是著重美學研究，找出審美規律。他在給師訓班開學報告的最後總結時再次強調：我覺得從藝術規律，藝術技巧、形式等方面進行整理總結，應作為一個重點。

第四，研究古代文藝理論，還應當對作家作品的研究分析結合起來。理論性的專篇專著當然值得鑽研，體現在作品中的理論同樣值得探索，特別我國的文論家絕大多數都有作品，結合他們的作品來研究其理論，可以感受、理解得更具體、深入。劉勰、鍾嶸可惜並未留下什麼文藝著作，但如《白石詩說》的作者姜夔，《滄浪詩話》的作者嚴羽，《原詩》的作者葉燮，都是有不少創作的，脫離了他們的作品，專就文論談他們的理論，肯定不會完整，而且還會產生誤解。「大師」級的人物，總不只「大」在一個方面、一個領域，而是

〔註11〕徐中玉（「入門須正，立志須高」——我國傳統的藝術創作經驗之一》，《徐中玉文集》第3卷，華東師範大學出版社，2013年，第678頁。

從幾個方面看去，確都是一個稀有的大人物。王國維不只有《人間詞話》，梁啟超不只有《飲冰室詩話》。他們無一不是既有「作」，又有「論」，影響大，且已經受住了時間的淘洗。

第五，注意一個時代的政治、經濟以及文藝實踐對理論批評的影響。要把理論批評放在當時的歷史條件下去研究，不要孤立地研究。最後，要注意在馬列主義一般原理指導之下，古今中外多作比較，對材料進行科學的分析，研究。此外，不能把古人現代化，也不能苛求古人。通過研究，引出正確的結論，把它系統化，概括為規律，上升到理論高度。更進一步，應該把文論研究同哲學的、史學的研究，心理學、經濟學、宗教學等學科研究的聯繫逐步密切起來，視野也比較寬廣。對於各種文化思潮、流派觀點和各種不同風格的作品，都要吸收其合理的符合科學規律的東西，因為文化要發展，恐怕就得來一個「兼收並蓄」、「集大成」。

第六，在充分學習和繼承前人的基礎上，要善於在古代文論的已有成果上發展自己的觀點和理論。這是以古代文論為基礎，發展當代文藝理論的一個重要方法。他曾發表《「驚四筵」與「適獨坐」》《重視「端緒」，著意「引申」——當前研究古代文論者的責任》等文章，闡發此題。例如《重視「端緒」，著意「引申」——當前研究古代文論者的責任》闡發清代卓越的詩論家葉燮在《原詩》中的一個重要觀點：「後人無前人，何以有其端緒？前人無後人，何以竟其引申乎？」他認為：「我覺得這段話極具識見。先是說了文學的發展先後相循，歷史不容隔斷，期間聯繫是一天也沒有中斷過的。前有所啟，後有所承，不但有所承，而且在繼承之中得以增益、發展，加以發揚廣大，推陳出新。」接著又據此發展出一個重大結論：「這說明對一個民族來講，有沒有先人積累大不一樣，先人積累豐富不豐富、精深不精深也大不一樣。」〔註12〕我們中華民族有如此豐厚而精深的文化積累，包括古代文論的豐厚而精深的積累，需要我們在繼承之中得以增益，發展，加以發揚廣大，推陳出新。

第七，在發表自己的觀點時，必須思想開闊、言論大膽。在《文章必須放蕩——發揚我國指導青年創作「必須放」的優良傳統》以南朝梁代簡文帝蕭綱給他兒子當陽公大心的信中的名言「立身先須謹慎（一作『謹重』），文章且須放蕩」立論，指出青年撰文必須「放蕩」，即不拘禮法，任性而行，不受陳規舊

〔註12〕徐中玉《重視「端緒」，著意「引申」》，《激流中的探索——徐中玉論文自選集》，第 294 頁。

矩的束縛，「吐言天拔，出於自然」（亦為蕭綱語）。又進而總結古代名家的闡發，指出：在「放蕩」的前提下，初欲奔馳，久當守節，即「少小尚奇偉」，波瀾壯闊，即使有點狂想，「志欲圖霸王」（韓愈語）也是好的，充分馳騁自己的才縱橫、意縱橫、氣縱橫；只有在青年時代全在「勇往」的基礎上，追求變，在能變之後，漸趨平淡，才是自然的趨向，也即如杜甫那樣，「少而銳，壯而肆，老而嚴」，也正如清代梁章鉅所說：「少年作文，以英發暢滿為貴，不宜即求高簡古淡。」和蘇東坡所說的：「凡文字，少小時須令氣象崢嶸，彩色絢爛，漸老漸熟乃造平淡；其實不是平淡，絢爛之極也。」

他又指出：「不消說，大師不是全知全能，可以跨越一切而不受任何侷限，尊重他們的成績，感謝他們的貢獻，繼續他們的事業，完成他們的未竟之志，都是後人應盡的責任。大師引導我們，當前和未來的道路終究還得我們自己去探索，自己行走。」〔註13〕

第八、西方文藝理論和美學著作也必須認真學習，吸收其精華，作為中國文藝理論和美學學習和研究的補充。他指出：「研究文藝理論要把古代的、現代的、外國的三個方面溝通起來」，古為今用，建立以古代文論、西方文論和馬克思主義文論結合的有中國特色的社會主義文藝理論體系。〔註14〕

第九、指導「學術規範的含意，即寫作這類論文，一是材料應力求其全，二是研究史要清楚，不可沒人之功，自己創新何在，三是選題要有意義，是否有範型意味。」「妙手偶得，卻看到中有學術規範的意義，復對比今昔」，「有心人隨時可能在平常材料中挖出有價值的東西。小題目也能夠寫出新文章，積小成大。」〔註15〕

總之，徐先生具體而宏觀地指導後學怎樣進行研究，他毫不保留地介紹、總結自己從實踐中摸索出來的體會，給後學以精心指導。

五、徐中玉先生研究古代文論的最終目標

徐中玉先生結合學術界的形勢和自身的條件，他為自己的古代文論研究定了一個重要的目標；總結前人創作的重大經驗，從事古代文論的名家體系和重要學說體系的研究。

〔註13〕徐中玉《談談魯迅、陳寅恪、茅盾》，《文藝理論研究》，1996 年第 5 期。
〔註14〕徐中玉《關於古代文論研究的一些問題》，《激流中探索的——徐中玉論文自選集》，第 356～357 頁。
〔註15〕徐中玉《談談魯迅、陳寅恪、茅盾》，《文藝理論研究》，1996 年第 5 期。

　　要實現這個目標，首先是踏實刻苦收集完整全面的資料。他「很重視搜集之功，也不辭抄撮之勞」，在改革開放之前的近 50 年（包括在政治上受難的 20 年）的漫長歲月中，他系統並鍥而不捨地通讀大量中外古今之書，斷斷續續地以卡片形式手抄筆寫的材料約有二、三千萬字之多，另有大量的剪報等，且在此後的 20 多年中仍有新的積累。

　　然後在這個基礎上，編纂完整全面的中國古代文藝理論的資料彙編。他指出：近年來已有較多同志在從事這方面的蒐集、整理、研究工作，是一個很可喜的現象。但比之形勢的要求，工作的進展還是不快的。存在的問題：一是工作缺乏組織，力量尚未集中使用，有重複勞動的現象；二是從事這方面的研究，往往未能同外國文論與現代文論的研究密切聯繫起來，各幹各的，比較溝通不夠；三是資料書編輯出版太少太慢，不能較快地吸引更多的同志來充實這個隊伍。

　　他自 1980 年帶領首屆古代文論研究生，抄錄卡片，將研究生抄錄的卡片與自己幾十年抄錄的卡片，對比、互補，匯總成完整全面的中國古代文藝理論資料，再分門別類，拾遺補闕，直至 1990 年代後期起分類出版資料彙編，並於 2013 年在中國社會科學出版社出版《中國古代文藝理論專題資料叢刊》（4 冊 300 餘萬字）。

　　儘管擁有這麼豐富的資料，他卻認為，通史、總論一類大書，只有在大量專題研究成績的基礎上，利用集體創造的豐碩成果，才寫得好。所以他從來不寫篇幅浩繁但即使是集體撰寫也極易落入材料堆積、泛泛而談、顧此失彼、罕有深見和新見的大部史著，而是選定一些側面、某個世代，流派，甚至一家一書或一個觀點進行研究，認為這樣做，比較可以周密、深入一些，或能有點貢獻。

　　所以他把研究目標逐漸縮小，最後定為古代文藝家的創作經驗。從古和洋的文化遺產中，找出一切符合客觀性、規律性、真理性的東西，以古為今用、洋為中用為原則，來為今天的建設服務。自稱「搞文學研究工作，從未想建立什麼龐大體系」，也從不放言高論，而總是在具備一定的宏觀視野的基礎上，力求兼收並蓄，擇善而從，補偏糾弊。

　　這一方面是因為徐先生感到研究課題的選擇必須擁有紮實的材料基礎。讀書愈多，思考愈周密，研究的目標反而縮小了——「直到現在的定為古代文藝家的創作經驗。」這是深入材料之後獲得的真正體會。這是徐先生的甘苦之

言：「有了專長又自知它在整個學問中的適當位置，便不致自我感覺太好，以為學問盡在自己腹中。」紮實的材料可以避免大言欺世之作。〔註16〕另一方面也是因為他在改革開放之前沒有時間和精力可全部投入到科研中去，改革開放之後又忙於系主任、學會組織和管理、會刊主編和審稿。因此徐先生儘管是具備建立文藝理論和美學的體系的學識、魄力和能力的，他卻來不及從事這個宏偉的事業了，這是他的自知之明，也是他的無可奈何。

於是，徐先生放棄古代文論的整個體系的研究，全力從事總結前人創作經驗的研究，其最終目標的成果有兩個：一是梳理總結名家的創作經驗和美學體系，他本人完成並已出版的《論蘇軾的創作經驗》一書，即是典範。二是梳理和總結古代文論的著名論說。他在我們首屆古代文論研究生剛入學時即說過，復旦大學重點是「史」，他們撰寫《中國文學批評史》；我們的重點是「論」，即以上兩個目標成果。我作為徐先生首屆古代文論研究生，徐先生指定我的碩士學位論文是論述王士禎的神韻說，其他同學則自選宋代朱熹、明代前後七子和清代袁枚等，都是「論」的成果。1985年，他召集陳謙豫先生、齊森華先生等部分教師和我們全體古代文論專業的學生，一起開會商議「論」的叢書寫作。他要我們每人認寫一種。我的興趣是金聖歎的美學理論、王士禎的神韻說和王國維的意境說，我當時報了意境說的選題。後來因種種原因，尤其是當時學術著作的出版極其困難，這個計劃無法實現，徐先生就放棄了這個計劃。

儘管如此，徐先生的研究計劃已經在我們的心中培育了種子，儘管在1980～1990年代生活艱難（收入低廉、住房困難，更沒有寫作的書房）、缺乏科研經費和出版經費，只要有可能，我們就會沿著徐先生指示的方向前進。在古代文論資料彙編方面，筆者在研究生學習階段就完成了《王國維文學美學論著集》的輯編、校點和《金聖歎全集》的彙編和部分校點；後又完成王國維著作精華全集《王國維集》、《人間詞話彙編匯校匯評》和《宋元戲曲史彙編》釋讀本等多種。筆者還完成《西廂記注釋匯評》，彙編一部經典著作的全部評論，並作全面深入的研究和評論；《牡丹亭注釋匯評》，彙編《牡丹亭》的全部評論，並以附錄形式彙編湯顯祖全部著作和其本人對他人著作的全部評論，並對其人其作做全面深入的研究和評論。在「論」的研究方面，筆者受山東省社會科學院文學研究所的邀請，加盟他們承擔的國家社會科學規劃課題時，在徐先生委

〔註16〕南帆《徐中玉：學人的承擔》，《北京晚報》，2019年7月4日。

派我寫的碩士學位論文《論王士禎的詩論與神韻說》的基礎上，撰寫了一組論文，完成了王士禎與神韻說的研究。2015 年筆者出版《金聖歎文藝美學研究》（上海高校高峰高原學科建設資助項目），2017 年筆者出版《王國維美學思想研究》增訂本，完成了金聖歎美學體系和王國維意境說美學體系的研究。到徐先生逝世為止，筆者進入古代文論專業領域正好 40 年，已有經典著作資料彙編著作近 20 種約 1000 萬字，文學、歷史、哲美學、藝術學專著約 20 種（古代文論專著 5 種）和論文百餘篇，約 500 萬字。其中在古代文論方面，已有專著 6 部 220 萬字，編校 2 種 430 萬字，編著 2 種 350 萬字。共 10 種書（另有 1 種）1 千萬字。論文數十篇。這些微薄的成果，都是徐先生當年精心指導的產物，也是徐先生在古代文論領域的成果之一。

六、籌建中國古代文學理論學會和創辦《古代文學理論研究叢刊》和《文藝理論研究》

改開之後，他從事文藝理論研究的高潮是在 1980～1990 年代。同時又忙於 3 個國家一級學會和 3 個權威刊物的創立和建設。

1979 年 3 月，他創辦全國一級學會中國古代文學理論學會，同年創刊和出版會刊、權威刊物《古代文學理論研究叢刊》。他請復旦大學郭紹虞當會長和會刊主編。因郭紹虞年近九十，無力做實際工作，他作為常務副會長，主持會務，並邀請陳謙豫先生擔任秘書長，協助工作。郭紹虞先生逝世後，請四川大學楊明照當會長。楊明照先生逝世後，徐中玉在擔任會長不久，就推選後輩郭豫適教授當會長兼學刊主編。此後，他安排學會推選王元化的高弟胡曉明當會長兼學刊主編。

1979 年 5 月，創辦「高等學校文藝理論研究會」，後應社科院系統的專家的請求，擴大為全國一級學會中國文藝理論學會，1980 年創辦和出版會刊、權威刊物《文藝理論研究》。學會也包含了古代文論領域，會刊也發表古代文論的研究文章。他邀請王元化先生當會長，因刊物的工作繁重，他自任主編，並邀請錢谷融教授擔任雙主編。

徐中玉先生以上的業績，包括了復興文藝理論研究、倡導古代文論研究，並結合以上兩者，培養學生、創辦學會和刊物，撰寫具有多項首創性成就專著和論文，帶領學生艱辛收集和編纂《中國古代文藝理論專題資料叢刊》，器量宏闊，見識高遠，氣魄宏大，為中國當代文化和學術發展，做出了巨大貢獻，

功勳卓著。

　　但是，儘管徐先生掌控著 3 個全國一級學會，和 3 個權威刊物，多次主辦全國性或國際性的學術研討會，徐先生本人只是在寂寞的古代文論學術園地默默耕耘，從不在研討會和會刊上介紹自己的研究成果，從不借助媒體操作更無轟動效應。但他的眾多研究成果往往具有廣闊的視野和深入的見解，善於發掘古代文論的精微玄深的思維結晶，以明白曉暢的語言匯總、梳理、歸納總結和作現代性的引申與發展，有的理論總結和探索還具有極為可貴的超前性，因而成為具有原創性和領先性的卓越科研成果。

　　南帆先生說：徐先生生活的這一百多年，風雲激蕩，驚濤駭浪，磨難深重，他常因「國運顛沛，生活坎坷，時常午夜難眠」。這種時候最難堅持的就是書生氣和英雄氣，但他做到了。他和許多老一代知識分子一樣，胸中自有一腔憂患意識，雖九死而不悔。他的心目中，「使命、責任、價值」這三個概念是衡量種種理論探索有沒有價值的基本尺度。必須意識到：儘管身在書齋，一個學人的肩上仍然分擔了民族的命運。〔註 17〕

　　在徐中玉先生的精神的鼓舞下，筆者將繼續努力前進。

本文受「上海高校高峰高原學科建設」資助。

原刊《古代文學理論研究》第 49 輯，華東師範大學出版社，2020 年；

又收入祁志祥編《徐中玉先生傳略、軼事及研究》，

百花洲文藝出版社（中國文論的作家論），2020 年

〔註 17〕南帆《徐中玉：學人的承擔》，《北京晚報》，2019 年 7 月 4 日。